ENFANCES CÉLÈBRES

PAR

MME LOUISE COLET

ILLUSTRÉES DE 57 GRAVURES SUR BOIS

PAR FOULQUIER

QUATRIÈME ÉDITION

PARIS

LIBRAIRIE DE L. HACHETTE ET Cie

RUE PIERRE-SARRAZIN, N° 14

1862

ENFANCES CÉLÈBRES

PARIS. — IMPRIMERIE DE CH. LAHURE ET Cⁱᵉ
Rues de Fleurus, 9, et de l'Ouest, 21

PRÉFACE.

C'est un des priviléges des hommes de génie de faire participer leurs ancêtres et leurs descendants à l'intérêt qu'ils inspirent ; on aime à remonter aux sources de ces grandes intelligences et à pressentir leur venue. On se plaît à en suivre le courant, à savoir si les fils ont dignement continué le père, ou si rien de vivant n'est resté de ces races fameuses.

La famille contemporaine des hommes illustres éveille toujours notre curiosité ; nous voulons connaître le père et la mère de l'enfant prédestiné ; il nous est doux de nous initier aux scènes de sa jeunesse, de le voir aimé par une sœur ou par un frère, et nous donnons nous-mêmes aux parents qui le chérissent une part de notre admiration et de notre sympathie.

En offrant à nos lecteurs certains traits dramatiques ou touchants de l'enfance de quelques hommes célèbres, il nous a semblé que nous éveillerons dans de jeunes esprits le désir de connaître les travaux ou les nobles actions de ces vies glorieuses, d'en rechercher les détails dans l'histoire et d'étendre la connaissance d'un fait isolé à l'ensemble d'une carrière. Une lecture amusante deviendrait ainsi pour les enfants le début d'une instruction solide et variée, où ils trouveraient à la fois des exemples et un attrait.

PIC DE LA MIRANDOLE

NOTICE SUR PIC DE LA MIRANDOLE.

Jean Pic de La Mirandole, enfant, célèbre et savant
universel, descendait de François Pic de La Mirandole, qui fut podestat de Modène, en 1312, et chef du
parti gibelin. Il naquit à la Mirandole, en 1463. C'é-
tait le troisième fils de Jean-François, seigneur de La
Mirandole et comte de Concordia. Il passait, à dix ans,
pour le poëte et l'orateur le plus distingué de toute
l'Italie. Sa mère, persuadée que la Providence avait
des vues sur lui, ne voulut céder à personne le soin de
sa première éducation, dont elle se chargea elle-même.
Elle le confia ensuite aux maîtres les plus habiles, sous
lesquels il fit de rapides progrès. A quatorze ans, il
alla étudier le droit canon à Bologne, puis passa sept
ans à parcourir les plus célèbres universités de la Pé-
ninsule et de la France. Revenu à Rome, en 1486, il
publia une liste de neuf cents propositions sur *tout ce
qu'on pouvait savoir (De omni re scibili)*, et il s'engagea à les soutenir publiquement contre quiconque voudrait les attaquer ; mais quelques hauts personnages,
jaloux de la réputation que cette publication lui avait
acquise, lui firent défendre toute discussion publique,

et déférèrent au pape plusieurs de ses propositions, qui furent condamnées. Il retourna alors en France, puis se retira à Florence, où il mourut en 1494, le jour même de l'entrée de Charles VIII dans cette ville.

L'illustration de cette famille, qui avait commencé lors des guerres des Guelfes et des Gibelins, dans la première partie du seizième siècle, prit fin en 1688, époque à laquelle Marie, le dernier des ducs de La Mirandole, fut dépouillé de ses États par l'empereur Joseph Ier,-et se retira en France, où ses descendants existent peut-être encore.

La dernière et la plus complète édition des œuvres de Jean Pic de La Mirandole est celle de Bâle, en seize volumes in-folio.

Son neveu Pic, qui a écrit son histoire, prétend qu'au moment de sa naissance on vit des tourbillons de flammes s'arrêter au-dessus de la chambre à coucher de sa mère, puis s'évanouir aussitôt. « Ce phénomène, dit-il, eut lieu sans doute pour prouver que son intelligence brillerait comme ces flammes, et que lui serait semblable à ce feu; qu'il paraîtrait pour disparaître bientôt, et étonnerait le monde par l'excellence et l'éclat de son génie; que son éloquence serait des traits de flamme qui célébreraient le Dieu des chrétiens, qui lui-même est le véritable feu inspirateur. On a remarqué, en effet, qu'à la naissance ou à la mort des hommes doctes et saints, des signes extraordinaires se sont produits pour indiquer que c'étaient des créatures à part, qu'il y avait en eux quelque chose de divin, et qu'ils étaient destinés à de grandes choses. Pour n'en pas citer d'autres, je ne parlerai que du grand saint Ambroise. Un essaim d'abeilles se posa sur sa bouche, s'y introduisit, et en sortant aussitôt, s'envola au plus haut des airs, se cacha dans les nues, et disparut aux yeux de ses parents et de tous ceux qui étaient présents à ce spectacle. »

Nous citons ce fragment sans attacher ni créance ni importance au phénomène dont il est question, mais seulement pour donner une idée de l'opinion qu'avaient sur lui les contemporains de Pic de La Mirandole.

PIC DE LA MIRANDOLE.

L'histoire que je vais vous conter, enfants, vous prouvera à quel bonheur et à quelle renommée peut conduire l'amour de l'étude.

Près de Modène, en Italie, dans un vieux château, vivait, au quinzième siècle, François de La Mirandole, comte de Concordia.

Ses ancêtres avaient été des princes puissants; ils s'étaient fait redouter de tous leurs voisins, et principalement des Bonacossi : c'étaient des seigneurs de Mantoue qui portaient une haine héréditaire aux comtes de La Mirandole.

Au moment où commence notre histoire, cette haine n'était pas éteinte. Des querelles toujours renaissantes l'entretenaient, et François de La Mirandole se tenait constamment sous les armes pour repousser les attaques du seigneur Bonacossi, qui avait des partisans nombreux dans le gouvernement de Modène. Le comte François avait trois fils : les deux aînés partageaient son humeur belliqueuse; mais le plus jeune, Jean Pic de La Mirandole, qui

n'avait que dix ans, fuyait tous les exercices tumul-
tueux et passait les heures à étudier auprès de sa

Pic de La Mirandole étudiant auprès de sa mère.

mère. Cependant son père contrariait ses goûts
paisibles, et, le traitant durement, lui disait par-

fois qu'il serait la honte.d'une famille dont tous
les ancêtres s'étaient illustrés à la guerre. Mais
l'enfant ne pleurait point à ces reproches, car il
sentait qu'il possédait en lui de quoi se justifier un
jour.

A dix ans, en effet, il connaissait déjà toute la
littérature ancienne, et il composait des vers qu'ad-
miraient avec étonnement tous ceux qui les pouvaient comprendre. Sa mère aimait à les lui entendre répéter, et souvent, dans un transport de
tendresse et d'orgueil, elle s'écriait : « Jean, sans
doute, fera de grandes choses ! »

Donc, sans avoir pu faire partager cette opinion
au comte François, elle avait enfin obtenu de lui
qu'il laisserait se développer en paix cette intelligence dont il ne devinait pas l'étendue.

Cependant une nouvelle guerre éclata bientôt
entre les deux familles. Chacune, en prenant les
armes, avait juré de ne les quitter qu'après l'ex-
tinction de l'autre. Les combats furent longs et sanglants. Des deux côtés, la valeur était la même, et
la victoire ne se serait pas décidée à nombre égal ;
mais le comte François, qui n'était pas aimé, vit
se coaliser contre lui plusieurs princes voisins, et
il fut vaincu par Bonacossi ; celui-ci aurait exter-
miné la race entière du comte, si le gouvernement
de Modène n'était intervenu. Les Mirandole eurent
la vie sauve, mais tous leurs biens furent confis-

qués et on les exila des États de Modène, où on leur
défendit de rentrer sous peine de mort.

Ce fut un jour de grande douleur pour le comte
que celui où il fut chassé du château de ses aïeux,
et où il dut aller mendier sur la terre étrangère le
pain dur de l'hospitalité ; il versa des pleurs de rage
en passant sous la haute porte blasonnée de son
manoir féodal, et ses fils aînés, forcés de contenir
leur indignation contre le vainqueur, baissaient la
tête comme lui en grinçant des dents. Leur mère,
qui tenait par la main son plus jeune fils, était ac-
cablée d'un désespoir morne. L'enfant comprit alors
tout ce que sa douleur muette avait de profond, et
il lui dit d'une voix pleine de conviction : « Conso-
lez-vous, ma mère, nous reviendrons un jour, nous
ne mourrons pas en exil. »

La comtesse avait un frère, prieur d'un couvent
près de Bologne : elle résolut d'aller lui demander
asile pour sa famille. Frère Rinaldo accueillit les
exilés avec tous les égards et tout l'empressement
dus au malheur, et mit à leur disposition une petite
villa dépendante du monastère, où ils trouvèrent
une vie calme.

Mais le comte et ses fils aînés, accoutumés au
commandement, ne pouvaient se faire à cette existence humble. Ils se lièrent avec plusieurs gentils-
hommes des environs ; ils allaient chasser sur leurs
terres, prenaient parti dans leurs querelles et tâ-

chaient ainsi de gagner leur amitié pour les décider plus tard à leur prêter des troupes, afin de reconquérir leur patrimoine.

Jean ne suivait pas son père et ses frères dans ces excursions; il restait toujours auprès de sa mère et de son oncle, homme sage, plein de science et de bonté, qui avait pour lui la plus tendre affection et qui dirigeait ses études. L'intelligence de l'enfant grandissait chaque jour sous un pareil maître, et bientôt il surpassa en érudition tous les religieux du monastère. Il restait des heures entières enfermé avec son oncle dans la vaste bibliothèque du couvent, et ils apprirent ensemble le latin, le grec, le chaldéen, l'hébreu et l'arabe, et étudièrent tous les ouvrages composés dans les littératures diverses.

Je ne pourrais vous dire, enfants, que de plaisirs, que de joies complètes ces études firent goûter au jeune Pic de La Mirandole. Il vivait ainsi avec tous les peuples anciens, qui venaient tour à tour lui parler dans leurs idiomes et l'entretenir mystérieusement de leurs gloires disparues.

Jean étudia aussi les livres saints; il en pénétra les mystères et le sens; puis, lorsqu'il eut approfondi les deux grands codes de nos croyances, la Bible et l'Évangile, il lut les écrits que les Pères et les docteurs nous ont laissés sur ces livres divins, et il posséda bientôt dans toute sa plénitude cette

formidable science qu'on appelait alors théologie.
Cette science était en honneur dans les universités
de l'Europe; chaque année, les plus célèbres maîtres
faisaient soutenir des thèses par leurs élèves, et
ceux qui pouvaient résoudre les questions difficiles
proposées par leurs maîtres étaient couronnés en
public.

Jean, quoique absorbé par le travail, ne pouvait être indifférent aux chagrins de ses parents.
Bien qu'il ne partageât pas les goûts de son père,
il admirait avec respect ce vieux guerrier vaincu,
qui brûlait de recouvrer par les armes les domaines
de ses ancêtres, et qui se désolait en voyant chaque
jour s'éloigner son espérance. Un soir, le comte
était rentré avec ses fils aînés, plus mécontent que
de coutume; il arrivait d'un château voisin, habité
par un seigneur qui lui avait promis plus d'une
fois le secours de ses armes, et qui, sommé de
tenir sa parole, venait de lui faire une réponse
évasive. De retour dans son habitation, le comte
exhala toute l'amertume de ses pensées, s'écriant
qu'il aimerait mieux mourir que de vivre plus
longtemps dans l'abaissement où l'infortune l'avait
placé. Ses fils aînés répétèrent ses paroles, et ils
jurèrent d'aller se faire tuer dans quelque guerre
lointaine plutôt que de languir obscurs. La comtesse, témoin de cette douleur, versa des larmes,
et son fils Jean tâcha de calmer le désespoir de son

père et de ses frères. Mais, voyant qu'il ne pouvait
y réussir et qu'on répondait par le sarcasme à ses
paroles douces, le noble enfant resta rêveur, ré-
fléchissant en lui s'il ne trouverait pas quelque
moyen de rendre à sa famille le bonheur qu'elle
n'avait plus.

Tandis que les Mirandole exilés se désespéraient
ainsi, Fra Rinaldo, le prieur, entra. « Je vous
annonce, dit-il, une nouvelle qui sera sans doute
fort indifférente à plusieurs d'entre vous, mais
que Jean apprendra avec intérêt. — Laquelle? dit
le jeune Pic accourant vers son oncle. — L'arrivée
du professeur Lulle, qui vient pour faire soutenir
des thèses de théologie aux élèves de l'université de
Modène. — Oh! que je voudrais bien le voir, s'écria
l'enfant; Lulle! Lulle! le plus grand savant de
l'Europe! Oh! mon oncle, ce doit être un homme
bien merveilleux. » Mais, s'apercevant que son admiration naïve excitait l'ironie de ses frères, il se tut;
puis il prit en silence une grande résolution.

Lorsque le prieur se leva pour sortir, il le suivit,
et, dès qu'il put lui parler sans témoin : « Mon oncle, dit-il, je veux aller à Modène, je veux voir le
professeur Lulle, je veux soutenir une thèse devant lui et faire honneur au nom de mon père! —
Enfant, répondit Fra Rinaldo, ta pensée est noble
et grande; quoique bien jeune encore, je te crois
assez savant pour soutenir une thèse devant Lulle,

mais comment aller à Modène? ta famille en est
proscrite et elle ne peut y rentrer sous peine de
mort : toi-même, pauvre enfant! malgré ton âge,
tu as été compris dans cette horrible proscription.
Ce serait un acte de démence d'exposer ta vie
pour un vain désir de gloire! — Oh! vous ne
m'avez pas compris! s'écria Jean; ce n'est point
un désir de gloire qui m'anime, c'est une pensée
meilleure! » Et alors il raconta à son oncle ce qui
le poussait à ce dessein; le religieux, touché et
convaincu par la sagesse de ses paroles, lui promit
de le seconder. Il fut résolu qu'on cacherait son
voyage à sa famille, et que dès l'aube il partirait,
accompagné d'un frère lai, sous prétexte de se
rendre à un couvent voisin dont le supérieur désirait le connaître; mais il prendrait en réalité
la route de Modène, où il arriverait sous le simple
nom de Jean, comme un jeune clerc recommandé
au célèbre Lulle par Fra Rinaldo, lequel avait autrefois connu ce professeur.

Ayant obtenu cette promesse de son oncle, l'enfant tomba à ses genoux et le remercia en pleurant
d'avoir consenti à son voyage; le religieux le bénit; puis ils se séparèrent. Jean ne put dormir de
la nuit : tout ce qu'il aurait à dire au professeur
Lulle s'agitait dans son esprit; la crainte d'un échec
le tourmentait, l'espérance d'un succès l'enflammait. Enfin, quand le jour parut, il se leva et cou-

rut au monastère chercher son oncle ; Fra Rinaldo
vint à lui, et ils allèrent ensemble auprès de sa
mère. Rinaldo lui ayant représenté que ce voyage
aurait un but d'utilité pour son fils, elle ne s'y op-
posa pas, mais elle pleura en le voyant partir. Le
frère Nicolo, à qui étaient confiés les embellis-
sements du jardin monastique, et qui avait une
affection particulière pour Jean, fut chargé de l'accompagner. Il monta sur une petite mule blanche
qui servait aux frères quêteurs du couvent, assez
fringante pour les mener d'un bon pas, et assez
douce pour les conduire sans danger. Jean, après
avoir embrassé ses parents, sauta en croupe derrière Fra Nicolo, et ils prirent ainsi la route de
Modène.

L'enfant avait caché dans son pourpoint la lettre
que son oncle lui avait donnée pour le docteur
Lulle, et il avait mis dans un sac attaché à sa ceinture toutes les thèses de théologie qu'il avait écrites ;
il savait qu'en les relisant attentivement avant de
soutenir celle qui lui serait proposée par le docteur, il pourrait résoudre hardiment toutes les
questions ; son intelligence précoce avait épuisé la
science de la théologie comme toutes les autres.
Plein de sécurité sur ce qu'il aurait à répondre, il
fit son voyage gaiement et en se livrant à toutes les
distractions de l'enfance ; car, chose remarquable ;
il joignait au plus grand savoir tous les goûts de

2

son âge. Dieu lui avait donné un génie qui pénétrait tout facilement, et Pic, studieux sans effort,
n'était pas vieilli d'avance par le travail.

Chemin faisant, il se livra à mille joies folles :
souvent, sous prétexte de soulager sa monture, il
mettait pied à terre, et, s'élançant alors à travers
champs, il allait cueillir des fleurs nouvelles pour
son herbier, ou demander aux vendangeurs quelques-unes de ces belles grappes de raisin dont les
ceps, couverts de feuilles, se suspendent aux arbres en guirlandes vertes. Il rapportait toujours à
Fra Nicolo la moitié des fruits qu'on lui donnait,
et il s'amusait à remercier les vendangeurs en
arabe ou en hébreu, ce qui faisait beaucoup rire
ces bonnes gens qui ne le comprenaient pas. D'autres fois, prenant l'avance sur la mule paresseuse,
il courait sur la route à perte de vue ; puis, se ca-
chant derrière un platane, il se dérobait aux regards de Fra Nicolo, qui, pour l'atteindre, avait
donné de l'éperon à sa pauvre mule. Lorsqu'il avait
bien joui de l'embarras de son guide, Pic reparais-
sait tout à coup, et Fra Nicolo, après une douce ré-
primande, l'aidait à grimper sur la monture, qui
reprenait son petit trot.

Dès qu'ils furent arrivés à Modène, Jean, accompagné de Fra Nicolo, se présenta chez le docteur
Lulle ; celui-ci prit la lettre du prieur sans regarder l'enfant qui la lui présentait, et la lecture de

cette lettre le disposa d'abord en sa faveur ; mais
quand il leva les yeux et qu'il vit cette jeune tête
de treize ans, il crut que Fra Rinaldo avait voulu
se moquer de lui en lui parlant de Jean comme
de l'écolier le plus célèbre de l'Italie ; cependant
la lettre était si précise, et le porteur y était si
bien recommandé, qu'il se décida à lui adresser
quelques questions pour le mettre à l'épreuve.
Jean y répondit avec tant de netteté et de profondeur que le docteur en fut tout confondu et
l'admit aussitôt au concours ; les candidats devaient
soutenir une thèse de théologie en présence des
magistrats de la ville et de tous les savants de
l'Italie.

Ce jour, si vivement attendu par Jean, arriva ;
et, au moment où il entra dans l'amphithéâtre, il
sentit une force d'esprit surnaturelle : Dieu semblait avoir doublé son intelligence pour la faire
triompher.

Le podestat de Modène était assis sur un fauteuil
couvert de pourpre, d'où il dominait toute l'assemblée. Parmi les hauts seigneurs qui l'entouraient,
Jean reconnut tout à coup Bonacossi, l'ennemi de
sa famille ; sa présence l'enflamma d'une nouvelle
ardeur, et il résolut de rendre au nom de son père
l'éclat dont on l'avait dépouillé.

La salle était remplie ; on se pressait dans les
tribunes, et le docteur Lulle, couvert de sa longue

robe noire bordée d'hermine, était monté dans sa chaire. En face de lui se tenaient debout les six élèves qu'il allait interroger; ils étaient aussi vêtus de robes noires, mais sans hermine. Parmi eux, le jeune Pic de La Mirandole attirait tous les regards et excitait l'étonnement. C'était un spectacle extraordinaire, en effet, que de voir cet enfant à la chevelure blonde, aux joues roses et fraîches, aux yeux vifs et candides, couvert d'une robe doctorale et prêt à soutenir une thèse de théologie. L'enfant, un peu embarrassé par tous ces regards, tenait la tête baissée et écoutait attentivement les réponses que les autres élèves faisaient aux argumentations du docteur. Quand leur examen fut fini, et que son tour arriva, Pic leva les yeux avec assurance sur le docteur Lulle qui l'interrogeait, mais, dans ce mouvement, son regard se porta vers une des tribunes publiques, et il fut près de laisser échapper un cri en reconnaissant sa mère au milieu de la foule, sa mère qui avait deviné, puis arraché la vérité à Fra Rinaldo sur l'absence de son fils, et qui était accourue à Modène pour mourir avec lui, s'il était reconnu par leur ennemi. Le jeune savant comprima l'émotion qui l'avait saisi, et il répondit avec une éloquence entraînante à tous les points de science posés par le docteur. Celui-ci, étonné d'une pareille supériorité, tâchait de prendre en défaut cette haute intelligence; mais il mul-

tiplia vainement les subtilités de la scolastique ;
l'enfant semblait s'y jouer, et Lulle, enfin entraîné

La Mirandole soutenant une thèse.

lui-même par l enthousiasme de l'assemblée, le déclara digne de la récompense promise à celui des

six candidats qui soutiendrait sa thèse avec le plus
d'éclat.

Jean, conduit par le docteur, s'avançait vers les
gradins où étaient assis les magistrats et les princes, quand tout à coup une voix s'éleva : c'était
celle du seigneur Bonacossi, de l'ennemi de sa famille. « Le nom ! demandez le nom de cet enfant ! »
criait-il au podestat de Modène ; car son regard
haineux venait de reconnaître le fils du comte de
La Mirandole. A ces paroles qu'elle a comprises, la
mère, pleine d'effroi, fend la foule et s'élance auprès de son fils ; elle l'entoure de ses bras, comme
pour le défendre de tout danger. Mais l'enfant intrépide se dégage de son étreinte, et, se plaçant
devant le podestat, il lui dit d'une voix forte : « Je
me nomme Jean Pic de La Mirandole, fils du seigneur de La Mirandole, comte de Concordia ; je
sais que ma famille est proscrite et que nul de nous
ne peut rentrer dans ces murs. Je vous livre ma
tête, seigneur Bonacossi ; mais je vous demande à
vous, podestat de Modène, la récompense qui
m'est due. Vous le savez, le choix de cette récompense m'est laissé. Eh bien ! accordez-moi la grâce
de ma famille, rendez à mon père ses biens, ses
honneurs et sa patrie ; puis faites-moi mourir, si
vous trouvez cela juste ! »

Mille voix s'élevèrent pour l'applaudir ; tous les
cœurs étaient attendris, des larmes coulaient de

tous les yeux, toutes les mains battaient ; le podestat lui-même, ému comme les autres, embrassa le merveilleux enfant et lui accorda sa grâce avec celle de sa famille. Bonacossi fut contraint de restituer au comte de La Mirandole les domaines de ses ancêtres, et cet héritage, perdu par les armes, fut reconquis par l'éloquence de la parole.

Pic de La Mirandole devint l'homme le plus savant de son siècle ; il voyagea dans toute l'Europe les universités les plus célèbres furent pleines de son nom : celle de Paris lui accorda de grands honneurs, et le roi de France Charles VIII l'appela son ami.

LES PREMIERS EXPLOITS

D'UN GRAND CAPITAINE

NOTICE SUR BERTRAND DU GUESCLIN.

Bertrand du Guesclin, connétable de France, naquit en Bretagne dans le château de Motte-Broon,
près de Rennes, en 1314. C'était un enfant intrai-
table : les menaces et les châtiments le rendirent plus
farouche encore. Il était presque difforme ; il avait la
taille épaisse, les épaules larges, la tête monstrueuse,
les yeux petits, mais pleins de feu : « Je suis fort
laid, disait-il, jamais je ne serai bienvenu des dames,
mais je pourrai me faire craindre des ennemis de mon
roi. »

A l'âge de seize ans, il s'échappa de la maison paternelle ; il se réfugia à Rennes, et se réconcilia quelques mois après avec son père par ses brillants faits
d'armes dans un tournoi. C'est cet épisode de sa vie,
raconté par les mémoires contemporains, que nous
avons dramatisé. Depuis cette époque, Bertrand ne
cessa de porter les armes et de s'illustrer ; il servit
d'abord Charles de Blois dans la guerre de ce préten-
dant contre Jean de Montfort, ce qui lui aliéna l'amitié de ses compatriotes et le contraignit de passer dans
l'armée de Charles V. Il battit peu après le roi de

Navarre à Cocherel, et fut lui-même vaincu et fait prisonnier, la même année, par l'Anglais Chandos, à Auray. Rendu à la liberté, il conduisit en Espagne les grandes compagnies qui infestaient la France, et rançonna le pape à Avignon pour solder ses troupes. D'abord vaincu par le prince Noir, prince de Galles et fils d'Édouard III, roi d'Angleterre, il revint en Espagne après une courte captivité à Bordeaux, défit Pierre le Cruel, roi de Castille, et donna le trône à Henri de Transtamare.

Nommé connétable de France en 1349, il chassa les Anglais de la Normandie, de la Guienne et du Poitou, et mourut au siége de Château-Randon. Voyant approcher la mort, il prit dans ses mains victorieuses l'épée de connétable, et il la considéra quelque temps en silence, et, les larmes aux yeux : « Elle m'a aidé, dit-il, à vaincre les ennemis de mon roi ; mais elle m'en a donné de cruels auprès de lui. Je vous la remets, ajouta-t-il en s'adressant au maréchal de Sancerre, et je proteste que je n'ai jamais trahi l'honneur que le roi m'avait fait en me la confiant. » Alors il découvrit sa tête, baisa avec respect cette épée, embrassa les vieux capitaines qui l'entouraient, leur dit un dernier adieu, en les priant de ne point oublier « qu'en quelque pays qu'ils fissent la guerre, les gens d'Église, les femmes, les enfants et le pauvre peuple n'étaient point ses ennemis. » Et il expira le 13 juillet 1380, âgé de soixante-six ans, en recommandant à Dieu son âme, son roi et sa patrie. L'armée poussa des cris de désespoir. Charles V ordonna qu'il fût inhumé à Saint-Denis, dans la sépulture des rois et tout auprès du tombeau qu'il avait fait préparer pour lui-même. Neuf ans après, Charles VI ordonna pour du Guesclin de plus grandes funérailles, les princes, les grands seigneurs du royaume et le roi même y assistèrent.

PERSONNAGES.

Le comte DU GUESCLIN.
La comtesse DU GUESCLIN.
BERTRAND. ⎫
OLIVIER. ⎬ leurs fils.
JEAN. ⎭
Le chevalier de LA MOTTE, leur oncle.
La châtelaine de LA MOTTE, leur tante.
RACHEL, femme juive, nourrice de Bertrand du Guesclin.

La scène se passe d'abord au château du père de du Guesclin;
puis à Rennes.

LES PREMIERS EXPLOITS

D'UN GRAND CAPITAINE.

PREMIER TABLEAU.

Le théâtre représente une salle à manger gothique ; la comtesse
du Guesclin, Olivier et Jean sont à table.

SCÈNE PREMIÈRE.

La comtesse DU GUESCLIN, OLIVIER, JEAN, RACHEL,
puis BERTRAND.

LA COMTESSE *à Rachel qui rentre.* Vous ne me ra-
menez pas Bertrand !

RACHEL. Madame, je pense qu'il va rentrer.

LA COMTESSE. Je suis sûre que vous l'avez encore
surpris se battant ou luttant avec les petits paysans
du village.

OLIVIER. Oh ! oui, maman, il aime mieux ces petits vilains que nous.

JEAN. Il dit que nous ne sommes pas assez forts ;
nous sommes trop sages pour lui.

RACHEL. Ah! Jean, vous accusez votre frère qui n'est pas là ; c'est mal.

LA COMTESSE. Mais vous, nourrice, vous le justifiez toujours.

RACHEL. Madame.... c'est que....

LA COMTESSE. Enfin, où est-il ?

RACHEL. Madame, il chasse à coups de cailloux les hirondelles nichées dans les mâchicoulis du château.

OLIVIER, *se levant et s'approchant d'une fenêtre.* Voyons si c'est vrai.... Oh! le voici qui rentre, il a le visage en sang, les habits déchirés.

JEAN, *s'approchant à son tour de la fenêtre.* Il est plus laid vraiment qu'un bohémien.

LA COMTESSE. Ah! quel enfant! je n'en aurai jamais que du chagrin !

BERTRAND, *entrant.* J'en ai mis trois par terre. J'ai faim : à manger.

LA COMTESSE. Non, vous ne mangerez pas, et vous serez au pain et à l'eau. Vous êtes la honte de la famille, méchant, sans esprit.... sans....

BERTRAND. Moi, ma mère? je suis fort.

LA COMTESSE. Le chapelain se plaint de vous ; vous ne savez pas lire encore.

BERTRAND. Dois-je me faire moine, pour passer mon temps sur des parchemins? Est-ce avec une plume qu'on peut pourchasser les Anglais?

RACHEL. Voyez, maîtresse, quelle forte pensée s'agite déjà dans cette jeune tête.

LA COMTESSE. Non, non, Rachel, il n'y a rien de bon en lui ; il oublie la noblesse de son sang ; il se mêle à des serfs.

BERTRAND. Les Anglais sont nos serfs aussi, et, si je bats aujourd'hui les petits vilains, cela me donne l'espérance que je battrai plus tard nos ennemis. Mais j'ai bien faim ! laissez-moi me mettre à table.

LA COMTESSE. Non, sortez d'ici.

BERTRAND. Moi, l'aîné, je serai chassé de votre table et les cadets y resteront ? non, par Dieu !

RACHEL. Oh ! madame, un peu de bonté pour lui, cet enfant est destiné....

LA COMTESSE. Oui.... à faire le malheur de sa mère.

RACHEL, *rêvant.* Qui sait ?

BERTRAND. N'est-ce pas, nourrice, que je serai un preux ?

RACHEL. Donne-moi ta main.

LA COMTESSE. Je crois que vous êtes folle, nourrice.

RACHEL. Oh ! madame, cette petite main est un grand livre où je lis bien des choses.

LA COMTESSE. Et qu'y lisez-vous ?

RACHEL. Laissez-moi me recueillir. *(Elle tient la main de Bertrand et l'examine attentivement.)* Voyez, madame, ces lignes sont belles ! voilà le courage, la force, l'héroïsme, le désintéressement. Il illus-

3

trera sa famille et sa patrie. Je vois Bertrand se montrer dans les tournois, je le vois vaincre les chevaliers. Bertrand grandira, Bertrand deviendra l'ami de son roi ; il sera fait connétable. Sa vie sera une longue suite de prouesses ; il y a d'autres choses encore.... mais il sera brave surtout.

BERTRAND. Oh ! oui, je serai brave, je le jure par tous les saints.

LA COMTESSE. Tu es folle, nourrice ; par tes sottes flatteries, tu le rends plus indocile. Allons, emmenez-le.

BERTRAND. Ma mère ! ma mère ! laissez-moi m'asseoir à votre table, à la place qui m'est due.

LA COMTESSE. La place qui vous est due ?... (*Elle rit.*) Allons, sortez.

BERTRAND, *furieux*. Eh bien ! oui, je sortirai ; mes frères sortiront aussi. Si je suis laid, je suis fort, et je vais vous le prouver.

(Il se jette sous la table, la renverse et pousse brusquement ses frères.)

LA COMTESSE. Misérable enfant ! il a brisé toute ma vaisselle et renversé mon grand hanap de Hongrie.... Holà ! qu'on appelle son père pour le châtier !...

BERTRAND. Oh ! je m'en vais ; les manants que j'ai battus ne me refuseront pas du pain.

(Il sort ; Rachel le suit.)

SCÈNE II.

LE COMTE, LA COMTESSE, OLIVIER, JEAN.

LE COMTE, *entrant.* Quel est ce vacarme ? qui a renversé la table et tout brisé ?

LA COMTESSE. Encore une fureur de Bertrand.

LE COMTE. Il faut user de châtiments. Je mettrai une bride de fer à ce caractère que rien ne peut dompter. Où est-il ?

LA COMTESSE. Encore avec les petits paysans.

LE COMTE. Je vais le chercher.

OLIVIER ET JEAN. Mon père, nous vous suivons.

(Ils sortent.)

SCÈNE III.

LA COMTESSE, seule.

LA COMTESSE. Mon Dieu ! est-ce comme un châtiment que vous m'avez donné ce fils ? Est-ce pour humilier mon orgueil que vous l'avez créé si peu digne de ma tendresse ? Mais son âme est-elle aussi disgraciée que son corps ? Il a parfois cependant des mouvements généreux. Changera-t-il ? Dois-je croire à la prédiction de sa nourrice ? Oh ! mon Dieu ! faites qu'elle se réalise, et mon cœur de mère lui sera rendu.... Mais voici son père qui le ramène.

SCÈNE IV.

LA COMTESSE, LE COMTE, BERTRAND.

LE COMTE. Oh ! cette fois je ne pardonnerai plus.

BERTRAND. Il faut bien que j'apprenne à me battre.

LE COMTE. Apprenez d'abord à m'obéir. (*A la comtesse.*) Croiriez-vous que je l'ai trouvé près du pont-levis, à moitié nu ; luttant avec le fils d'un bouvier ? Tenez, il porte les marques de cet indigne combat.

LA COMTESSE. Bertrand, vous oubliez que votre père est un gentilhomme.

LE COMTE. Je le lui rappellerai ; et cette fois la leçon sera forte : quatre mois de prison dans la tour.

BERTRAND. Je me repentirais plutôt si vous me pardonniez.

LA COMTESSE. Essayons.

LE COMTE. Non, je ne veux pas que mon fils déshonore son sang. Je vais l'enfermer dans le donjon, et, à moins qu'il n'ait des ailes, il ne m'échappera plus.

BERTRAND. La tour fût-elle aussi haute que les clochers de Dinan, je trouverai bien le moyen d'en sortir. Je veux être libre.

DEUXIÈME TABLEAU.

Le théâtre représente l'intérieur d'une maison, à Rennes.

SCÈNE PREMIÈRE.

LE CHEVALIER de LA MOTTE, LA CHATELAINE
sa femme, assise et brodant.

LE CHEVALIER, *lisant.* Cette lettre est de votre sœur, la comtesse du Guesclin. Elle vous écrit que son fils aîné lui donne du chagrin, qu'il a fui de la maison paternelle.

LA CHATELAINE. Ils n'en feront jamais rien de ce petit misérable-là.

LE CHEVALIER. Ma foi, ils en auraient pu faire un bon soldat; cela vaudrait mieux que d'en faire un vagabond.

LA CHATELAINE. Vous blâmez donc ma sœur?

LE CHEVALIER. Certainement; et si Bertrand était mon fils, j'aurais cherché à diriger son caractère au lieu de le faire plier.

LA CHATELAINE. Vous lui auriez inspiré votre passion pour les armes, cette passion qui vous conduit à la gloire, mais qui fait le malheur de ceux qui vous aiment. Voilà ce que redoute sa mère, et moi je le redoute comme elle, et j'approuve sa sévérité.

LE CHEVALIER. Et si Bertrand vous demandait asile,
vous ne le recevriez pas ?

LA CHATELAINE. Non, je le renverrais à son père et
à sa mère ; ce sont eux qui doivent le gouverner.

SCÈNE II.

BERTRAND, LA CHATELAINE, LE CHEVALIER.

BERTRAND, *du dehors.* Je vous dis que j'entrerai,
moi ; quoique j'aie de méchants habits, je suis
noble, et je ne souffrirai pas que des valets me bar-
rent le chemin.

(Il brandit un bâton et s'élance dans la chambre.)

LA CHATELAINE. Quoi ! le fils de ma sœur ! Quel
déshonneur pour sa famille !

LE CHEVALIER. Oh ! c'est toi, mon bon petit diable
de neveu, toujours le même, toujours ferrailleur.

BERTRAND. Mon oncle, je viens vous demander
asile.

LA CHATELAINE. Asile, quand vous faites mourir
votre mère de douleur ? Allez demander pardon à
vos parents.

BERTRAND. Vous voulez donc que j'aille m'héber-
ger chez des étrangers ?

LE CHEVALIER. Non, ma maison ne te sera pas
fermée. Mais pourquoi et comment as-tu quitté le
château de ton père ?

BERTRAND. Pourquoi? parce qu'on m'y retenait prisonnier depuis deux mois au pain et à l'eau, que j'avais besoin de l'air du bon Dieu et d'une nourriture plus substantielle. Comment? cela va vous faire rire. Au lieu de m'envoyer mon pain et mon eau par ma bonne nourrice Rachel, qui m'aurait consolé en me contant des histoires de chevalerie, on me les faisait apporter par une vieille et méchante sorcière qui jamais ne manquait en entrant de fermer la porte du donjon, dont la clef était suspendue à sa ceinture. Un jour donc je résolus de lui enlever cette clef. Je savais que mon père et ma mère étaient absents, et lorsque la vieille entra, je m'élançai sur elle, je l'assis, sans lui faire de mal, sur la paille qui me servait de lit; je l'enchaînai avec mon drap contre un des barreaux de la fenêtre, et, pour l'empêcher de crier, je lui mis, en guise de bâillon, ma ceinture sur la bouche. Puis, lui volant la clef, j'ouvris la porte, sautai l'escalier, et me voilà.

LE CHEVALIER, *riant*. Ha! ha!

LA CHATELAINE. Quel scandale!

BERTRAND. Écoutez. Pour fuir il me fallait une monture : j'aperçois dans la campagne un laboureur; je cours à la charrue, j'en dételle une jument, j'enfourche, je pique des deux, malgré les cris et les lamentations du rustre ébahi, auquel je réponds par des éclats de rire, et, sans selle ni bride, j'ai

galopé jusqu'à Rennes. Maintenant, hébergez-moi,
car j'ai grand appétit et suis fort las.

POUCET

Du Guesclin s'échappant de la tour.

LE CHEVALIER. Viens donc changer d'habits et te

mettre à table ; puis nous parlerons de ce que tu as
à faire ; je te donnerai des conseils.

BERTRAND. Merci, cher oncle ! N'est-ce pas que
vous m'apprendrez à faire des armes ?

LA CHATELAINE. Votre indulgence achèvera de le
perdre.

SCÈNE III.

Une place publique devant la maison du chevalier de La Motte.

BERTRAND, seul.

BERTRAND. Comme mon oncle est bon pour moi !
Il m'a montré ses chevaux et ses armes. Oh ! ses
armes, qu'elles sont belles ! Je serai heureux ici !
Ma tante me gêne bien un peu ; n'importe, je lui
obéirai pour vivre auprès de mon oncle. Mais quel
est ce grand écriteau qu'on a planté là ? Si je savais
lire.... Une épée et un beau casque à plumes le
couronnent ; c'est sans doute quelque prix d'armes.
Voilà un enfant qui passe ; il saura peut-être ce que
cela veut dire. (*L'appelant.*) Mon ami, qu'y a-t-il sur
cet écriteau ?

L'ENFANT. Il y a qu'aujourd'hui, dans une heure,
commencera sur cette place une grande lutte, et
que le prix du vainqueur sera cette belle épée et ce
beau casque à plumes.

BERTRAND. Oh ! si je pouvais les gagner !

L'ENFANT. Non, vous êtes trop jeune.

BERTRAND. Trop jeune! je suis plus fort que tous les Rennois! (*Se parlant à lui-même.*) Mais comment faire pour échapper à ma tante? Elle va m'appeler pour l'accompagner à vêpres, et avant une heure la lutte commence.... Je ne serai pas là.... Un autre aura le prix!... Mon Dieu! mon Dieu! c'est bien cruel pourtant de renoncer à cette épée qui est là brillante au-dessus de ma tête... Je l'aurais gagnée, j'en suis sûr.

SCÈNE IV.

BERTRAND, la châtelaine de LA MOTTE.

LA CHATELAINE, *de la porte de sa maison.* Bertrand! Bertrand! toujours dans la rue!... Que faites-vous là?

BERTRAND. Ma tante, je regardais cette épée; voyez, on dirait qu'elle me regarde. Son acier poli brille comme des yeux.

LA CHATELAINE. Vous ne pensez jamais qu'aux armes et aux combats. Bertrand, c'est aujourd'hui le saint jour du dimanche, venez à l'église, et priez Dieu qu'il vous change.

BERTRAND, *à part.* Oh! oui, je vais le prier de me donner le casque.

LA CHATELAINE. Portez mon livre, et suivez-moi.

BERTRAND, *dans l'église.* Ma tante, laissez-moi vous attendre ici, sous le portail.

LA CHATELAINE. Non, venez vous agenouiller dans la chapelle.

BERTRAND, *à part.* Oh! je le vois, je ne pourrai pas m'échapper.

LA FOULE, *du dehors.* La lutte, la lutte commence accourez, lutteurs!

BERTRAND. Comment prier en entendant ces cris?

LA FOULE. La lutte, la lutte commence; accourez, lutteurs!

BERTRAND. Je n'y tiens plus.... ma tante baisse la tête.... Profitons....

(Il s'élance hors de l'église.)

SCÈNE V.

Une salle intérieure de la maison du chevalier.

LE CHEVALIER, LA CHATELAINE.

LE CHEVALIER. Calmez-vous, ce sont des traits de jeunesse, mais son cœur est bon.

LA CHATELAINE. C'est un rebelle, un ingrat, un petit misérable. S'échapper de l'église pour aller lutter avec la populace!...

LE CHEVALIER. Un peu d'indulgence, et songeons d'abord à savoir ce qu'il est devenu.

SCÈNE VI.

LES MÊMES, UN DOMESTIQUE, puis BERTRAND porté
par deux serviteurs.

UN DOMESTIQUE. Messire Bertrand a été blessé.

LE CHEVALIER. Pauvre enfant! (*Bertrand paraît.*)
Eh bien? te voilà tout écloppé ; il t'est arrivé
malheur?

BERTRAND. Dites bonheur! Je les ai tous terrassés.
Mon égratignure guérira, mais le prix me reste
Voyez le beau casque, la belle épée.

(Il brandit le casque à la pointe de l'épée.)

LE CHEVALIER. Est-il heureux !

LA CHATELAINE. Il faut pourtant qu'il soit puni de
sa désobéissance.

LE CHEVALIER. Eh bien! je vais lui infliger une
grande punition : dans huit jours c'est le tournoi
de Rennes; il n'y assistera pas.

BERTRAND. Vous êtes dur, mon oncle.

TROISIÈME TABLEAU.

Grande place publique à Rennes; les maisons sont tendues de tapisseries, les fenêtres encombrées de spectateurs; des gradins entourent la place. On aperçoit sur une estrade toute la famille des du Guesclin.

SCÈNE PREMIÈRE.

LA COMTESSE, le comte DU GUESCLIN, OLIVIER et JEAN, leurs fils, la châtelaine de LA MOTTE, RACHEL, puis BERTRAND, la foule.

OLIVIER. Ah! maman, quel plaisir nous allons avoir! le tournoi va commencer.

JEAN. J'aperçois mon père sur son beau cheval blanc.

RACHEL, *à la comtesse.* Comme mon pauvre Bertrand serait joyeux s'il était ici!... et vous l'avez privé de ce plaisir.... Oh! madame, vous êtes bien sévère. Maîtresse, faites-lui grâce, laissez-lui voir ce tournoi, et il changera.

LA COMTESSE. Ma bonne Rachel, tu juges mal mon cœur de mère; je désirerais revoir l'enfant prodigue, mais sa tante m'a appris qu'il était incorrigible.

LA CHATELAINE. Oui; vous n'en obtiendrez jamais rien par la douceur.

LA COMTESSE. En songeant à ce qu'il doit souffrir, je voudrais lui pardonner.

LA CHATELAINE. Il n'est plus temps ; le tournoi commence.

LES HÉRAUTS D'ARMES. Le tournoi s'ouvre ; trompes, sonnez ; bannières, déployez-vous !

JEAN. Voilà mon père qui s'avance un des premiers.

OLIVIER. Voilà aussi mon oncle de la Motte ; il se range de son côté.

LA CHATELAINE. Quel est ce chevalier qui vient de franchir la barrière ?

OLIVIER. Comme il est mal équipé !

JEAN. Quel méchant genet il monte ! on dirait un des chevaux de la ferme.

DES VOIX, *dans la foule.* Faites sortir du champ clos ce discourtois chevalier.

BERTRAND. (*Il est monté sur un vilain cheval et couvert d'une mauvaise armure.*) Moi, sortir ! non, jamais ! Oh ! quelle humiliation !... mais mon oncle est bon, il aura pitié de ma détresse. Je vais me faire connaître à lui.

LA FOULE. Qu'il sorte ! qu'il sorte !

BERTRAND, *s'approchant de son oncle.* Noble chevalier....

LE CHEVALIER. Quoi ! c'est toi, Bertrand !

BERTRAND. Oui, c'est moi, bon oncle ! je n'ai pu y tenir : je me suis échappé par une fenêtre.

LE CHEVALIER. Quoi ! au péril de ta vie ?

BERTRAND. Eh ! que fait la vie ? c'est la gloire qu'il me faut.... Vous voyez qu'on veut me chasser, mon oncle, ne me refusez pas un de vos chevaux et une de vos cuirasses. Songez qu'un du Guesclin ne doit pas sortir d'un tournoi sans avoir rompu une lance avec honneur.

LE CHEVALIER. Mais on ne te connaît pas.

BERTRAND. Eh bien ! on apprendra à me connaître aujourd'hui.

LE CHEVALIER. Allons ! qu'il soit comme tu le désires. (*Appelant un écuyer.*) Armez ce jeune homme.

BERTRAND. Merci, merci !

LE COMTE, *s'approchant du chevalier*. Quel est ce combattant ?

LE CHEVALIER. Je l'ignore ; mais il a l'air plein de bravoure, et je viens d'ordonner qu'on lui donne un autre équipement.

(Bertrand reparaît brillamment armé.)

LA FOULE. Bravo ! bravo !

LE HÉRAUT. Fermez la barrière, le tournoi commence.

BERTRAND. Oh ! je serai vainqueur.

(Il met la lance en arrêt et attaque un chevalier.)

LE CHEVALIER. Quel démon ! le voilà aux prises avec le plus brave !

LA COMTESSE, *du gradin où elle est assise avec sa famille et regardant Bertrand*. Quelle intrépidité !

RACHEL. Madame, c'est le même qui tout à l'heure était si mal vêtu.

Du Guesclin renverse un chevalier.

OLIVIER. Quels coups de lance il donne !

JEAN. Comme il est beau à présent ! comme il se
'sert bien de ses armes !

LA CHATELAINE. Sans doute il ne veut pas être
connu, car il garde toujours sa visière baissée.

LE CHEVALIER. Courage, chevalier inconnu ! bravo !
bravo ! (*Bertrand renverse le chevalier qu'il combat,
après avoir tué son cheval.*) Gloire au vainqueur !
qu'il lève sa visière et salue les dames !

UN HÉRAUT. Non, ce jeune chevalier veut combattre
encore et sans montrer son visage.

LA FOULE. Qu'il combatte ! qu'il combatte !

LE CHEVALIER, *à part.* Oh ! je brûle de t'embrasser,
mon brave neveu !

LE COMTE. Je n'ai jamais vu de meilleure lance,
par saint Georges.

BERTRAND, *reconnaissant son père.* Quelle voix ! est-
ce un rêve ? oui, c'est lui, je le reconnais à son
écu ; je dois le fuir jusqu'à ce que le tournoi soit
terminé, et je ne le puis, pourtant.

LE COMTE. Je voudrais bien rompre une lance
avec vous.

LE CHEVALIER. Excusez-le, il est blessé, peut-être.

LE COMTE. Non, tout chevalier qui est encore sur
ses étriers ne doit pas refuser le combat. Je le dé-
fie, je l'attaque, il faudra bien qu'il me réponde.

(Il poursuit Bertrand, qui cherche à fuir.)

BERTRAND. En plein tournoi ! en plein tournoi !...
Mais non, je ne dois pas me battre contre mon père.

4

LA FOULE. S'il refuse le combat, honte à lui!

BERTRAND. Oui, je le refuse.

LA FOULE. Honte à lui! honte à lui!

LE CHEVALIER. Il vient de vous prouver pourtant qu'il avait du courage.

BERTRAND. Et je saurai le leur prouver encore. Défendez-vous, chevalier.

(Il attaque un chevalier qui entre dans la lice.)

LE COMTE. Mais pourquoi m'a-t-il refusé le combat?

LE CHEVALIER. Nous le saurons quand il se fera connaître.

BERTRAND. Rendez-vous, chevalier!

(Il renverse son adversaire dans la poussière.)

LA FOULE. Honneur! honneur à l'inconnu!

LA COMTESSE, *de sa place.* Oui, oui, qu'il vienne recevoir le prix!

BERTRAND. Oh! ma mère m'applaudit aussi sans me connaître! C'est devant elle que je vais lever ma visière; quelle joie si elle me pardonne! (*Il s'approche du gradin où est sa mère, le comte du Guesclin et le chevalier de La Motte le suivent; il s'incline.*) Noble comtesse du Guesclin, c'est pour vous que j'ai combattu; daignerez-vous m'avoir en grâce?

(Il se découvre.)

LA COMTESSE. Bertrand!... mon fils!...

RACHEL. Mon pauvre Bertrand!

LE COMTE. Viens que je t'embrasse, mon noble fils.

LE CHEVALIER. Il sera l'orgueil de votre race, sire comte.

RACHEL. Et celui de la France, croyez-en la devineresse.

TOUS. Oh! nous n'en doutons plus.

BERTRAND. Ma bonne mère, pardonnez-moi les chagrins que je vous ai donnés.

LA COMTESSE. Je suis trop heureuse pour m'en souvenir.

LE HÉRAUT. Le prix du tournoi est à Bertrand du Guesclin.

LE COMTE, *embrassant son fils*. Sois toujours brave, mon enfant! aime ton roi et crains ton Dieu.

LA

RANÇON DU GÉNIE

PERSONNAGES.

FRANCESCO LIPPI, métayer des environs de Florence, père de Filippo.

RITA, femme de Francesco.

FILIPPO LIPPI, leur fils, enfant de dix ans.

STELLA, sa sœur.

BRUTACCIO, chef de brigands.

BUONAVITA, brigand.

TROUPE DE BRIGANDS.

La scène se passe d'abord au pied des Apennins, près de Florence, puis sur les Apennins, à l'entrée de la caverne des brigands.

NOTICE SUR FILIPPO LIPPI.

Filippo Lippi, peintre, naquit à Florence en 1412. Dès son enfance, il montra de rares dispositions pour la peinture. Il entra comme novice dans le couvent des Carmes, où Masaccio venait de terminer d'admirables fresques. Chaque jour on le trouvait en contemplation devant ces grandes peintures. Bientôt il se mit à les copier, et en peu de temps il sut tellement s'approprier la manière de ce maître, qu'on le regarda comme son rival et son successeur. Entraîné par ses succès, il résolut de quitter le couvent. Son enfance et sa vie furent pleines d'aventures. A dix-sept ans, monté sur un bateau avec quelques amis, il s'était trop avancé en mer; il fut pris par des corsaires barbaresques et emmené en Afrique, où il devint esclave. Mais là encore son talent lui fit accorder sa liberté. Conduit à Naples, il y exécuta plusieurs fresques, puis vint à Florence, où il peignit son plus beau tableau, *le Couronnement de la Vierge*, grande composition où sont groupées de nombreuses figures. L'auteur s'y est représenté sous la figure d'un adorateur; devant lui est un agneau soutenant cette inscription : *Is perfecit opus*. Ce tableau frappa tellement

Cosme de Médicis, qu'il conçut pour Lippi une estime et une amitié dont il ne cessa de lui donner des preuves. Lippi exécuta de grands travaux à Florence, à Spolette, à Padoue, à Fiesole, etc. Le Louvre possède deux beaux tableaux de ce peintre, une *Madone* et le *Saint-Esprit présidant à la naissance de Jésus-Christ*. Filippo Lippi mourut à Florence, en 1466, âgé de cinquante-sept ans.

LA

RANÇON DU GÉNIE.

SCÈNE PREMIÈRE.

Le théâtre représente l'intérieur de la ferme de Francesco.

FRANCESCO et RITA.

FRANCESCO, *entrant tout haletant.* Femme, me voici de retour de la ville. Je suis accablé de fatigue.

RITA. Apportes-tu du moins quelque bonne nouvelle?

FRANCESCO. Eh! non; une bonne nouvelle m'aurait fait oublier la marche, et je ne me plaindrais pas.

RITA. Que t'ont dit ces messieurs du tribunal?

FRANCESCO. Ce qu'ils disent si souvent au pauvre quand il demande justice : qu'il faut d'abord déposer de l'argent pour les premiers frais, et puis qu'on fera des poursuites.

RITA. C'est une horreur! déposer de l'argent pour qu'on arrête ces brigands qui dévastent le

pays, qui enlèvent nos bestiaux et nous dépouillent
de tout ! Mais à qui nous adresserons-nous, si l'autorité ne nous protége pas ? Il faudra donc fuir ce
canton, abandonner l'héritage de ton père et chercher à vivre ailleurs ?

FRANCESCO. J'ai dit tout cela aux gens de la justice. Je leur ai raconté comment l'autre jour, tandis que notre petit Filippo gardait le troupeau au
pied des Apennins, des brigands fondirent sur la
plaine et profitèrent du moment où l'enfant s'était
éloigné pour s'emparer de nos plus beaux agneaux
et de nos jeunes chevreaux. Heureusement les
mères étaient à la bergerie, sans cela nous étions
ruinés.

RITA. Plus heureusement encore, Francesco,
notre fils n'était pas là ; car il serait tombé entre
les mains des brigands, et peut-être l'auraient-ils
tué.... La sainte madone l'a protégé.

FRANCESCO. Voilà comme tu excuses toujours sa
paresse, Rita. Si Filippo n'avait pas quitté le troupeau, il aurait appelé au secours en voyant venir
les brigands ; je serais accouru, et nous n'aurions
rien perdu.

RITA. Je l'ai grondé comme toi, Francesco ; je lui
ai recommandé d'être plus attentif. Mais, tu le
vois, notre fils ne peut se soumettre à garder les
bestiaux, à labourer la terre ; il aime à être seul, et,
aussitôt qu'il pense qu'on ne le voit pas, il s'a-

muse à tracer sur la terre des figures d'hommes,
des arbres, des moutons. Peut-être notre enfant
est-il destiné à une autre existence que la nôtre.

FRANCESCO. Tu es folle, Rita. Voilà bien les mères;
toujours des idées d'ambition pour leurs fils.... Et
à quoi veux-tu que nous destinions celui-là? Avons-
nous de l'argent pour lui faire donner de l'éducation? et est-ce au moment où nous sommes dans
la misère que tu dois l'encourager à la fainéantise?
Mêle-toi de ta fille et laisse-moi faire de Filippo un
bon métayer.

RITA. Calme-toi, mon ami, et confions-nous à
Dieu.

FRANCESCO. « Aide-toi et le ciel t'aidera. » Femme,
il faut que nous et nos enfants redoublions de travail et de courage pour éloigner la misère. Mais où
est Filippo? Il est encore couché, je suis sûr.

RITA. Non, il est dans l'étable à faire la litière des
vaches.

FRANCESCO, *appelant*. Filippo! Filippo!

SCÈNE II.

LES MÊMES, FILIPPO, entrant avec un morceau
de charbon à la main, puis STELLA.

FILIPPO. Mon père....

FRANCESCO. Que faisais-tu dans l'étable?

FILIPPO, *rougissant et baissant la tête*..... Mon père, je.... je....

FRANCESCO. Ah! tu vas mentir!... Que faisais-tu?

FILIPPO. Eh bien! je cherchais à dessiner sur le mur la grande vache noire.

FRANCESCO. Et à quoi cela te mènera-t-il, fainéant?

(Filippo baisse la tête et ne répond rien.)

STELLA, *accourant*. Ma mère, ma mère, venez voir; nous avons deux vaches noires maintenant; Filippo en a fait une seconde, elle marche près du mur de l'étable, elle mange au râtelier.....Venez! venez!

FRANCESCO. Allons, taisez-vous; c'est assez de folie! Femme, sers-nous à déjeuner, puis nous irons tous au travail.

(Ils se mettent à table.)

STELLA. Elle est bien belle, la vache de Filippo. Mon père, pourquoi ne voulez-vous pas la voir?

RITA. Chut! mange tes confitures et tais-toi.

STELLA. Qu'il est bon, ce raisiné! Pourquoi ne fais-tu pas comme moi, Filippo? Vois, je nettoie mon assiette avec de la mie de pain. Il n'en reste pas de trace.

FILIPPO, *dessinant sur son assiette avec la pointe de son couteau*. Regarde cela, Stella.

STELLA. Oh! c'est notre petit chat roux. Le voilà

sur le buffet. (*Filippo continue à dessiner.*) Il se gratte l'oreille avec sa patte.

RITA. Je n'oserai jamais laver cette assiette. C'est tout à fait le portrait de notre chat; vois, Francesco.

FRANCESCO, *regardant et riant*. Oh! c'est bien ça; je te permets cet amusement pendant les repas, Filippo; mais je ne veux pas que tu y songes en gardant les troupeaux.

FILIPPO. C'est malgré moi, mon père.

FRANCESCO. Tout cela est bel et bon, enfant; mais il faut penser à gagner ton pain. Allons, pars avec ta sœur, et ne vous éloignez pas trop de la ferme. Vous mènerez paître les vaches et les chèvres là-bas dans cette prairie qui est auprès du bois, et si vous voyez venir quelqu'un, vous m'appellerez tout de suite; je vais au labour.

(Les enfants sortent.)

SCÈNE III.

Dans la campagne.

STELLA et FILIPPO menant les troupeaux.

STELLA. Mais comment fais-tu, mon frère, pour inventer d'aussi jolies choses avec tes doigts?

FILIPPO. Je n'en sais rien, Stella; je ne comprends

pas ce qui me donne le pouvoir de retracer tout ce
que je vois, comme l'eau retrace notre visage quand
nous y regardons; mais je suis poussé par un désir
invincible à toujours reproduire les images qui sont
devant moi, soit avec la pointe de mon couteau sur
la pierre, soit avec un charbon sur les murs, ou bien
avec le bout de mon bâton sur le sable. Oh ! si je
pouvais avoir une de ces grandes feuilles de papier
blanc sur lesquelles écrit notre curé, il me semble
que je ferais une madone comme celle qui est debout sur le maître autel de notre église.

STELLA. Elle semble vivante, cette madone; on dirait qu'elle marche, qu'elle va parler.

FILIPPO. Elle te ressemble un peu, ma petite
Stella. Mais nous voici arrivés à la lisière du bois.
Garde le troupeau, moi je vais chercher une de
ces pierres molles où mon couteau s'enfonce facilement; puis je reviendrai dessiner ton portrait.

STELLA. Tu désobéis à notre père, Filippo; ne
t'a-t-il pas dit de ne t'occuper que de nos bestiaux ?

FILIPPO. Ne seras-tu pas contente, ma petite
sœur, de voir ton portrait sur une pierre, comme
tu as vu tout à l'heure celui de notre chat sur une
assiette ?

STELLA. Oh ! oui, cela me fera plaisir.

FILIPPO. Eh bien ! attends, je vais revenir. N'aie
pas peur et garde le troupeau.

STELLA. Ne reste pas longtemps loin d'ici.

(Filippo s'enfonce dans le bois, ramasse une pierre, s'assied, et se met à dessiner.)

SCÈNE IV.

FILIPPO, seul.

Qu'il est beau, ce paysage qui se déroule devant moi ! dans le fond les hautes montagnes, puis les bois, puis le village, et de l'eau qui court !

SCÈNE V.

STELLA, FILIPPO.

STELLA, *de la prairie*. Au secours ! mon frère, au secours !

FILIPPO, *accourant*. Qu'y a-t-il, ma bonne Stella ? Je viens te défendre.

SCÈNE VI.

LES PRÉCÉDENTS, BRUTACCIO et la troupe de brigands.

BRUTACCIO, *lui fermant la bouche*. Halte-là, mon brave ; vos troupeaux sont à nous, votre sœur est notre prisonnière, et vous allez nous suivre aussi :

vous vous ferez à la vie des montagnes, et vous finirez par faire partie de notre bande, si vos parents ne sont pas assez riches pour payer votre rançon.

FILIPPO. Moi! vivre parmi vous? oh! non, jamais! jamais!

BRUTACCIO, *l'empêchant de crier.* Point de mutinerie, point de mutinerie, enfant! autrement ton dos sentira le bois de ma carabine. (*Filippo fait un geste menaçant.*) Allons, qu'on s'en empare. (*Plusieurs brigands s'emparent de Filippo, qui se démène entre leurs bras.*) Toi, Buonavita, charge-toi de la sœur.

BUONAVITA, *à Stella.* Petite bergère, n'ayez nulle crainte. Vous garderez nos vaches dans nos rochers, vous ferez des fromages, vous taillerez la soupe, et en retour vous serez bien traitée.

STELLA. Ma mère! ma mère!

(Ils disparaissent tous dans les Apennins.)

SCÈNE VII.

Sur un plateau des Apennins, devant l'entrée de la caverne des brigands.

FILIPPO, STELLA, puis BUONAVITA.

FILIPPO. Ma pauvre Stella, tu pleures donc toujours?

STELLA. Ils sont si laids, ces brigands, si mé-

. chants !.... Si je ne les sers pas tout de suite quand ils me demandent à boire, ils menacent de me frapper. Oh ! Filippo, comme nous avons souffert depuis huit jours que nous sommes ici ! et penser que cela durera toujours !... Et nos pauvres parents, ils doivent se désespérer de ne pas nous voir revenir.... Si nous ne les voyions jamais....

(Elle sanglote.)

FILIPPO. Ne pleure pas ainsi, Stella ; Dieu veillera sur nous.

STELLA. Oh ! mon frère, tu es moins malheureux que moi. Les premiers jours, tu étais bien triste aussi ; mais à présent, tu reprends courage et tu sembles consolé. Tu recommences à dessiner sur les pierres et sur le sable ; cela te distrait.

FILIPPO. C'est vrai, Stella, ce plaisir me suit ; les brigands n'ont pu me le ravir.

(Entre Buonavita.

BUONAVITA. Pourquoi vous tourmentez-vous ainsi, Stella ? N'êtes-vous pas contente dans notre compagnie ? Soyez attentive, faites bien notre cuisine, et nous vous donnerons un beau bonnet à dentelles d'argent.

STELLA. Gardez vos cadeaux, seigneur Buonavita. Mais si vous n'êtes pas méchant, faites ce que je vous ai demandé.

FILIPPO. Qu'as-tu demandé, Stella ?

5

STELLA. J'ai demandé que Buonavita obtînt notre· liberté du seigneur Brutaccio : car je ne puis vivre ici:

BUONAVITA. J'ai fait votre commission.

FILIPPO. Et que vous a dit le capitaine ?

BUONAVITA. Il m'a dit que vous ne sortiriez jamais d'entre ses mains, si vos parents ne lui payaient une forte rançon.

FILIPPO. Ils sont trop pauvres !

STELLA. Votre maître est bien cruel ; mais vous, ne pourriez-vous nous rendre la liberté ?

BUONAVITA. Si je le pouvais, je le ferais, mes en- fanis ; car, puisque notre compagnie vous déplaît, je ne vois pas à quoi bon vous garder de force.

FILIPPO. Vous êtes compatissant, vous ! Mais com- ment, sans y être contraint, pouvez-vous donc vivre avec des brigands ?

BUONAVITA. Ah ! l'habitude fait tout. J'ai été or- phelin de bonne heure. Mon oncle Brutaccio, le chef de notre troupe, m'emmena dans ces mon- tagnes, et je suis devenu brigand sans m'en douter ; mais, je vous le jure, ma petite Stella, je n'ai ja- mais tué personne. Boire, rire, chanter, être libre et ne rien faire la plupart du temps, telle est ma· vie, ma bonne vie dont j'ai tiré mon nom. Je ne vous l'offre pas en exemple, mes enfants ; mais je vous la raconte seulement pour que vous n'ayez pas peur de moi.

FILIPPO. Eh bien! vous pouvez me faire un grand plaisir, puisque vous êtes bon.

BUONAVITA. Lequel?

FILIPPO. Buonavita, je vous en prie, donnez-moi une de ces belles planches de bois blanc qui recouvrent les caisses qui sont dans la caverne.

BUONAVITA. Très-volontiers. (*Il entre dans la caverne et revient à l'instant avec la planche.*) Qu'en voulez-vous faire?

FILIPPO. Vous allez voir. (*Il tire un charbon de sa poche et se met à dessiner un arbre et des moutons qui sont devant lui, puis le fond du paysage.*)

BUONAVITA. Oh! vous avez un fier talent, l'ami; voilà l'arbre qui grandit sous vos mains, le troupeau qui s'anime, les rochers qui se dressent.... Qui vous a appris tout cela?

FILIPPO. Personne. Est-ce que cela s'apprend? Depuis que je pense, je reproduis ainsi tout ce que je vois sans savoir comment. Mais ce qui me tourmente, c'est de ne pouvoir donner des couleurs à mon ouvrage, ces belles couleurs de la madone de notre église.

BUONAVITA. Des couleurs! ah! si vous en désirez, je puis vous satisfaire. Il y a quelque temps, nous arrêtâmes sur la route de Florence un peintre qui allait à Rome. Nous croyions avoir fait une riche capture en nous emparant d'une cassette fermée qu'il gardait auprès de lui. Quand nous l'ouvrîmes, nous n'y trouvâmes que des vessies de couleurs et des pinceaux de poil.

FILIPPO. Qu'est-ce que cela, des pinceaux ?

BUONAVITA. C'est ce qui sert à mettre des couleurs sur un dessin.

FILIPPO. Oh ! donnez-moi cette cassette, et je vous aimerai bien.

BUONAVITA. Je vais la chercher.

FILIPPO, *avec joie.* Stella, je vais avoir des couleurs !...

STELLA. Je ne comprends pas ton bonheur, Filippo ; moi, je ne serai contente qu'en revoyant nos parents.

BUONAVITA, *revenant avec la cassette.* Voilà, mon ami. Stella, si vous ne voulez pas être grondée par Brutaccio, allez vous occuper du dîner ; notre chef ne tardera pas à revenir de sa tournée.

(Stella entre dans la caverne.)

FILIPPO, *ouvrant la cassette.* Oh ! Buonavita, que ces couleurs sont belles ! Ce sont celles du ciel, de la terre, des roches et des bois. Mais qui nous apprendra le moyen de les préparer et de les étendre ?

BUONAVITA, *tirant une palette de la caisse.* D'abord il faut les disposer sur cette petite planche, après les avoir fondues avec un peu d'huile que vous prendrez dans cette fiole ; puis vous les appliquerez sur votre dessin avec un pinceau.

FILIPPO, *avec enthousiasme.* Et comment savez-vous cela, Buonavita? Qui vous a révélé ce mystère? Êtes-vous donc sorcier ?

BUONAVITA. Je ne suis pas plus sorcier que savant, mais j'ai eu le bonheur de voir travailler le plus grand peintre de l'Italie.

FILIPPO. Le plus grand peintre de l'Italie?

BUONAVITA. Oui, Masaccio ! celui qui a retracé les tourments des damnés dans l'église des Carmes, à Florence.

FILIPPO. Et vous avez vu cet homme, ce peintre, qui est aussi célèbre qu'un prince?

BUONAVITA. Je l'ai vu, et je vais vous conter comment.

FILIPPO. Tout en vous écoutant j'essayerai ces couleurs. Les voilà préparées comme vous me l'avez dit. (*Il se met à peindre.*) Parlez, Buonavita, parlez-moi de ce grand Masaccio.

BUONAVITA. Il faut vous dire que mon oncle, trouvant que notre métier allait mal sur les grandes routes, s'était mis en tête, l'an passé, d'aller enlever le trésor du couvent des Carmes. Il avait une vieille haine contre les bons frères, qui, disait-il, l'avaient chassé de leur école pour quelques petites peccadilles, et l'avaient ainsi déterminé à embrasser la profession de brigand. Bonne profession, ma foi ! et dont mon oncle n'a pourtant pas à se repentir. Mais il paraît qu'il y a des jours où cela le trouble,

et il se met alors dans de grandes fureurs, qui ont
toujours pour résultat quelque expédition hardie.
Donc il me dit l'an passé : « Va-t'en reconnaître les
lieux, et nous agirons dans la nuit. » Je me rends à
Florence, habillé comme un honnête paysan, et je
demande le couvent des Carmes. « Suivez cette foule,
me répond-on en me montrant un grand flot de
peuple ; elle se dirige justement vers l'église des
Carmes. — Et pourquoi faire ? repris-je. — Vous le
verrez bien, mon garçon, » répliqua en riant le ci-
tadin narquois. Je me mis à la file de ceux qui marchaient, et bientôt je me trouvai comme porté dans
l'église. Tout le monde se précipitait vers une seule
chapelle. Je me glissai aux premiers rangs. Alors je
vis ce qui attirait la multitude, et je fus près de laisser échapper un cri d'effroi, moi qui n'ai jamais eu
peur de ma vie. Sur les murs à demi éclairés de la
chapelle, on voyait des hommes torturés ; leurs
traits étaient pâles et amaigris ; leurs yeux versaient
des larmes de sang ; leurs dents grinçaient ; leurs
corps se tordaient, et je croyais leur entendre pousser des gémissements. Cependant la foule criait autour de moi : « Vive Masaccio ! » et, plein d'admiration pour cet homme qui avait la puissance de
m'épouvanter, je criai à mon tour : « Vive Masaccio ! » Mais Masaccio, qui était là devant nous,
continuait à peindre sans se déranger. C'est lui qui
sauva, sans s'en douter, le trésor des Carmes. Je

déclarai à mon oncle que je ne traverserais jamais la nuit cette église où il m'avait semblé voir la flamme des damnés me saisir. Je fis partager ma terreur à sa troupe, et l'expédition fut abandonnée.

FILIPPO. Buonavita, je veux aller à Florence, je veux voir Masaccio et devenir son élève.

BUONAVITA. C'est une noble ambition, mon ami.

FILIPPO: Voyez? en suis-je digne?

(Il lui montre ce qu'il vient de peindre.)

BUONAVITA. Mon portrait! si vite! pendant que je vous parlais, vous l'avez tracé, vous lui avez donné la vie! Voilà bien mon regard, en effet, ma moustache noire, ma résille rouge sur mes cheveux bruns.... Par Masaccio! vous serez un grand homme!

SCÈNE VIII.

LES PRÉCÉDENTS, BRUTACCIO avec sa troupe.

BUONAVITA. Venez voir ceci, Brutaccio, cet enfant est marqué de Dieu : nous ne pouvons le retenir plus longtemps prisonnier.

BRUTACCIO. Quoi! c'est lui qui a peint ta face de brigand?

BUONAVITA. Oui, lui-même; un instant lui a suffi pour finir ce portrait.

(Les brigands se rangent autour du portrait de Buonavita.)

TOUS, *admirant le portrait.* C'est un miracle, ma foi!... Vive le petit Filippo!...

Filippo Lippi vient de faire le portrait de Buonavita.

BUONAVITA. Vous le voyez, mon ami, on crie déjà : Vive Filippo! comme le peuple criait à Florence : Vive Masaccio! c'est d'un heureux présage.

SCÈNE IX ET DERNIÈRE.

LES PRÉCÉDENTS, RITA accourant éperdue, puis
FRANCESCO armé d'une fourche et d'un pieu.

RITA. Rendez-nous nos enfants, nos pauvres enfants. Nous errons depuis huit jours dans nos montagnes.... Enfin nous avons découvert votre retraite.... Ayez pitié d'une mère.... Rendez-moi mes
enfants.... (*Apercevant Filippo*.) Mon cher fils! (*Elle
le presse sur son cœur.*) Mais où est ta sœur, ma douce
Stella, ma fille bien-aimée?

STELLA, *accourant*. Ma mère! ma bonne mère!
(Elle se jette dans ses bras.)

FRANCESCO, *arrivant et brandissant son pieu*. De
par le ciel! si vous ne me rendez mes enfants, je
brise la tête au premier qui s'approche de moi.

BRUTACCIO, *riant*. Désarmez cet homme, et ame-
nez-le-moi. (*Les brigands désarment Francesco et le
conduisent devant Brutaccio.*) Vous ne pouvez rien
pour délivrer vos enfants; vous êtes devenu vous-
même mon prisonnier! vos troupeaux sont à moi,
demain je puis dévaster votre maison et ne pas y
laisser pierre sur pierre.... Eh bien! Brutaccio le
brigand n'en fera rien. Je vous rends la liberté, car
votre fils a payé votre rançon à tous par son génie.

Emmenez vos bestiaux et prenez cette bourse, Francesco. Mais ne contraignez plus votre noble enfant

Les brigands rendent la liberté à Filippo Lippi.

à être pâtre ou laboureur : Dieu l'a créé peintre, il sera la gloire et la fortune de votre famille. Envoyez-le à Florence auprès de Masaccio ; cet or payera ses études.

FRANCESCO, *prenant la bourse.* Que Dieu vous bénisse, monseigneur !

BRUTACCIO. On ne bénit pas un brigand, mon ami ; mais on peut lui faire une promesse en retour d'un bienfait.

FILIPPO. Laquelle ? j'y souscris d'avance.

BRUTACCIO. Promettez-moi, lorsque vous serez un peintre célèbre, de faire un tableau de la scène que nous venons de mettre en action.

FILIPPO. Je vous le jure !

BUONAVITA. Ce tableau s'appellera la *Rançon du Génie.*

AMYOT

NOTICE SUR AMYOT.

Jacques Amyot naquit à Melun, 3 octobre 1513. Son père était un petit mercier. Amyot se montra d'abord un enfant indiscipliné et quitta ses parents pour aller à Paris se placer comme domestique. Il fit la route à pied, s'égara et tomba épuisé de fatigue. On le secourut et on le fit conduire à l'hôpital d'Orléans. Aussitôt rétabli il en sortit avec douze sous qu'on lui donna et qui furent toute sa ressource à son arrivée à Paris. Sa mère, qui l'aimait tendrement, lui envoyait chaque semaine un gros pain de Melun pour l'aider à vivre. Il se plaça d'abord à la porte d'un collége, où il faisait les commissions des professeurs et des élèves. Remarqué pour son intelligence et sa gentillesse, il fut admis dans l'intérieur du collége et il en devint bientôt un des meilleurs élèves. Là encore, dans son dénûment, il servait de domestique aux autres élèves ; ce qui ne l'empêchait pas de poursuivre ses études avec ardeur. La nuit, à défaut d'huile et de chandelle, il étudiait à la lueur de quelques charbons embrasés. Après avoir terminé les études classiques les plus fortes et achevé ses cours sous les plus célèbres professeurs du collége

de France, il se fit recevoir maître ès arts. Puis se
rendit à Bourges pour y étudier le droit civil. Là
Jacques Collin, lecteur du Roi, lui confia l'éducation
de ses neveux et lui fit obtenir une chaire de grec et
de latin. C'est pendant les douze années qu'il occupa
cette chaire qu'il fit la traduction du roman grec de
Theagène et Chariclée et commença celle des *Vies des
hommes illustres de Plutarque*. Il dédia les premières
Vies à François Ier, qui lui ordonna de continuer cette
traduction et lui accorda comme récompense l'abbaye
de Bellezane. Voulant compulser les manuscrits de Plutarque qui existaient en Italie, il s'y rendit avec l'ambassadeur de France. Bientôt il fut chargé par celui-ci
et par le cardinal de Tournon de porter une lettre du
roi Henri II au concile alors rassemblé à Trente. Il
s'acquitta si habilement de sa mission qu'à son retour
à Paris il fut choisi comme précepteur des deux fils de
Henri II. Tout en faisant cette éducation il termina sa
traduction des Vies de Plutarque qu'il dédia à Henri II,
et commença celle des œuvres morales du même écrivain qu'il ne termina que sous le règne de Charles IX
son élève à qui il en fit pareillement hommage. Dès le
lendemain de son avénement au trône, le roi Charles IX
le nomma son grand aumônier. Plus tard, le siége
d'Auxerre étant venu à vaquer, le Roi le donna à son
Maître, comme il appelait Amyot.

Quand son autre élève Henri III parvint au trône,
il lui conserva toutes ses charges et le nomma com-
mandeur de l'ordre du Saint-Esprit qu'il venait de
créer. Amyot passa ses dernières années dans son

diocèse, uniquement occupé de l'étude et de l'exercice
de ses devoirs. Il mourut à Auxerre le 6 février 1593
dans sa quatre-vingtième année. Il laissa 200 000 écus
de fortune. Il fit don à l'hôpital d'Orléans, où il avait
été recueilli quelques jours dans son enfance, un legs
de douze cents écus. Sa traduction de Plutarque èst
restée la plus estimée et la meilleure que nous ayons
en français.

LE PETIT VAGABOND.

Il faisait un froid rigoureux; toute la campagne était blanche de givre, et au loin les toits des maisons et les clochers du village paraissaient couverts de neige; les arbres comme des squelettes étendaient leurs branches décharnées; en place de feuillage il y pendait des glaçons. Un pauvre enfant de treize ans, assez mal vêtu, sans bas et chaussé de gros souliers déjà vieux, suivait péniblement le chemin à peine tracé de Melun à Orléans; ce n'était pas une belle et grande route royale comme aujourd'hui, encore moins un rail-way conduisant rapidement en quelques heures de Melun à Paris; il y a près de trois cents ans de cela, et à cette époque les chemins qui sillonnaient la France étaient de véritables précipices creusés d'ornières boueuses, parsemés de pierres et parfois de troncs d'arbres, et dont les tronçons rompus cessaient tout à coup de marquer leurs traces à travers un champ ou à travers un bois.

Il fallait alors plusieurs jours pour se rendre de

Melun à Paris, et le pauvre enfant, très-ignorant de
la distance, s'était imaginé pouvoir y arriver le soir
même. On lui avait dit que la Seine coulait de
Melun à Paris, et il avait pensé : ce doit être bien
près, j'y arriverai comme la Seine y arrive. Quoiqu'il fût parti aux premières lueurs de l'aube et
qu'il eût marché courageusement tout le jour, la
nuit commençait à tomber qu'il n'apercevait pas
encore le clocher d'Orléans. Il pensa qu'il s'était
égaré ; mais à qui demander son chemin? par une
fatalité qui lui sembla une juste punition du ciel, il
avait marché depuis le matin sans rencontrer ni
piéton, ni monture ; il avait pourtant compté sur
l'assistance publique, car il était parti sans avoir
mis sous ses petites dents blanches un pauvre morceau de pain. Avec cette insouciance de l'enfance
que les chimères et l'espérance accompagnent, il
avait cheminé d'abord gaiement et vite, courant
même pour se réchauffer. Mais un ventre vide affai-
blit les jambes, et bientôt il n'était plus allé qu'au
pas, insensiblement il s'était traîné, et enfin il était
tombé épuisé sur un buisson, ne reconnaissant plus
sa route à travers la neige qui commençait à tomber et la nuit qui venait. Il poussait des gémissements entrecoupés de ces exclamations : *oh! mon
Dieu! oh! ma bonne mère!* qui s'échappent toujours
de la bouche de l'enfant, et même de celle de
l'homme qui souffre ; car si Dieu est pour nous la

Allons, Pierre, trois coups de la gourde à ce petit pour le secouer.

protection d'en haut, une mère est le refuge humain qui, jusqu'à la mort, ne nous manque jamais ici-bas.

Donc, le pauvre petit vagabond dans sa détresse appelait sa mère, sa mère qu'il avait quittée résolûment le matin sans lui dire adieu.

Comme il se désespérait et sentait déjà le froid engourdir son corps, il entendit des pas de chevaux qui retentissaient sur la route pierreuse; il gémit plus fort, espérant qu'on prendrait garde à sa plainte, et en effet bientôt deux montures s'arrêtèrent auprès de lui. Sur la première était un gentilhomme brillamment équipé sous son large manteau, sur l'autre un domestique armé qui le suivait.

Le gentilhomme aperçut à la dernière lueur du crépuscule ce pauvre être exténué de fatigue et de faim,

« Qu'est ceci? dit-il, en le touchant du bout de son son éperon; d'où viens-tu? et où vas-tu?

— Je viens de Melun et je voulais aller à Orléans, répliqua le pauvre petit, mais mes jambes ne me portent plus et je meurs de faim.

— Ta figure me plaît, reprit le gentilhomme; puis, se tournant vers le domestique: Allons, Pierre, trois coups de ta gourde à ce petit pour le secouer, puis hisse-le devant moi comme une valise; mon cheval va mieux que le tien, et, tout en trottant, le petit vagabond me contera son histoire quand il sera réveillé. »

Le domestique exécuta les ordres de son maître, et bientôt les deux chevaux repartirent au grand trot. Le mouvement et le cordial qu'il avait avalé donnèrent à l'enfant une surexcitation qui lui rendit un peu d'instants toute sa lucidité. Tout en se tenant cramponné à la selle enfourchée par le gentilhomme, il le remerciait avec effusion.

« Voyons, pendant que nous sommes forcés d'aller au pas pour gravir cette mauvaise montée, conte-moi ton histoire et ne mens pas, lui dit le bienveillant seigneur.

— Oh ! je ne fausserai point la vérité, elle est assez triste et honteuse pour moi ; mais je ne vous mentirai pas à vous qui m'avez sauvé la vie.

— J'écoute.

— Je m'appelle Jacques, je suis le fils d'un pauvre mercier de Melun, demeurant dans le quartier de l'église.

— Je suis de Melun et je vois cela d'ici, reprit le gentilhomme, continue.

— J'ai deux sœurs, mes aînées, qui s'occupent avec bon vouloir de l'industrie de mon père, tandis que moi je n'ai jamais pu y prendre goût. J'ai ma mère, dont je suis le préféré, et qui, voyant mon grand amour pour les livres imprimés, a fini par me payer l'école malgré mon père, qui voulait me garder chez lui pour travailler de son état, et m'appelait un grand paresseux quand il me trouvait à

lire. Cette inclination pour les livres m'est venue
tout petit. Quand j'allais le dimanche à l'église,
durant tous les offices je regardais les beaux livres
des prêtres et j'aurais voulu les leur dérober. On est
comme ça poussé par des instincts qui sont plus
forts que nous, et je ne crois pas que ce soit toujours le diable qui nous les donne. J'ai appris à lire
bien vite et sans savoir comment, et je lis aussi les
psaumes latins et je les comprends un peu. Mais je
ne pouvais lire que dans les livres de l'école, je
n'avais pas un livre à moi, c'était trop cher. Ma
bonne mère me promettait toujours de m'acheter
un beau psautier; mais les mois passaient sans
qu'elle eût jamais pu avoir l'argent qu'il fallait.
Mon père la surveillait de près et l'empêchait de
rien mettre de côté. Il est vrai que nous étions bien
pauvres et que le travail de tous suffisait à peine
pour nous faire vivre. Moi seul je ne travaillais pas,
répétait chaque jour mon père en me brutalisant;
il me semblait pourtant que mon esprit travaillait,
mais mes mains se refusaient à faire l'ouvrage qu'on
leur donnait.

« Hier, ma mère était allée avec mes sœurs pétrir
et faire cuire à la boulangerie les grands pains bis
que nous mangeons; mon père fut appelé au dehors
pour son petit commerce.

— Garde au moins la boutique, grand fainéant,
me dit-il, et surtout ne touche à rien. »

« Il sortit en me faisant un geste de menace et je
me mis sur la porte à regarder les passants. Tout à
coup je vis venir un colporteur, il vendait des livres
et se rendait à l'église et à l'école pour en faire le
placement.

« Approchez, lui dis-je, et laissez-moi seulement
regarder un peu vos beaux livres, car, comme dit le
proverbe, la vue n'en coûte rien !

— La vue me coûtera mon temps, répliqua le colporteur, je suis pressé et, à moins que tu ne veuilles
faire une emplette, je ne déballe pas.

— Déballez, lui dis-je, je puis tout de même vous
acheter un livre. Je lançai cette première parole je
ne sais comment, et c'est ce qui me perdit, car, une
fois dite, je ne voulus pas me démentir de peur que
le colporteur ne se moquât de moi. Il entra dans la
boutique, défit son ballot en toute hâte, et me montra
un volume des saints Évangiles, en latin, qui me
plut beaucoup.

— Cela vaut un écu, c'est à prendre ou à laisser,
me dit le marchand ; mais je vois que c'est trop cher
pour vous, ajouta-t-il d'un air narquois qui me mit
le diable au corps.

— Attendez un peu, répliquai-je avec résolution,
et, m'approchant du tiroir où mon père tenait l'argent de la vente, je le secouai, l'ouvris et j'y pris
un écu en menue monnaie. »

« Quand le colporteur eut disparu, je cachai mon

livre dans ma chemise; je tremblais, j'avais peur;
je compris que je venais de commettre un vol.

Cela vaut un écu; c'est à prendre ou à laisser.

J'aurais voulu rappeler le marchand; mais il n'était
plus temps. Que faire? mon père pouvait rentrer

d'un moment à l'autre, et je sentais déjà sa colère
tomber sur moi comme le tonnerre. Si encore ma
mère avait été là, elle aurait pu me protéger, mais
en son absence, je me voyais perdu. Dans ma terreur, je poussai la porte de la boutique, je me mis
à *monter* en courant jusqu'au haut de la maison, et
je me *barricadai* dans le petit grenier où je couchais ;
je m'assis sur mon lit, et, n'entendant venir aucun
bruit, j'eus la curiosité de regarder dans mon livre ;
je le tirai de ma chemise et je commençai à lire la
belle passion du Christ ; je ne comprenais qu'à moitié les mots latins, et je faisais un effort si grand
d'esprit pour les comprendre entièrement, que peu
à peu j'oubliai ma mauvaise action, la colère de
mon père, le châtiment qui m'attendait, j'oubliais
tout, excepté mon livre.

« Mais tout à coup des cris, des voix montèrent de
la boutique ; je compris que mon père était rentré
et s'emportait contre moi ; je devinai que ma mère
cherchait à le calmer sans y réussir. Oh ! j'aurais
voulu en ce moment être une souris et qu'un chat
me mangeât. Je cachai le livre dans ma paillasse et
je me cachai sous mon lit. Bientôt j'entendis monter,
je crus que c'était mon père, et je sentais déjà une
grêle de coups. Je me rassurai pourtant un peu, je
crus ouïr des pas plus légers qui m'annonçaient ma
mère ou une de mes sœurs.

« On frappa : « C'est moi, c'est Jeanne ; ouvre vite,

me dit ma sœur aînée. J'ouvris mais je refermai
aussitôt qu'elle fut entrée.

— Il faut déguerpir d'ici, s'écria-t-elle, mon père
veut te tuer, il dit que tu es un voleur, que tu as
pris de l'argent dans le comptoir.

— J'ai pris un écu pour acheter ce livre, lui dis-
je, en tirant les Évangiles de ma paillasse.

— Tu n'en as pas moins fait un vol à notre père,
me dit ma sœur sévèrement, tu dois te cacher loin
d'ici, car notre père qui te croit à vagabonder par
la ville, a juré que s'il te retrouvait il t'extermine-
rait, ou te livrerait à M. le prévôt comme un voleur. »

« Ce mot de voleur répété me faisait bien souffrir,
je vous assure, je me mis à sangloter.

« C'est bien le moment de pleurer, me dit ma
sœur. Passe par la cour et va te cacher chez ton
parrain le boucher ; ma mère t'y rejoindra ce
soir. »

« Je plaçai mon livre, cause de tout mon malheur,
entre ma chemise et ma souquenille, et je pris la
fuite comme ma sœur me l'avait conseillé. Je ga-
gnai bientôt la maison de mon parrain le boucher,
mais je n'osai y entrer de peur d'explication et de
remontrance, je m'assis sous le hangar où il ran-
geait les bœufs, et me sentant là à l'abri et chaudement je me remis à lire dans mon livre en attendant que la nuit vînt et permît à ma mère de me

rejoindre ; je pouvais la guetter d'où j'étais placé, et quand je reconnus le bruit de ses pas, je me levai pour aller à sa rencontre. Ma mère, loin de me faire peur comme mon père, me semblait un secours du ciel qui m'arrivait ; je me jetai à son cou et je lui racontai en pleurant ce que j'avais fait.

« J'étais bien sûre, me dit-elle en regardant le livre, que tu n'avais pas pris cet argent pour mal faire ; mais ton père ne veut rien entendre ; il faudra longtemps pour l'apaiser, et d'ici là où vivras-tu, mon pauvre enfant ? J'ai bien eu l'idée de parler à ton parrain pour qu'il te donne asile ; mais ici ton père te retrouvera et il arrivera quelque malheur.

— Oui, ma mère, lui dis-je, il faut que j'aille bien loin gagner ma vie, je veux voir Paris et y apprendre bien des choses dont le maître d'école m'a parlé.

— Tu es fou, mon petit Jacques, que deviendrait un pauvre enfant comme toi dans cette grande ville ?

« Je ne sais pas tout ce que je lui dis pour lui persuader que Paris serait le paradis pour moi ; il me semble qu'un esprit me soufflait mes paroles pendant que je lui parlais. Il fut convenu qu'elle me confierait dès le lendemain à des bateliers qui descendaient la Seine de Melun à Paris, et que chaque semaine elle m'enverrait par eux un grand pain qui m'aiderait à vivre là-bas.

« Mais à propos de pain, tu n'as pas soupé, mon
pauvre Jacques ; tiens, voilà des noix et une galette
que j'avais faite pour toi ; mange, puis endors-toi
sous ce hangar, puisque tu t'y trouves bien, et
demain, au petit jour, je viendrai te chercher, me
dit cette bonne mère. »

Tiens, voilà des noix et une galette que j'avais faite pour toi.

« Elle partit, quand j'eus mangé je m'endormis
sur la litière des vaches, et je fis un songe merveilleux. Je me voyais dans le palais du roi de France
avec de beaux habits, j'étais en familiarité avec les

enfants du roi, ou plutôt ils me traitaient avec
respect et m'appelaient leur *maître*. Ce que cela
veut dire, je n'en sais rien ; mais j'ai vu de si belles
choses dans ce rêve, des monuments de tous
genres : palais, églises, colléges, que j'en suis sûr
je retrouverai à Paris; j'ai entendu des voix si
nombreuses qui m'appelaient, que ce matin à l'aube,
sans bien savoir ce que je faisais, oubliant ma
mère que j'allais désespérer, je me suis mis à courir
sur la route de Melun à Paris. J'avais tant peur
que quelque mésaventure ne m'empêchât d'accomplir mon dessein et de voir la capitale, que j'ai
ajouté à ma mauvaise action d'hier, celle bien plus
mauvaise de quitter ma mère sans l'embrasser.
Dieu m'a déjà puni, car sans vous, mon bon seigneur, je serais mort de froid sur la route et j'aurais été mangé par les loups.

— Allons ! allons! tu n'es pas aussi vagabond que
je le craignais, répliqua le gentilhomme, quand
l'enfant eut terminé son récit, tu passeras deux ou
trois jours à Orléans pour te réconforter, puis tu
continueras ta route jusqu'à Paris, et moi, demain,
de retour à Melun, j'irai avertir ta mère qui doit te
croire perdu. »

Le petit Jacques remerciait avec une vive reconnaissance le bon gentilhomme, et couvrait de caresses ses mains qui, en ce moment, laissaient
flotter les rênes. Mais ils arrivaient dans une plaine

où la route qui montrait Orléans devant elle, devenait plus belle. Le cheval reprit le trot, l'enfant cessa de parler et même ne fit plus aucun mouvement. Le gentilhomme s'imagina qu'il dormait et ne songea plus à lui; mais arrivé à la porte de l'auberge où il devait loger, quand il poussa Jacques pour le réveiller, il s'aperçut qu'il avait perdu connaissance et qu'il était pris d'une grosse fièvre. Le cordial qu'il avait bu ne lui avait donné qu'une force factice d'une heure.

Que faire! Le gentilhomme connaissait la charité des bonnes sœurs de l'hospice, il y conduisit lui-même le petit Jacques.

Le lendemain il vint le revoir avant de reprendre la route de Melun; la fièvre de l'enfant avait cessé, mais il était tout courbaturé et ne pouvait se remuer dans son lit; l'excellent seigneur le confia aux soins des religieuses, lui remit une lettre de recommandation pour Paris, et s'éloigna en lui promettant de nouveau d'aller le soir même rassurer sa mère.

Trois jours de repos guérirent entièrement le petit Jacques, qui put se remettre en route pour Paris : on lui donna douze sous et quelques provisions avant qu'il quittât l'hôpital, de sorte qu'il fit gaiement le reste de la route. Comme il sortait de l'hôtel-Dieu, de cet hôtel si bien nommé, de cet hôtel tout providentiel et qui ne refuse jamais

7

l'hospitalité, il fit un vœu qui se grava profondément dans son âme; il jura que si jamais il était
riche il doterait l'hôpital d'Orléans.

Il arriva à Paris par un temps clair, ce qui
lui permit d'aller admirer le palais du roi, la
tour de Nesle, le Pré aux clercs, les belles églises
et tous les monuments qui décoraient le vïeux
Paris.

La lettre que lui avait remise le bon gentilhomme
était pour un des maîtres des nombreux colléges de
Paris. Il ne demandait pas qu'on l'admît comme
élève dans l'intérieur du collége, c'eût été trop
espérer pour le petit vagabond vêtu d'une pauvre
souquenille et fils de mercier; il demandait qu'on
l'employât comme commissionnaire et domestique
des élèves et des professeurs, sauf à le recevoir plus
tard dans l'intérieur du collége s'il marquait des
dispositions frappantes pour l'étude.

Le maître à qui le petit Jacques remit sa lettre
était un homme affairé et naturellement brusque.

« Choisis ta place à la porte du collége, lui dit-il,
je donnerai l'ordre qu'on t'y laisse tranquille, et
nous verrons à te faire faire des commissions; »
puis d'un geste il congédia le pauvre enfant.

Mais Jacques était d'une nature résolue et per-
sistante qui ne se décourageait point. Aux murs
des colléges, des couvents, des églises et de
presque tous les monuments de cette époque,

étaient toujours adossées de petites constructions parasites. Contre la façade du collége, d'où Jacques venait de sortir, s'étalaient une échoppe de cordonnier, une autre occupée par un imagier, qui vendait aussi des chapelets et quelques livres d'église, puis une petite hutte où nichait un aveugle et son chien. Le petit vagabond se choisit une place dans les entre-colonnements d'une poterne presque toujours fermée ; il plaça sur un banc très-bas, à l'abri de cet enfoncement, une grosse botte de paille qu'il acheta pour quelques sous, il s'établit dans cette espèce de gîte et soupa gaiement des restes des provisions que les bonnes sœurs lui avaient données. La nuit fut rude, mais il échappa à la rigueur du froid en se blottissant tout entier dans la paille brisée ; à son réveil, il se mit à courir de long en large pour se réchauffer, et bientôt aperçu par le savetier et l'imagier, il fut chargé par eux de quelques petites commissions en retour desquelles ils lui offrirent la soupe ; et il se sentit tout réconforté par un repas chaud.

En ce temps-là les écoliers étaient externes, et le matin, en se rendant aux classes, ils virent le petit commissionnaire dont la bonne mine les charma. Il était assis jambes pendantes sur la paille fraîche et lisait dans son livre d'évangiles.

Plusieurs écoliers parmi les grands l'interrogèrent, et ayant appris qu'il était commissionnaire

l'employèrent aussitôt ; il gagna donc dès le premier
jour quelques menues monnaies. Il s'arrangea avec
l'imagier pour prendre chez lui sa nourriture et
pour s'y chauffer ; et, comble de bonheur, il obtint
que l'imagier lui prêterait quelques livres en lecture. Dès le premier jour il avait écrit à sa mère,
et bientôt il reçut avis qu'un gros pain lui arrivait
par les bateliers de Melun ; il se rendit au bord de
la Seine à l'endroit où les bateliers amarraient leurs
bateaux ; il y eut bientôt reconnu un patron de barque, leur voisin à Melun, qui l'ayant à son tour
aperçu, lui cria :

« Eh ! eh ! petit Jacques, approche donc un peu
de mon bord ; j'ai une cargaison pour toi. »

Quand l'enfant toucha à la barque il donna une
poignée de main au patron, et reçut dans ses bras
un énorme pain bis dont la circonférence dépassait
celle d'une roue de brouette. Il ne put regarder ce
pain sans attendrissement ; c'était sa mère qui
l'avait pétri ; et chaque semaine elle devait lui en
envoyer un semblable pour qu'il ne mourût pas de
faim à Paris.

Il parla longtemps de cette bonne mère, puis de
son père et de ses sœurs avec le batelier, et quand
il lui eut dit adieu et qu'il se trouva seul dans les
rues de Paris, il se mit à rêver à ce qu'il pourrait
faire pour prouver un jour sa reconnaissance à sa
mère.

Franchir le seuil du collége, y être admis comme
élève et devenir un savant, tel était le but qu'il

Il reçut dans ses bras un énorme pain bis.

aurait voulu atteindre. Mais comment y parvenir?
Il se rappelait la brève et brusque réception que le

maître lui avait faite et il n'osait guère compter sur
sa protection.

Tout en songeant de la sorte, il avait regagné la
porte du collége; il déposa son gros pain dans
l'échoppe de l'imagier après en avoir coupé une
large tranche qu'il mangea avec délices, puis
il s'assit dans son petit gîte attendant les pratiques. C'était le lendemain d'un jour de congé,
une dame passa qui ramenait ses deux fils au
collége.

« A votre service, madame et messieurs, leur dit
le petit Jacques, suivant l'habitude qu'il avait de
s'adresser à ceux qui passaient.

— Tiens! c'est notre petit commissionnaire, dit un
des écoliers à son frère; il faut le recommander à
maman, qui lui fera gagner plus que nous; » et
aussitôt ils désignèrent le petit Jacques à leur
mère. Celle-ci regarda le pauvre enfant et fut
charmée de son visage et de sa gentillesse; il tenait
en ce moment son volume d'évangiles à la main; la
dame ayant regardé dans ce livre et interrogé
Jacques, elle sut de lui son goût si vif pour la lecture et l'instruction.

« Veux-tu, lui dit-elle avec bonté, accompagner
chaque jour mes fils au collége? j'obtiendrai des
professeurs que tu assistes à toutes leurs leçons,
et tu apprendras ainsi toujours quelque chose. »

L'enfant ne sachant comment prouver l'excès de

sa gratitude à la bonne dame, s'agenouillait et baisait le bord de sa robe.

Quelques instants après il fut admis dans l'intérieur du collége; la dame l'avait recommandé au
même maître à qui il s'était adressé à son arrivée
à Paris. Cette fois-ci il en fut bien mieux reçu. Le
maître lui dit qu'on lui donnerait une petite chambre sous les toits du collége, et qu'il pourrait,
tout en servant les fils de la bonne dame, partager les études des écoliers et montrer ses dispositions.

Dès lors la vie du petit Jacques devint un combat
plein d'ardeur. Le grand pain qu'il recevait chaque
semaine de Melun assurait sa subsistance; il put
ajouter quelques fruits et quelques légumes à ce
pain du pays, et s'acheter un habit avec les petits
gages que lui avait régulièrement assurés la bonne
dame; il put, bonheur plus grand, s'acheter quelques livres! Il était bien pauvre encore! mais il
était riche d'espérance, riche du savoir qui s'ouvrait
pour lui; il ne songea pas à envier la fortune de ses
condisciples, il ne songea qu'à les surpasser tous
dans ses études.

Ce fut un exemple admirable que celui que
donna ce pauvre enfant du peuple, servant les
autres aux heures des récréations, et aux heures
des leçons se montrant le plus empressé au travail.
Il prenait même sur ses nuits pour étudier, et

n'ayant pas de lumière, il lisait et écrivait à la lueur de quelques charbons embrasés! Il fit bientôt de rapides progrès dans l'étude de la langue latine, mais il voulut plus encore; il voulut apprendre cette belle langue grecque, qu'à peine quelques savants connaissaient alors en France. Les plus célèbres ouvrages de la littérature grecque ne s'imprimaient à Paris que depuis vingt ans, ces livres étaient très-chers, et le petit Jacques était bien pauvre; mais la vigueur de sa volonté suppléait à tout. A force de travail il parvint à comprendre le grec. Il suivit d'abord les cours de Bonchamps, dit Évagrius, professeur de ce temps; et bientôt le roi François I⁢er ayant institué une chaire de grec où deux habiles érudits, Jacques Thusan et Pierre Danès, furent chargés sous le nom de *lecteurs royaux* d'enseigner l'un la poésie et l'autre la philosophie de l'antiquité, on vit Jacques assidu à leurs leçons, interrogé par eux, les étonner et les éblouir. Ils confessèrent enfin qu'ils n'avaient plus rien à apprendre au merveilleux écolier qui, désormais, saurait aussi bien qu'eux commenter Platon, Démosthène et Plutarque.

Un jour ils l'examinèrent en présence de François I⁢er et de sa sœur Marguerite de Navarre, qui, elle aussi, savait le grec. Le roi et la princesse émerveillés de son savoir le comblèrent de louanges et déclarèrent qu'ils prenaient sous leur protection

Un jour ils l'examinèrent en présence de François Ier et de sa sœur Marguerite de Navarre.

le jeune Jacques Amyot, une des gloires futures de
la France.

Le lendemain de cet heureux jour, les bateaux
de Melun déposèrent à Paris un pauvre homme
et sa femme vêtus des humbles habits des artisans

Les bateaux de Melun déposèrent à Paris un pauvre homme et sa femme.

de ce temps. C'étaient la mère et le père de Jacques
Amyot.

« Oh ! mon cher fils, lui dit sa mère en le pressant sur son cœur ; je t'amène ton père qui t'a par-
donné et qui est bien fier de toi ! »

AGRIPPA D'AUBIGNÉ

NOTICE SUR AGRIPPA D'AUBIGNÉ.

Théodore-Agrippa d'Aubigné naquit à Saint-Maury, près de Pons, en Saintonge, le 8 février 1550, d'une famille très-ancienne, qui avait embrassé la réforme des calvinistes. Sa mère mourut en le mettant au monde, ce qui lui fit donner le nom d'Agrippa, *ægre partus* (né difficilement); il reçut de son père une forte et savante éducation; à six ans, il lisait déjà le latin, le grec et l'hébreu.

Il se trouva à treize ans au siége d'Orléans, et s'y distingua; quand il perdit son père, on l'envoya étudier à Genève, sous le célèbre de Bèze, qui le prit en affection. Dégoûté des études, il s'enfuit à Lyon, et bientôt s'engagea dans les armées du roi de Navarre (depuis Henri IV). Il se fit aimer du roi par sa gaieté et son esprit; ce fut dans les camps qu'il composa sa tragédie de *Circé*.

Henri IV dut beaucoup à d'Aubigné dans les guerres qu'il fut obligé d'entreprendre pour reconquérir son royaume. A la mort de ce roi, d'Aubigné fut persécuté pour avoir publié une histoire très-hardie sur les hommes et les événements de son temps; il se réfugia à Genève. Ses biens furent confisqués, et ses ennemis obtinrent un arrêt qui le condamnait à avoir la tête tranchée.

D'Aubigné s'était marié, en 1588, avec Suzanne de Lerny ; il eut de ce mariage plusieurs enfants, entre autres Constant d'Aubigné, qui fut le père de Mme de Maintenon. Il mourut à Genève, âgé de quatre-vingts ans, et fut enterré dans le cloître de l'église de Saint-Pierre. Il avait composé lui-même son épitaphe.

D'Aubigné a laissé un grand nombre d'ouvrages en prose et en vers d'où l'on pourrait tirer de magnifiques extraits.

AGRIPPA D'AUBIGNÉ.

Quand j'entends les écoliers de nos jours se
plaindre et murmurer pour quelques méchantes
et faciles versions grecques ou latines, je ne puis
m'empêcher de songer à ce qu'étaient les fortes
et universelles études des jeunes lettrés de la Renaissance, et quels écoliers ce furent que les Étienne
Dolet, les Rabelais, les Montaigne, les Ronsard et
ce petit Agrippa d'Aubigné, dont je vais entretenir
mes lecteurs.

Par un jour d'automne pluvieux, trois hommes,
couverts de longues robes fourrées, se chauffaient
auprès de la vaste cheminée d'une salle toute lam-
brissée de panneaux de chêne. Cette salle était la
bibliothèque du vieux château fort de Saint-Maury,
en Saintonge. Une grande table, tendue de cuir,
s'élevait au milieu, jonchée de livres, de papiers et
d'écritoires de fer. A cette table était assis, dans
un grand fauteuil, un petit garçon de sept ans, à
la tête déjà méditative, à l'œil vif, à la bouche sérieuse. L'enfant restait courbé, presque immobile ;

8

seulement son regard rapide se portait alternative-
ment du cahier qu'il lisait à un livre grec ouvert
devant lui.

Les trois hommes assis auprès du feu n'échan-
geaient aucune parole, comme s'ils eussent craint
de troubler le petit savant; mais d'un sourire ou
d'un signe ils se communiquaient leur surprise et
leur contentement. Ce fut l'enfant qui rompit le
premier le silence.

« J'ai fini, dit-il en se levant et en remettant le
cahier au plus âgé des trois personnages; voyez,
mon père, si vous êtes content.

— C'est à messire Henri Étienne [1] d'en juger,
répondit le père, prenant son fils sur ses genoux
et tournant au feu ses petites jambes; chauffe-
toi, mon enfant, pendant que ton précepteur sui-
vra sur le texte grec, et que messire Étienne relira
ta traduction et s'assurera qu'aucun contre-sens ne
t'est échappé. »

L'enfant hocha la tête pour dire qu'il était bien
sûr de lui, et remit avec un sourire d'espérance
son cahier à Henri Étienne.

Maître Béroalde le précepteur se leva, prit le gros
volume grec qui était sur la table, et s'étant incliné :

« Je suis aux ordres de M. Étienne, » dit-il, et
ses yeux se fixèrent sur la page ouverte.

1. Petit-fils du premier imprimeur de ce nom.

Le. célèbre imprimeur commença la lecture du cahier de l'enfant, dont les boucles blondes se jouaient sur l'épaule de son père tandis qu'il écoutait.

Ce n'était point un conte de fée, ce n'était point un thème facile et court qu'Henri Etienne, le typographe le plus renommé de l'époque, était venu collationner avec tant d'attention : c'était un des fameux dialogues de Platon, le *Criton*, que le petit Agrippa d'Aubigné s'était exercé à traduire « Bien, très-bien ! disait le savant imprimeur à mesure qu'il lisait.

— Merveilleux ! s'écriait le précepteur, qui suivait sur le texte grec ; il a deviné le génie de la langue de Platon et s'en est souvent approprié les expressions. »

A ces éloges, l'enfant regardait son père et semblait lui demander s'il était satisfait. Le seigneur d'Aubigné restait muet, mais quelques larmes roulaient dans ses yeux baissés et avaient grand'peine à ne pas en jaillir. Quand la lecture fut terminée, il embrassa tendrement son fils et lui dit :

« Je tiendrai la promesse que je t'ai faite, Agrippa ; notre ami Henri Étienne emportera ton manuscrit à Paris, et l'imprimera avec ton portrait en tête.

— Ce sera fait prestement, ajouta Henri Étienne, et l'âge de notre cher petit traducteur sera indiqué

dans une préface que j'écrirai moi-même. Quant
au portrait, je vous enverrai un de nos meilleurs
graveurs, pour qu'il le fasse ici même d'après le
modèle. »

Le petit Agrippa restait pensif, appuyé contre
l'épaule de son père.

« Quoi ! vous n'êtes pas plus réjoui que cela ? lui
dit le précepteur ; monseigneur d'Aubigné outre-
passe pourtant la promesse qu'il vous avait faite ;
il avait bien dit qu'il ferait imprimer votre traduction, mais y mettre en tête votre portrait, c'est une
seconde récompense qui devrait vous rendre tout
fier.

— Ce n'est point mon portrait que je voudrais y
voir, répliqua l'enfant.

— Et lequel ? reprit maître Béroalde ; peut-être
le mien, pensait-il tout bas, car enfin c'est moi qui
l'ai instruit.

— Celui de ma mère, dit l'enfant avec émotion.

— Cher enfant, dit le père en le baisant au front,
pourquoi cette pensée ?

— Pourquoi ? s'écria le petit Agrippa, parce que
ma mère, qui est morte en me donnant le jour,
ne m'a point quitté cependant, et vient bien souvent la nuit me parler, me conseiller et me presser
dans ses bras.

— Oui, monseigneur, ajouta le précepteur, il a
de ces visions ; je n'avais pas osé vous le dire.

— Laissez-le parler, répliqua le père; dis-moi, dis-moi, mon enfant : quand et comment as-tu vu ta mère?

— Je l'ai vue, répondit l'enfant avec émotion et gravité, depuis le jour où j'ai commencé à penser, et toujours elle m'est apparue sous la même forme, belle, grande, douce, toute blanche; elle venait la nuit frôler de ses vêtements les rideaux de mon lit; elle me donnait des baisers; sa bouche était froide et me brûlait pourtant. Il y a trois mois, quand je commençai ma traduction de Platon, elle m'apparut toute souriante; je n'entendais pas sa voix, aucune parole ne s'échappait de ses lèvres, et cependait je sentais dans mon esprit qu'elle me disait : « Travaille, mon cher fils, con- « sole ton père de ma mort, toi qui l'as involontai- « rement causée; sois l'honneur de notre maison; « nos jours sont rapides, ne perds-pas ceux de l'en- « fance dans les jeux; travaille, ta mère te regarde et « s'en réjouira. » Elle s'éloigna en me parlant encore des yeux, puis sembla disparaître dans la brume du matin, qui montait devant ma fenêtre. Depuis ce jour, mon père, le travail me devint si facile qu'il me semblait que l'esprit de ma mère, qui fut, m'avez-vous dit, si orné et si grand [1], s'était placé en

1. Les femmes des grandes maisons de ce temps-là savaient le latin et le grec.

moi et pénétrait ce qu'un enfant ne peut comprendre encore ; .c'est ainsi que j'ai traduit ce dialogue
de Platon ; l'intelligence maternelle me le dictait.
Comment aurais-je pu, sans cela, en comprendre
le sens, en deviner les beautés? C'est donc le por- ·
trait de ma mère qu'il faut placer en tête de ce
dialogue.

— Ton désir sera accompli, répondit le seigneur
d'Aubigné en embrassant son. fils ; nous. confierons
à M. Henri Étienne un portrait de ·ta mère, et tu
le retrouveras en tête de ton travail, te souriant et
t'encourageant encore. »

L'enfant, satisfait par cette promesse, s'échappa
des bras de son père, et, s'élançant sur la plate-
forme du château, s'exerça à la fronde avec les archers de garde. L'étude ne prenait pas toute son
âme. Les penchants guerriers s'y développaient à
l'envi de ceux de l'esprit. Il faisait des armes en
chantant des vers encore sans rime et sans césure
qu'il improvisait. Alors il était gai, bruyant. Une
heure après, il traduisait du grec, de l'hébreu et
du latin. Il se passionnait pour les héros de l'antiquité, et plus tard il a rappelé ces mâles études
dans ses vers, où il se fait dire par la bouche de la
fortune :

> Je t'épiais ces jours lisant si curieux
> La mort du grand Sénèque et celle de Thrasée,
> Je lisais par tes yeux en ton âme embrasée .

Que tu enviais plus Sénèque que Néron,
Plus mourir en Caton que vivre en Cicéron ;
Tu estimais la mort en liberté plus chère
Que de vivre en servant. . . . .

La guerre civile entre les catholiques et les huguenots ravageait alors la France. On faisait des exécutions sanglantes dans toutes les villes. Le seigneur d'Aubigné était zélé calviniste ; en allant à Paris, il passa un jour par Amboise avec le petit Agrippa âgé de neuf ans. Montés sur leurs chevaux qui longeaient les bords de la Loire, ils virent une grande foule se pressant au pied des remparts du château. « Qu'est-ce donc, mon père ? dit l'enfant.

— Suis-moi sans avoir peur, répliqua le père. Je pressens quelque chose de sinistre à la consternation de ce peuple. »

Ils avancèrent à grand'peine, tant la foule s'entassait compacte jusqu'aux premières marches de l'escalier du château. Des hallebardiers étaient là, éloignant à coups de lance les curieux qui s'aventuraient trop près. Le petit Agrippa et son père parvinrent pourtant à se frayer un passage, et découvrirent ce qui attirait la curiosité du peuple.

Dix têtes coupées étaient exposées au haut d'une potence !

Le seigneur d'Aubigné tressaillit : dans ces têtes il venait de reconnaître autant d'amis et de compagnons d'armes. « Oh ! les bourreaux ! s'écria-t-il,

ils ont décapité la France ! » Huit mille personnes
l'entouraient quand il poussa ce cri d'indignation ;
il piqua des deux à son cheval, son fils l'imita, et
comme il le dit plus tard dans son poëme des *Tra-
giques* :

> L'œil si gai laisse alors tomber sa triste vue,
> L'âme tendre s'émeut....
> Le sang sentit le sang, le cœur fut transporté.

La foule et les archers, comme frappés de stu-
peur, les laissèrent s'éloigner. Quand ils se retrouvèrent sur les bords de la Loire, le père posa sa
main sur la tête d'Agrippa : « Mon enfant, dit-il,
il ne faut point que ta tête soit épargnée après la
mienne pour venger ces chefs pleins d'honneur ; si
tu t'y épargnes, tu auras ma malédiction.

— Mon père, je vous jure, répliqua l'enfant,
de ne jamais renier notre foi et notre parti. »

Il tint parole. Plus tard, dans des vers énergiques
et pittoresques, il a jeté l'anathème aux horreurs de
la guerre civile, et il s'est écrié :

> Oh ! que nos cruautés fussent ensevelies
> Dans le centre du monde ! oh ! que nos hordes vies
> N'eussent empuanti le nez de l'étranger !
> Parmi les étrangers, nous irions sans danger,
> L'œil gai, la tête haut, d'une brave assurance
> Nous porterions au front l'honneur ancien de France.

Puis rappelant les supplices infligés aux huguenots :

> Pourquoi, leur dit le feu, avez-vous de mes feux,
> Qui n'étaient ordonnés qu'à l'usage de vie,
> Fait des bourreaux valets de votre tyrannie?
> Des corps de vos meurtriers, pourquoi, disent les eaux,
> Changeâtes-vous en sang l'argent de nos ruisseaux?
>
> . . . .
>
> Pourquoi nous avez-vous, disent les arbres, faits
> D'arbres délicieux exécrables gibets?

Le seigneur d'Aubigné, prenant une part active à ces guerres funestes, dut laisser son fils à Paris, sous la direction de son excellent maître Béroalde. Le précepteur et l'élève vivaient retirés, s'occupant à traduire Platon et les écritures saintes; mais un jour, Béroalde fut averti qu'il était accusé d'hérésie, et qu'ils n'avaient, lui et son élève, d'autre parti à prendre que de se dérober par la fuite à la persécution.

« Non pas ! s'écria le petit Agrippa; attendons ici, je brûle de tirer l'épée contre ceux qui viendront. »

Maître Béroalde n'écouta pas son élève, mais la prudence. Sur l'heure même on fit équiper des chevaux et l'on prit la fuite. Agrippa noua à sa ceinture une gentille épée à fourreau d'argent que lui avait donnée son père; il lui semblait qu'ainsi armé il était hors de tout danger. La petite bande, maîtres

et domestiques, se mit en route; mais, arrivée au
bourg de Courances (Seine-et-Oise), elle fut arrêtée

Agrippa d'Aubigné danse devant le bûcher où l'on va le jeter.

et conduite en face d'un bûcher allumé pour brûler
les huguenots. On dépouilla le petit Agrippa de sa

jolie épée : il se débattait et pleurait de rage. On le
pressa d'abjurer sa religion, et on fit la même som-
mation à son maître et à leurs serviteurs. Agrippa,
qui avait alors dix ans, répondit bravement : « Jamais! jamais! » Et voyant que son précepteur et ses
compagnons de fuite étaient tristes, il se mit, pour
les amuser, à danser la *gaillarde;* il tournait et gam-
badait autour du bûcher où on allait les jeter. Un
des gardes fut ému de compassion à la vue de cette
bravoure et de cette gaieté. La nuit commençait à
venir : « Fuyez, dit le garde à maître Béroalde ; je
vous sauve tous pour l'amour de ce gentil garçon,
qui sera un jour un fier homme. » La petite bande
courut à travers champs, et après plusieurs jours
de marche et de périls, arriva à Montargis, où
résidait Renée de France, fille de Louis XII, veuve
d'Hercule d'Est. Cette princesse, huguenote comme
les fugitifs, leur offrit son château pour asile, et
le soir à la veillée, le petit Agrippa, assis à ses pieds
sur un carreau de soie, la charmait par le récit
naïf de ses aventures.

Il fallut quitter la bonne princesse et se remettre en route. Le seigneur d'Aubigné commandait à
Orléans pour ceux de sa religion. Le vieux Béroalde s'était juré de ramener l'enfant à son père.
Après bien des périls ils arrivèrent aux portes de
la ville assiégée. Mais là un spectacle horrible les
attendait. Ils avaient pris la fuite pour échapper à

la mort et ils la rencontraient plus hideuse, plus
menaçante : les cadavres jonchaient les places et

Agrippa d'Aubigné raconte ses aventures à Renée de France.

les rues; des maisons ouvertes s'échappaient des
gémissements; les soldats osaient à peine se mon-

trer sur les remparts pour faire leur service : la
peste ravageait Orléans.

« N'entrons pas, dit maître Béroalde ; ici la mort
est certaine.

— Entrons, répondit Agrippa ; ici est mon père,
et je veux partager tous ses dangers. »

Ils franchirent les portes, et bientôt ils eurent
rejoint le seigneur d'Aubigné.

« Ici, toi ici, mon pauvre enfant ! s'écria celui-ci.
Je ne t'ai donc retrouvé que pour te perdre !

— Non, mon père, je vivrai et je me battrai auprès de vous, » dit l'enfant toujours serein et ferme.

Cependant le fléau l'atteignit. Son père le vit un
jour tomber inanimé entre ses bras ; il ne put
même pas lui donner ses soins et veiller sur lui : la
défense de la ville le réclamait.

« Que faire ? oh ! mon Dieu ! disait le père désespéré ; il faut donc que j'abandonne mon enfant à la
mort. »

Le précepteur se mourait lui-même.

Un vieux serviteur, qui n'avait jamais quitté le
petit Agrippa depuis le jour de sa naissance, dit avec
assurance à son père : « Ayez confiance en Dieu,
votre fils ne mourra pas ! Allez, monseigneur, nous
défendre de l'ennemi. Je veille ici sur votre enfant
et je vous le rendrai plein de vie. » En disant ces
mots il coucha l'enfant, déjà brûlé et ravagé par
la peste ; et se plaçant à son chevet, il entonna un

psaume. Le père hésitait à partir : « Allez sans crainte, répéta le serviteur, il est maintenant sous la garde de Dieu. » Le seigneur d'Aubigné embrassa son fils avec déchirement et se rendit aux remparts pour repousser l'assaut.

Cependant le vieux serviteur veillait et chantait sans s'interrompre ; quand le psaume était achevé, il le recommençait. Tout en donnant à l'enfant les breuvages prescrits, il ne discontinuait pas de chanter. Le huitième jour, le malade fut sauvé ; mais la peste lui avait laissé au front une profonde cicatrice. Quand il fut debout : « Je veux, dit-il, aller retrouver mon père sur les remparts. »

Le serviteur l'arma sans résister, et, ayant fait venir un cheval, il y plaça son jeune maître. Il prit le cheval par la bride, entonna de nouveau un verset du psaume, et conduisit Agrippa au seigneur d'Aubigné. En ce moment, on se battait avec furie. L'enfant voit son père s'élancer en tête d'une sortie contre les assiégeants ; il se précipite à sa suite, l'épée au poing, les yeux en flamme, la tête illuminée par son courage ; il entonne d'une voix inspirée le psaume du vieux serviteur. Les soldats, qu'on entraînait d'ordinaire au combat avec ce chant de la Bible, répondaient en chœur à la voix d'Agrippa. En voyant ce guerrier adolescent, pâle, beau, indomptable, ils croient à quelque ange descendu du ciel pour les guider ; ils se pressent

autour de lui, exterminent l'ennemi et le repous-
sent loin des murailles, toujours devancés par
le seigneur d'Aubigné, qui met à profit cette
ardeur des siens sans avoir découvert ce qui l'in-
spire.

Ainsi qu'Agrippa l'a décrit plus tard dans ces
vers :

> Là l'enfant attend le soldat,
> Le père contre un chef combat,
> Encontre le tambour qui gronde
> Le psaume élève son doux ton,
> Contre l'arquebuse, la fronde,
> Contre la pique, le canon.

La mêlée devenait de plus en plus sanglante ; le
seigneur d'Aubigné, emporté loin de sa troupe,
est atteint par un éclat d'obus. Agrippa, qui n'a-
vait pas encore pu rejoindre son père, arrive à ses
côtés comme il chancelait : « Toi ici ! toi, mon cher
fils ! s'écrie le blessé ; est-ce bien toi, ou n'est-ce
que ton spectre ? » L'enfant couvre son père de
larmes et de baisers.

« Frappé ? dit-il.

— A mort, répondit le chef des huguenots.

— Ah ! pourquoi Dieu m'a-t-il laissé vivre, s'il
devait vous faire mourir ? murmure Agrippa désespéré.

— Pour que tu continues notre race, dit le mourant que ses soldats entourent. Allons, Agrippa,

prends ma place et remplis-la bien; rends-toi redoutable par l'épée et par la plume, mon brave
enfant. »

Il expira en prononçant ces mots.

Le jeune Agrippa d'Aubigné étendit ses bras sur
la tête auguste de son père, et là, en face du ciel,
à la voix des canons qui grondaient sur ce mort sacré dont l'œil le regardait encore, il fit un serment
d'héroïsme qu'il tint glorieusement. Cet enfant devint le compagnon de guerre d'Henri IV, et lui aida
à reconquérir son royaume.

PIERRE GASSENDI

NOTICE SUR GASSENDI.

Pierre Gassend, connu sous le nom de Gassendi, mérite une première place dans le rang des philosophes : Antiquaire , historien , biographe , physicien , naturaliste, astronome , géomètre, anatomiste, prédicateur, métaphysicien , helléniste , dialecticien , écrivain élégant, érudit, et critique consommé, il a parcouru le cercle des sciences et des arts, à l'époque de leur renaissance encore indécise. Gassendi naquit au village de Chantersier , près de Digne en Provence, le 22 janvier 1592. Ses parents n'étaient pas riches, mais remarquant les heureuses dispositions de leur enfant, ils voulurent qu'une bonne éducation les développât. Ce fut un des enfants les plus précoces qu'on ait connus : à quatorze ans il débitait de mémoire de petits sermons et se dérobait pendant la nuit à la surveillance de ses parents pour observer les astres. A dix ans il harangua l'évêque de Digne, Antoine de Boulogne, qui faisait sa visite pastorale dans le pays. Celui-ci émerveillé prédit à l'enfant qu'il serait un jour un homme célèbre. Gassendi recevait alors des leçons du curé de son village, puis il allait étudier seul à la lueur de la

lampe de l'église. Il apprit la rhétorique à Digne et il
étudia la philosophie à Aix. A seize ans il obtint la
chaire de rhétorique à Digne, puis, comme il se desti-
nait à l'état ecclésiastique, il retourna à Aix apprendre
la théologie ; il prit le bonnet de docteur à Avignon et
fut nommé prévôt du chapitre de cette ville. A vingt
et un ans il obtint à la fois la chaire de théologie et de
philosophie.

Ses lectures favorites étaient Sénèque, Cicéron, Plutarque, Juvénal, Horace, Lucien, Juste Lipse, Érasme;
ses loisirs étaient souvent employés à des travaux ana-
tomiques et astronomiques. Pourvu d'un bénéfice à la
cathédrale de Digne, Gassendi donna en 1623 la dé-
mission de sa chaire pour se livrer avec plus de liberté à ses travaux scientifiques. Dès l'année suivante,
il publia les deux premiers livres de ses *Exercitationes*
paradoxica, adversus Aristotelem, qui firent beaucoup
de bruit; à la suite de cette publication il alla à Paris,
voyagea dans les Pays-Bas et la Hollande, se lia avec
plusieurs savants, visita les établissements scientifiques
et consulta les bibliothèques. Il fit à Marseille, en
1636, plusieurs grandes observations astronomiques et
rectifia quelques erreurs des anciens. — Il fu longtemps protégé par le comte d'Alais Louis de Valois,
depuis duc d'Angoulême.

. On pensa un instant à lui pour l'éducation de
Louis XIV; en 1646, il fut nommé lecteur de mathématiques au collége de France, par les soins de l'ar-
chevêque de Lyon, frère du cardinal de Richelieu :
mais il n'obtint jamais la faveur de ce premier minis-

tre. La reine Christine de Suède fut en correspondance
avec Gassendi qui lui écrivit une fort belle lettre sur
son abdication ; Frédéric III, roi de Danemark, deux papes, plusieurs princes français, le cardinal de Retz et la
grande Mademoiselle témoignèrent une très-vive estime
à Gassendi.

Son cours au collège de France lui attirait une af-
fluence nombreuse d'auditeurs ; il mit en honneur l'é-
tude de l'astronomie négligée jusque-là. L'enseignement
fatigua sa poitrine, et, après avoir langui et souffert
quelque temps, il mourut le 14 octobre 1655, des suites d'une saignée mal appliquée qui lui fut faite. Gassendi fut en relation avec Galilée et le consola durant
sa captivité par des lettres pleines d'une philosophie
élevée. Il partageait l'opinion du philosophe italien
sur le mouvement de la terre. Il entretint aussi une
correspondance avec Kleper et les plus fameux astro-
nomes de son siècle ; il fut en relation avec Cam-
panella, Hobbes, le père Mersenne, Descartes, Deo-
dati, Naudé, Pascal et Cassini, jeunes encore,
Roberval, etc. Molière et Bachaumont furent ses
disciples.

Il serait trop long de donner ici la liste des nombreux
ouvrages scientifiques de Gassendi, tous écrits en latin.
Gassendi a les plus beaux titres à la gloire ; il fut
comme Galilée et comme Torricelli un des précurseurs
de Newton.

LE PETIT ASTRONOME.

Par une de ces belles nuits d'été si radieuses en Provence, où l'azur du ciel triomphé de la nuit et éclate à la lueur des étoiles agrandies et d'une pleine lune transparente, un enfant de huit ans sortit furtivement d'une humble habitation du village de Chantersier, traversa un verger d'oliviers qui s'étageaient sur un tertre, et, parvenu au sommet de ce tertre, s'assit sur un roc qui dominait la vallée. Que venait faire là à cette heure de la nuit ce petit garçon vêtu de la veste des artisans? Était-il poussé par quelque méchante action? voulait-il dérober des fruits ou tendre des lacets et se livrer à quelque chasse défendue? Non; la physionomie de cet enfant est trop riante, son front trop réfléchi et trop inspiré pour qu'il médite quelque chose de mal. Le voilà assis, immobile et les bras croisés sur la pointe d'un roc; il ne regarde pas vers la terre silencieuse et où quelques chants lointains des pâtres se font seulement entendre : ses yeux se tournent vers le ciel, ils s'y arrêtent, ils y plongent :

on le dirait pétrifié dans l'attitude de l'extase ;
est-ce qu'il prie ? Non ; il médite, il pressent ce qui
est encore inconnu pour lui et pour tant d'autres :
le cours des astres, leur place et leurs évolutions
dans le ciel, et il se demande si c'est une chose impossible de les classer et de les décrire. Après avoir

voilà assis immobile et les bras croisés sur la pointe d'un roc.

tenu longtemps ses yeux attachés sur le firmament, il les abaisse tout à coup sur un petit cahier
placé sur ses genoux, où il trace lentement quelques signes et quelques dessins de constellations ;

Eh! eh! les vieux! criaient ces voix.

mais il est troublé dans son occupation par des
bruits de voix parmi lesquelles il croit reconnaître
celle de son père.

Voici ce qui s'était passé chez lui depuis qu'il en
était sorti furtivement. Son père et sa mère le
croyaient endormi et commençaient à s'endormir
eux-mêmes, lorsqu'ils entendirent frapper à leur
porte à coups redoublés, et retentir des voix aiguës
et malveillantes qui les appelaient.

« Eh! eh! les vieux! criaient ces voix, comment
dormez-vous, tandis que votre petit vagabond de
Pierre a sauté par sa fenêtre et court dans les champs
pour y faire la rapine des olives et des figues? »

Ceux qui parlaient de la sorte formaient une
bande de cinq ou six vauriens, les plus mauvais
sujets du village, et qui étaient la terreur des fer-
miers et des cultivateurs. Ils passaient leur temps à
voler les fruits, à couper les branches des arbres et
à s'emparer de tout ce qui tombait sous leur main.
Comme ils savaient qu'on les guettait et qu'ils
étaient menacés de la prison, ayant découvert que
le petit Pierre, enfant tranquille, studieux, et si
honnête qu'il n'aurait pas dérobé une fleur dans un
champ, sortait souvent au milieu de la nuit; quoiqu'ils l'eussent suivi et qu'ils eussent bien vu que
l'enfant s'asseyait paisiblement sur les hauteurs,
ils résolurent méchamment de l'accuser de leurs
méfaits.

« Qu'est-ce donc? répondit à travers la porte la voix du père de Pierre, qui se leva tout ahuri tandis que sa mère se précipitait dans la chambre à côté où couchait son fils, et poussait des cris en trouvant le lit vide.

— Ouvrez-nous, et nous vous conduirons, répliquaient les voix, et vous verrez que c'est lui, et non pas nous, qui ravage les terres. »

Pleins d'effroi de ce qu'ils entendaient, et surtout de la disparition de leur cher enfant, le père et la mère ouvrirent aussitôt.

« Eh bien, où l'avez-vous vu? où est-il? Je suis bien sûr que vous avez menti, dit le père à la troupe aboyante qu'il menaçait du geste.

— Venez! venez! répétait le chef de la bande, suivez-nous, et vous allez le trouver assoupi, après s'être gonflé de figues marseillaises. Quant aux olives, il en a rempli par vingt fois son chapeau, et il en a fait bien sûr quelque tas dans un fossé à sec où il les a cachées, pour vous les apporter sans doute quand la nuit sera plus avancée. »

A ces paroles, qui accusaient d'une sorte de complicité l'honnête villageois avec les vols supposés dont on chargeait son fils, ne pouvant retenir sa colère, le père de Pierre leva son bras robuste sur le petit vaurien qui parlait de la sorte; mais, leste comme une couleuvre, celui-ci glissa entre ses jambes et se déroba à la correction.

Lorsqu'il fut à distance, il riposta :

« Allons, le vieux, ne vous fâchez pas, et suivez-nous, si vous voulez. »

Impatient de retrouver son fils, le père du petit Pierre se mit en marche; sa femme le suivit, malgré l'injonction qu'il lui fit de ne pas quitter la maison. Quand une mère croit ses enfants en danger ou en faute, elle accourt toujours comme un ange gardien.

La nuit était froide, mais claire; ainsi que nous l'avons dit, la lune et de belles étoiles éclairaient le firmament. Le père et la mère, en se soutenant l'un l'autre, purent donc suivre la trace des petits malfaiteurs qui couraient devant eux. Ceux-ci, arrivés au pied du tertre au sommet duquel Pierre était assis, se mirent à crier en agitant leurs bras en l'air :

« Le voilà ! le voilà ! il se repose après avoir tout ravagé.

— Pierre ! Pierre ! cria la mère, descends ! viens vers nous, mon enfant !

— Arrive, malheureux ! » criait le père à son tour.

L'enfant, reconnaissant la voix de ses parents, se hâta d'accourir.

« Que fais-tu dehors à cette heure ? dit le père en secouant rudement son fils. Quoi ! petit misérable, tu es sorti par la fenêtre pour aller marauder et voler des fruits ?

— Que dites-vous, mon père? répliqua l'enfant, dont les sanglots éclatèrent. J'ai eu tort de sortir la

Que fais-tu dehors à cette heure?

nuit sans votre permission; mais de quoi m'accusez-vous? voler moi! oh non! jamais! jamais! Regardez dans mes poches, fouillez-moi, vous ne trouverez que les pages au crayon que j'écris en regardant les étoiles !

— Oh ! je le savais bien, dit la mère, qu'il n'était pas capable des méchantes actions dont on l'accusait !

— Femme, tais-toi ! les enfants commencent toujours par mentir quand on les surprend en faute. Qu'il se repente, qu'il s'avoue coupable, ou bien je lui donne une rude correction ! »

L'enfant tomba à genoux devant son père :

« Pardonnez-moi, lui disait-il en lui baisant les mains, pardonnez-moi de vous avoir désobéi en quittant la maison sans votre permission ; mais je n'ai rien fait de mal. Demandez au curé ce qu'il pense de moi, je suis toujours le premier à l'école, je prie le bon Dieu et je lis pendant les heures de récréation !

— Mais, malheureux, reprit le père, pourquoi sortir au milieu de la nuit, au lieu de dormir tranquille ?

— Levez les yeux, répliqua l'enfant, et dites-moi si ces belles étoiles qui semblent nous regarder ne méritent pas qu'on les étudie et qu'on les connaisse.

— Es-tu fou ? Comment veux-tu pénétrer si haut et si loin ?

— Mon père, il y avait des pâtres autrefois, il y

a bien longtemps, qu'on appelait les bergers de la
Chaldée ; comme moi ils étudièrent les étoiles, et
ils finirent par marquer leur place dans le ciel ;
qui sait si je ne finirai pas comme eux par faire
quelque découverte et par donner des noms aux
étoiles ! Quand je parle de tout cela au curé, il
ne se moque pas de moi, je vous assure, et il
m'a même promis de me prêter un livre sur ce
sujet.

— Allons, allons, il faut toujours céder aux enfants, reprit le père à moitié convaincu ; dès demain j'irai voir M. le curé, et je saurai si tu dis
vrai ; en attendant, au lit et bien vite ; tu mériterais
d'être puni pour avoir troublé mon somme et celui
de ta mère. »

Mais l'enfant embrassa si tendrement ses parents,
qu'ils ne purent lui garder rancune. Ils rentrèrent
tous trois au logis, bras dessus, bras dessous, et en
parfaite harmonie.

Le lendemain matin, Pierre se rendit à l'école,
selon sa coutume, et son père, avant de se mettre
au travail, alla faire visite au curé. Il le trouva
lisant son bréviaire dans son petit jardin attenant à l'église ; il lui raconta ce qui s'était passé la
veille.

Le bon prêtre était un homme savant, comme
l'étaient tous les prêtres à cette époque.

« Vous êtes trop heureux, dit-il à l'ignorant vil-

lageois; votre fils est un enfant prodigieux, qui
pourra bien devenir un jour un grand homme. »

Le père regardait le curé bouche béante et sans
comprendre.

« Mais pour qu'il devienne ce que vous dites,

Votre fils est un enfant prodigieux.

monsieur le curé, faut-il qu'il se promène dans les
champs pendant la nuit, et qu'il soit pris pour un
vagabond?

— Tout peut s'arranger, répliqua le prêtre; il y
a toujours dans nos montagnes des bergers qui mè-

10

nent paître leurs troupeaux, de minuit jusqu'à
l'aube. Confiez votre fils aux plus honnêtes, et aban-
donnez-le librement à ses rêveries et à ses études; je le guiderai moi-même, je lui prêterai des
livres, et je vous promets qu'avant peu on parlera
de lui. »

Le père baisa la main de l'excellent curé avec des
larmes de reconnaissance.

L'école était voisine du presbytère, et c'étaient le
desservant du curé et lui-même qui la dirigeaient.
Ce dernier instruisait de préférence les enfants studieux et qui montraient des dispositions particulières. Il s'était aperçu bien vite des rares aptitudes du
petit Pierre, et avait donné tous ses soins à leur dé-
veloppement.

Quand l'enfant apprit ce que M. le curé avait décidé avec son père, il sauta de joie, et, quelques
jours après, son contentement fut encore plus
grand, lorsqu'au retour d'un petit voyage qu'il fit à
Digne, le bon prêtre lui remit un volume sur l'astronomie.

Cette science restait encore dans les nuages; beaucoup d'erreurs transmises par l'antiquité étaient
acceptées comme des vérités; rien de cette précision et de cette certitude, que les découvertes de
Copernic, de Galilée, et plus tard de Newton, devaient donner au mouvement des astres dans le
ciel.

N'importe les expériences erronées recueillies
par les siècles avaient leur intérêt et leur valeur. Tout
n'était pas fabuleux dans le système des anciens
transmis au moyen âge ; le nom des astres, leur place
dans le ciel, l'heure de leur apparition, de leur accroissement et de leur décroissance, le calcul du retour des comètes, les phases de la lune, etc., etc.,
tout cela a été adopté par l'astronomie moderne.

Quand le petit Pierre eut en sa possession ce livre
précieux si plein d'attraits, malgré ses erreurs, il ne
le quitta plus. Au moyen d'un petit télescope que lui
prêtait le curé, il constatait dans le ciel la place des
astres dont il lisait la description, et dès lors il semblait pressentir et préparer les découvertes qui devaient l'illustrer un jour. Il suivait avec étonnement
le passage de Mercure devant le disque du soleil et
les conjonctions de Vénus et de Mercure. Il notait
ses observations, qu'il n'osait publier encore : il
attendait que l'âge et l'autorité vinssent donner du
poids à ses découvertes.

Pourvu que le firmament fût lumineux et les étoiles éclatantes, le vent le plus froid soufflant des Alpes ne l'arrêtait pas ; il sortait chaque soir durant
tout l'hiver, enveloppé dans un petit manteau de
grosse laine que lui avait fait sa mère. La passion
de l'enfant était telle, qu'il ne se lassait jamais du
spectacle du ciel ; il y suivait l'apparition et la marche des astres avec un intérêt toujours plus vif. Il

donnait des noms aux étoiles qui n'en avaient pas
dans son livre, et aux plus grosses de la voie lactée.
Les innombrables myriades de *nébuleuses* le capti-
vaient ; mais comment les classer et les désigner ?
Parfois il se trouvait avec des bergers qui avaient
observé les constellations et qui les connaissaient
bien, quoique ignorant les noms que leur donnait
la science. Ces bergers savaient s'orienter la nuit au
moyen des astres et prévoyaient avec certitude le
temps qu'il ferait, suivant les nuages qui glissaient
sur la lune. Mais d'autres fois l'enfant avait affaire
à de gros pâtres à l'esprit lourd, qui ne regardaient
pas même les étoiles, et tenaient toujours leurs yeux
abaissés sur la terre où leurs troupeaux broutaient ;
alors il les secouait par leur manteau et les forçait
à tourner leur regard vers quelque flamboyante
constellation. Il leur nommait la *Grande Ourse*, composée de sept étoiles, et vulgairement appelée le
Chariot. Cette constellation marque le nord, et sert
à se diriger durant la nuit ; puis, par les fortes ge-
lées, il leur désignait le *Baudrier d'Orion*, composé
de trois grandes étoiles du plus vif éclat. C'était ensuite ces deux belles étoiles jumelles appelées les
gémeaux *Castor* et *Pollux ;* durant l'été, il leur faisait voir la *Lyre* et le *Cygne*, deux constellations
très-scintillantes.

La lecture de son livre lui avait appris à distinguer les planètes des étoiles ; il savait la place de

Mercure, de Vénus, de Mars, de Jupiter et de Saturne. Ces planètes sont aussi belles à l'œil nu que les étoiles de première grandeur ; mais elles n'ont pas cette vivacité et cette vibration de lumière qu'on remarque dans les étoiles. Vénus est surtout d'un éclat extraordinaire quand elle paraît le soir après le coucher du soleil : cela n'arrive que tous les dix-neuf mois. Elle offre alors un spectacle frappant ; on la prend pour un nouvel astre ou pour une comète. Quelquefois même on la distingue en plein jour, et les passants crient au miracle !

Jupiter est aussi très-brillant, mais sa lumière est plus blanche que celle de Vénus ; celle de Mars est rougeâtre, Saturne est d'une couleur plombée ; c'est de toutes les planètes celle qui est la moins éclatante à l'œil à cause de son éloignement.

Le petit Pierre savait tout cela et se plaisait à l'enseigner aux bergers, jusqu'alors indifférents aux magnificences du firmament.

Bientôt la renommée du savoir de l'enfant se répandit dans tout le pays. Ses compagnons d'école, un peu jaloux des préférences que le bon curé avait pour lui, le harcelaient sans cesse et cherchaient à le prendre en défaut dans ses études. Pierre était doux et tranquille comme tous ceux qui pensent beaucoup. Malgré les sournoises méchancetés de quelques-uns de ses camarades, il restait leur ami.

Un jour, pour la fête de son père, il avait convié
toute l'école à une collation champêtre; sa mère,
qui l'idolâtrait, avait dressé une longue table sous
la tonnelle du jardin attenant à leur petite maison.
Chaque enfant apporta une fleur au père de Pierre,
puis on procéda au goûter, qui se composait de ces
friandises qui figurent aussi bien, dans cet heureux
pays, sur la table du pauvre que sur celle du riche.
C'étaient de petites figues blanches appelées *mar-*
seillaises, et d'autres longues et grosses qu'on
nomme *figues grises;* c'étaient de vertes olives con-
fites dans le sel, qu'on met en poche et qu'on cro-
que comme des dragées; puis des pyramides dorées
d'une friture sucrée faite avec une pâte légère formant des losanges trois fois repliés, que les Lyon-
nais appellent *bugnes* et les Provençaux *oreillettes;*
c'étaient à côté des gâteaux cuits au four, faits avec
une pâte composée de farine, d'œufs et de fleurs
d'oranger, et dans laquelle on met des morceaux
de cédrat. Ce gâteau, appelé *fougassette*, est la passion
des enfants. C'étaient encore des jattes de lait caillé
et des pots de résiné à l'arome pénétrant; c'était
enfin, ce qui fit bientôt petiller tous ces jeunes yeux,
du vin blanc claret que le père du petit astronome
composait lui-même avec les raisins de sa tonnelle.
Tant que dura le goûter, la paix et un demi-silence
régnèrent parmi toute cette bande joyeuse; mais
après, ce furent des cris et des gambades, et bien-

tôt, le vin claret aidant, quelques petites querelles commencèrent.

La nuit était venue, et la lune brillait en ce moment de tout son éclat; quelques beaux nuages blancs lui faisaient cortége. Pierre tout à coup échappe au jeu et au bruit de ses camarades et se met à considérer le ciel. Un d'eux, le plus jaloux de ses compagnons d'école, s'apercevant de cette demi-extase, vint le tirer par la manche.

« Monsieur le savant, lui dit-il, puisque vous connaissez si bien ce qui se passe là-haut, dites-moi donc si c'est la lune qui court en ce moment par-dessus votre tête ou si ce sont les nuages?

— Quoi! vous ne savez pas cela? répondit Pierre avec une sorte de dédain involontaire.

— Et toi-même, tu n'en es pas sûr, mon petit homme, répliqua l'autre ; autrement, tu l'aurais dit bien vite ! Voyons, vous autres, ajouta-t-il en se tournant vers la bande qui les avait rejoints, qu'en pensez-vous ? est-ce la lune qui court ou les nuages ?

Tous s'arrêtèrent à l'apparence et répliquèrent que c'était la lune qui glissait rapidement dans le ciel.

« Vous vous trompez, reprit tranquillement le petit Pierre, et je vais vous le prouver sans réplique. Suivez-moi sous ce grand merisier. »

Chacun marcha sur ses pas et se plaça auprès de lui sous les branches de l'arbre.

« Et maintenant, levez la tête, leur dit-il; voyez, la lune nous apparaît toujours entre les mêmes feuilles, tandis que les nuages s'en vont loin de nous. »

Cette démonstration frappa tous ces enfants à tête folle, qui ne comprenaient pas tant de pensée et de réflexion, ét dès ce jour ils témoignèrent à Pierre une sorte de respect.

A quelque temps de là, ce fut une grande fête dans le village de Chantersier. Mgr l'évêque de Digne, qui était en tournée épiscopale, s'y arrêta pour la confirmation. On décora l'église avec des tentures d'étoffes et des fleurs, et on dressa sur la place où s'ouvrait le grand portail un arc de triomphe champêtre, recouvert de branches de buis et orné de bouquets de lavande et de roquette. Aux fenêtres des maisons qui donnaient sur la place, on avait étalé, en guise de tentures, des draps, des couvertures et des rideaux. Le curé et son desservant avaient revêtu leurs plus beaux habits sacerdotaux. Tous les enfants de l'école avaient été transformés en enfants de chœur, et parmi eux on remarquait le petit Pierre, dont la bonne mine et l'œil vif charmaient tous les regards. Il était debout sur le seuil de la porte de l'arc de triomphe opposée à celle par laquelle Mgr l'évêque devait arriver ; il tenait un papier à la main dans lequel il regardait souvent.

Le petit Pierre, placé en face de l'évêque, se mit à débiter une harangue.

Tout à coup un grand mouvement se fit dans le village ; on entendit un bruit de roues : c'était le carrosse de monseigneur. Aussitôt retentirent des acclamations joyeuses ; mais elles furent couvertes par un chant d'église qu'entonnèrent le curé, les chantres et les enfants de chœur.

Monseigneur était descendu de voiture, et, suivi de ses grands vicaires, traversait l'arc de triomphe champêtre. Le chant s'arrêta, et le petit Pierre, placé en face de l'évêque, se mit à débiter une harangue d'une voix claire et sonore. Il commença par dire quelle fête c'était pour le pays que la venue de monseigneur ; quelle bénédiction pour les enfants sur qui il allait faire descendre l'Esprit saint ; quelle félicité pour tous les cœurs ! car, non-seulement monseigneur représentait la charité et la religion, mais il représentait aussi la science et les belles-lettres. Monseigneur savait que les mondes qui brillent sur nos têtes durant une belle nuit attestent la gloire de Dieu ; que chaque étoile comme chaque insecte révèle son infini ; que les grands philosophes grecs étaient une émanation de son esprit ; que les poëtes, les savants, les artistes attestent par leurs œuvres sa grandeur. Et, tout en parlant ainsi, l'enfant parcourait rapidement l'histoire ancienne et l'histoire moderne, et nommait les grands hommes qui semblaient avoir été marqués du doigt de Dieu.

Le prélat l'écoutait avec attention et semblait tout
émerveillé. Il crut d'abord que le curé, dont il connaissait la belle intelligence, avait composé cette
harangue; mais quand il apprit par lui que le petit
Pierre l'avait pensée et écrite seul, il s'écria :

« Cet enfant sera un jour la merveille de son
siècle. »

Il embrassa le petit orateur et entra dans l'église
accompagné de toute sa suite.

Dans l'église étaient rangés les enfants qui devaient recevoir la confirmation; ils portaient tous
une écharpe blanche croisée sur leur poitrine, et
tenaient à la main un cierge et un bouquet blanc.
Tête nue, les mains jointes, agenouillés en rang,
rien n'était touchant comme l'attitude, le visage recueilli de tous ces jeunes néophytes.

La confirmation est un des sacrements les plus vi-
vifiants de l'Église; on le reçoit jeune, parce qu'il
doit influer sur toute la vie. Merveilleux symbole;
l'Esprit saint descend en nous et nous inonde de
ses clartés ! c'est-à-dire qu'il nous suggère la triple
lumière du bien, du beau et du juste; il nous élève
au-dessus de la brute et de ses appétits; il fait que
l'intelligence domine la matière !

C'est en ce sens que l'évêque de Digne, qui était
non-seulement un saint homme, mais un savant
ecclésiastique, parla à ces enfants attentifs qui l'é-
coutaient, comme si la voix de Dieu se fût fait en-

tendre. Toute l'assistance était émue, mais personne
ne l'était autant que le petit astronome, qui trouvait
dans les paroles de l'évêque l'approbation de ses
propres pensées. Pierre était radieux de ce que
l'illustre prélat ne séparait pas la foi de la science.
Il eût voulu, son discours terminé, aller baiser le
bas de sa robe et lui demander sa bénédiction particulière; mais la timidité et le respect le retinrent, et
quand la cérémonie fut terminée, après avoir déposé
son habit d'enfant de chœur, il s'éloigna de l'église
avec la foule, sans espérer de laisser un souvenir à
ce grand évêque dont la parole était si pénétrante.

A l'issue de la cérémonie, pour fêter dignement
monseigneur l'évêque, le bon curé de Chantersier
réunit à dîner tous les notables du village. Quand
les convives furent assis et que le repas eut commencé, l'évêque dit au curé :

« Il manque quelqu'un ici.

— Qui donc, monseigneur?

— J'aurais voulu voir assis parmi nous ce petit
orateur qui sera un jour un grand homme.

— Je crains, répondit le bon curé, qui aimait
pourtant Pierre comme son fils, de lui donner trop
d'orgueil.

— Vous avez raison, répliqua l'évêque ; mieux
vaut lui être utile que d'exalter son esprit. » Et il
parut réfléchir.

Quand le repas fut terminé, l'évêque s'entretint

avec le curé et quelques-uns des invités des intérêts
de la paroisse, puis il leur dit adieu ; car il devait
aller coucher le soir même dans un autre village,
où il donnait la confirmation le lendemain.

Toute la population entoura la voiture de l'évêque au moment du départ en poussant des vivat ;
on croyait que le carrosse allait regagner la grande
route à travers champs, et tous les assistants furent surpris de lui voir suivre un petit sentier tor-
tueux qui ne conduisait pas au chemin que l'évêque
devait prendre. Plusieurs l'accompagnèrent avec
curiosité, et cette curiosité redoubla quand ils virent la voiture de Monseigneur s'arrêter devant la
modeste maison du père de Pierre.

Monseigneur descendit lui-même de son carrosse;
il traversa le petit jardin et se fit annoncer aux parents du merveilleux enfant. Ceux-ci accoururent
sur le seuil de leur porte en poussant des exclamations de reconnaissance et de bonheur.

« Voulez-vous me confier votre fils? leur dit l'é-
vêque avec bonté.

— Quoi! monseigneur, est-ce possible, répliqua
le père en tremblant de joie; vous voulez vous
charger de l'éducation de notre enfant !

— Oui, je le désire, répondit l'évêque; car cet
enfant me semble doué de l'esprit de Dieu, et sera,
j'en suis sûr, une des gloires de son pays ! »

La mère pleurait à l'idée d'une séparation. Pierre,

qui était accouru, lui disait tout bas de bonnes paroles pour la consoler.

« Si vous y consentez, continua l'évêque, je vais

Voulez-vous me confier votre fils?

l'emmener dans ma voiture ; je veux me hâter de
développer une intelligence aussi rare. »

Le petit Pierre était rayonnant; son père se redressait avec orgueil et remerciait l'évêque en répétant :

« Oui, monseigneur! »

La mère seule éprouvait un déchirement dans
ses entrailles; elle eût voulu retarder la séparation.

« Mais, dit-elle timidement, ce n'est pas trop de
quelques jours pour que je prépare ses habits et
tout ce qu'il lui faudra loin de nous.

— J'y pourvoirai, répondit l'évêque. Allons,
bonne mère, du courage; c'est pour le bien de votre
fils. Dans peu de jours vous pourrez venir le voir à
la ville. »

L'enfant embrassa son père et plus tendrement
encore sa mère qui pleurait; puis il monta leste-
ment dans la voiture à la place que l'évêque lui indi-
quait en face de lui.

Une semaine après, Pierre Gassendi entrait au
collége de Digne, où il fit de fortes études classiques,
qui le préparèrent à devenir un des hommes les plus
célèbres parmi les savants et les philosophes de son
siècle.

TURENNE

11

NOTICE SUR TURENNE.

Henri de La Tour d'Auvergne, vicomte de Turenne, né à Sedan le 16 septembre 1611, second fils d'Henri de La Tour d'Auvergne, duc de Bouillon, et d'Élisabeth de Nassau, fille de Guillaume Ier, prince d'Orange, était issu d'une famille de calvinistes.

Dès son enfance, il n'avait de goût que pour les récits de guerres et de combats.

Quand il eut treize ans, sa mère, cédant à ses instances, l'envoya en Hollande, où était déjà son fils aîné, pour qu'il apprît le métier des armes sous Maurice de Nassau, son oncle. Turenne fit sa première campagne en 1625, comme simple soldat. Il servit cinq ans en Hollande, puis il passa au service de la France, et fut nommé colonel d'un régiment d'infanterie par le cardinal de Richelieu. Il débuta en Lorraine par des actions d'éclat. Il fit la campagne de Piémont avec gloire en 1539, et celle de Roussillon, sous les yeux de Louis XIII, en 1642.

A la mort de Louis XIII, il fut nommé maréchal de France par la régente Anne d'Autriche ; en 1643, il gagna la bataille de Fribourg, de concert avec le duc

d'Enghien, qui fut depuis le grand Condé, et celle de
Nordlinghen. Il fit une savante campagne en 1682 en
Souabe, en Franconie et en Bavière, et fut la cause du
traité de Westphalie, si avantageux pour la France.
Turenne prit part d'abord aux troubles de la Fronde
contre la cour; mais il finit par combattre la rébellion,
défendit le jeune roi (Louis XIV), et fut vainqueur
du grand Condé, qui commandait les révoltés. Il
le contraignit à sortir de France. Il vainquit la
Fronde sur tous les points du royaume. Il se maria,
en 1653, avec la fille du duc de La Force; en 1654, il
vainquit les Espagnols, à qui le prince de Condé était
allé se réunir, et les défit de nouveau en plusieurs
rencontres. Enfin la paix de 1659 lui permit de se
reposer. Depuis trente ans il faisait la guerre sans
avoir séjourné trois mois dans le même lieu. Il fut
fait maréchal général des armées en 1660, à l'époque
du mariage de Louis XIV. Il abjura le calvinisme
en 1658. Il était du conseil du roi pour toutes les
questions de politique extérieure. En 1671, il fit la
campagne de Hollande, puis celle de Westphalie. Il
combattit le fameux comte de Montecuculli, le vainquit et se rendit maître de tout le Palatinat. Cette
campagne victorieuse se prolongea jusqu'en 1674.
Sa rentrée à Paris et à la cour fut un triomphe. Dans
la campagne de 1675, qui fut la dernière, il eut
encore à combattre le comte de Montecuculli. Il
attira l'ennemi sur un terrain favorable, et déjà il
s'écriait : « Je les tiens, ils ne pourront plus m'échapper! » lorsqu'un boulet, tiré au hasard, vint le frap-

per au milieu de l'estomac, le 27 juillet 1675.
Le même coup emporta le bras du général Saint-
Hilaire, qui avait conduit Turenne sur ce terrain fa
tal ; et comme le fils de ce général versait des larmes :
« Ce n'est pas moi qu'il faut pleurer, dit celui-ci en
montrant le corps de Turenne, c'est ce grand
homme. »

Turenne fut inhumé à Saint-Denis auprès des rois
de France, et l'armée éleva un monument à sa gloire
sur le lieu-même où il était tombé.

TURENNE.

Un soir, tout était en rumeur et en émoi dans le château de Sedan. La duchesse de Bouillon venait de souper avec son fils cadet, le jeune Henri de Turenne, et le chevalier de Vassignac, précepteur de l'enfant. Le duc de Bouillon, son père, prince souverain de Sedan, était resté sur les remparts de cette ville pour donner des ordres à-la garnison. Au dessert, le petit Henri, qui avait à peine neuf ans, mit comme toujours la conversation sur la guerre et sur la vie des héros grecs et romains que son précepteur lui faisait lire et commenter. Il parlait avec feu de leurs exploits et de leurs aventures, et il répétait à sa mère qu'il brûlait de les imiter. Pourquoi rester inactif? Pourquoi se contenter de connaître la gloire par les récits qu'en font les historiens et les poëtes? Ne valait-il pas mieux suivre son instinct belliqueux, et léguer à son tour des exploits à l'histoire, des splendeurs à l'épopée?

Sa mère l'écoutait avec admiration, et cepen-

dant comme craintive de l'esprit aventureux de son
fils. Cette causerie héroïque se prolongea fort avant
dans la soirée. L'enfant accompagnait ses paroles
animées de gestes et de mouvements saccadés, et
parfois il contraignait son précepteur de simuler
avec lui quelque attaque ou quelque défense de
place forte ; et lorsque le chevalier de Vassignac
se fatiguait de ce jeu : « Oh ! que mon père n'est-il
là? s'écriait le jeune Henri ; il me servirait bien de
second, lui ! Mais pourquoi ne revient-il pas ce
soir ?

— Il couchera dans la place, répondit la duchesse
de Bouillon ; et par cette neige froide qui tombe en
couches épaisses, je crains que son inspection des
remparts ne soit bien pénible.

— Je voudrais être avec lui, s'écria Henri ; c'est
ainsi qu'on se forme à la guerre, et non en se chauf-
fant près d'un grand feu, comme je le fais ce soir.

— L'âge viendra, dit la mère ; en attendant,
Henri, allez dormir, il est temps. Monsieur de Vassignac, emmenez votre écolier ; une longue nuit de
sommeil lui est nécessaire, et à vous aussi, chevalier, après les exercices militaires auxquels il vous a
contraint tantôt.

— Bonsoir, ma mère ,. » dit le jeune vicomte de
Turenne d'un air pensif.

La duchesse embrassa son fils, qu'un domestique
précéda un flambeau à la main ; son précepteur

le suivit; ils franchirent l'escalier qui conduisait
du salon de famille à la chambre d'Henri, où l'on
arrivait par un long couloir. On était déjà à la
moitié de ce couloir, lorsque le jeune Turenne se
pencha sur l'épaule du domestique qui le précédait, souffla le flambeau, donna un croc en jambe
à son précepteur, franchit comme une flèche l'escalier, la salle à manger, les offices, et s'élança
dehors par une porte qui donnait sur les jardins.

La neige s'étendait sur la campagne, douce aux
pas comme un tapis d'hermine; le jeune fugitif eut
bientôt atteint les remparts de Sedan, voisins du
château; il se fit reconnaître par un des soldats qui
gardait une porte, dit qu'il avait à parler à son père
et entra dans la ville.

Cependant la duchesse de Bouillon, attirée par
la voix du précepteur de son fils, qui riait aux
éclats de ce qu'il appelait une nouvelle espièglerie
du petit diable, était accourue suivie de quelques
domestiques. On appela Henri de Turenne; on le
chercha de salle en salle, de chambre en chambre,
dans les galeries, dans les mansardes, dans les
coins les plus reculés du château. M. de Vassignac
eut l'idée de simuler des cris et des attaques de
guerre, dans l'espérance de l'attirer par ces sem-
blants belliqueux; mais les échos seuls du vieux
manoir répondaient au précepteur effaré et à la
pauvre mère éperdue.

« Peut-être est-il sorti dans les champs ! » s'écria
tout à coup la duchesse de Bouillon, éclairée par
un de ces instincts qui sont la seconde vue des
mères.

Au moment où elle prononçait ces mots, on arrivait justement dans l'office par lequel le jeune
Turenne s'était échappé. « Voyez cette porte encore
ouverte ! dit vivement la duchesse ; c'est par là, j'en
suis sûre, qu'il est sorti.

— Justement, voilà la trace de ses petits pieds,
dirent plusieurs domestiques en inclinant leurs
flambeaux sur la neige.

— Oh ! le malheureux ! où est-il allé ? dit le précepteur transi. Que faire ? où le chercher ?

— Il n'est point temps de délibérer, répliqua la
duchesse, mais d'agir. Monsieur de Vassignac, il faut
retrouver mon fils ! Allons ! en marche, mes amis. »

Et elle se plaçait en tête de ses serviteurs pour les
conduire.

« Non point, madame la duchesse, s'écrièrent-ils
tous. Vous n'irez pas à travers la campagne par ce
froid horrible. Nous vous jurons de vous ramener
notre jeune maître. Laissez-nous faire.

— Oui, laissez-nous faire, répéta le chevalier
de Vassignac se piquant d'honneur. Je vais les
conduire. » La duchesse de Bouillon ne céda qu'à
grand'peine à ces supplications réunies ; et malgré
les instances de ses femmes, elle ne voulut point

quitter une terrasse du haut de laquelle elle apercevait au loin les torches de ceux qui couraient à la
recherche de son enfant; la troupe de serviteurs,
stimulée par M. de Vassignac qui en avait pris le
commandement, s'avança jusqu'aux remparts de
Sedan. La neige qui recommençait à tomber fouet-
tait les visages et avait recouvert les traces des pas
du fugitif.

M. de Vassignac se fit reconnaître des sentinelles
et obtint de pénétrer dans la ville; mais la porte
par laquelle il y entra avec sa bande n'était pas
la même qu'avait franchie Henri, de sorte que,
lorsqu'il demanda au factionnaire s'il n'avait pas
vu passer le fils du duc de Bouillon, celui-ci ne
sut que répondre. « Allons à l'intendance militaire
où couche le duc, dit Vassignac à la troupe des
serviteurs; là nous retrouverons peut-être notre
jeune maître, et, s'il n'est pas là, c'est son père
qui nous guidera dans nos recherches. »

A l'approche de cette bande portant des flambeaux, l'hôtel de l'intendance s'émut; on crut
presque à quelque attaque nocturne, et le duc de
Bouillon parut en armes dans la cour extérieure.
En apercevant le chevalier de Vassignac, il s'écria :
« Qu'arrive-t-il donc? la duchesse, mon fils, sont-
ils en danger? »

Le chevalier lui dit de quoi il s'agissait.

« Je gage que ce diable à quatre est sur les remparts, dans quelque bivouac, à se faire raconter des histoires de guerre, dit le duc qui connaissait l'âme de son fils. Venez, mes amis, nous le retrouverons. »

Et il se mit en tête, donnant le bras au précepteur. Au premier feu de bivouac qu'ils trouvèrent et autour duquel étaient rangés les soldats de garde, l'officier de service lui dit : « Nous l'avons vu, monseigneur ; nous pensions qu'il vous précédait ou qu'il vous suivait ; il nous a fait quelques questions sur la défense des places fortes, sur les armements et les affûts des canons, puis Il nous a quittés en disant : « Je veux faire ainsi le tour des rem- « parts. »

Le duc de Bouillon et ceux qui l'escortaient se remirent en marche. Au bivouac suivant on lui dit encore : « Le jeune vicomte de Turenne a passé il y a trois quarts d'heure ; il s'est chauffé à notre feu ; a goûté au vin de nos gourdes, puis il a dit : « En « avant ! » et s'est enfui en courant.

— Nous le rejoindrons, » s'écria le père rassuré, et il continua à faire le tour des remparts.

Au troisième bivouac on lui dit : « Il n'y a pas un quart d'heure qu'il a passé ; notre vieux sergent nous racontait des combats sanglants du temps de la Ligue, et le jeune vicomte, votre fils, monseigneur, votre digne fils écoutait béant et s'est écrié au récit d'une tuerie : « J'aurais voulu être là ! »

— Brave enfant ! murmura le duc.

— Il ne nous a quittés que lorsque celui qui parlait s'est endormi de lassitude, là, près des cendres chaudes, où il dort encore. En nous quittant, M. de Turenne a dit : « Je vais voir ce qui se passe à « l'autre bivouac. »

Le père se remit en marche ; les canons des remparts allongeaient sur la neige leur long cou noir comme autant de crocodiles sur une plage d'Éthiopie. Le duc en passant les caressait de la main : « Ils dorment, disait-il, mais ils se réveille- « ront quand apparaîtra l'ennemi. »

Quelque chose tout à coup sembla se mouvoir dans l'ombre. « Est-ce un soldat appuyé sur sa pièce ? » s'écria le duc de Bouillon. Les torches que portaient les serviteurs s'inclinèrent, et le duc reconnut son fils qui dormait sur le canon couvert de neige, comme il l'eût fait sur son lit dans la chambre de son précepteur.

Le duc de Bouillon sourit d'orgueil en reconnaissant son enfant.

« Ohé ! ohé ! voici l'ennemi, cria-t-il en éteignant les torches et en tirant le petit Henri par la jambe.

— L'ennemi ! répéta Turenne à moitié éveillé. Eh bien ! qu'il arrive, je me battrai ! »

Et il se mit dans une posture guerrière, les poings serrés et tendus en avant. Son père l'entoura de ses bras et l'y serrant : « Prisonnier ! prisonnier de guerre ! s'écria-t-il.

Turenne dormant sur un canon.

— Vous, mon père ! vous ! dit le jeune vicomte en reconnaissant la voix.

— Oui, oui ! Vous ne songez pas, petit malheureux, à l'inquiétude de votre mère durant cette belle équipée ; et pourquoi, dans quel but vous êtes-vous échappé du château ?

— Je voulais, mon père, en couchant sur la dure par cette nuit glacée, m'essayer aux fatigues de la guerre et voir si je serais capable de faire bientôt mes premières armes sous vos ordres. »

Le père embrassa son fils.

« Allons, en marche, prisonnier, dit-il en riant ; voici la chaîne de mon bras, et je ne vous lâche pas jusqu'à ce que votre mère vous emprisonne à son tour.

— Dans ses bras aussi, » répliqua l'enfant en baisant son père au front.

Les serviteurs reprirent à pas précipités la route du château. Le duc de Bouillon et son fils, qu'il serrait par la main, se hâtèrent ; derrière eux le précepteur, en soufflant, courait sur la neige pour se réchauffer, et surtout pour mettre fin plus vite aux angoisses de la duchesse. Quand on fut à portée de la voix, on cria : « Le voilà ! le voilà ! nous vous ramenons le fugitif. » La duchesse accourut. Elle se jeta dans les bras de son mari et de son fils. Ses larmes étouffaient sa voix. Elle voulait gronder l'enfant qui venait de lui donner tant d'inquiétude, elle n'en trouva pas le courage.

« Sa vocation est bien décidée, lui dit le duc

quand ils furent seuls ; il ne faut plus la contraindre.

— Mais sa santé si délicate ! objecta la mère.

— L'air des camps fortifie, répliqua le duc ; notre fils vivra, duchesse, et je prévois qu'il sera l'honneur de notre famille. »

Dans ce temps-là, Henri de Turenne était un enfant faible et chétif, petit de taille, la poitrine enfoncée, la mine pâle ; ses yeux noirs brillaient dans leur orbite, et ses sourcils épais, qui se touchaient, lui donnaient quelque chose de dur et de méditatif.. Sa mère tremblait toujours pour sa vie et redoutait pour lui le métier des armes. C'était afin de prouver sa force qu'il fit l'équipée que nous venons de raconter.

Vers le même temps, un vieil officier, ami de son père, dînait au château. Henri avait passé la journée à lire Quinte Curce ; il avait l'âme pleine d'Alexandre et ne parlait plus que de ses exploits. Le vieil officier, heureux de l'entendre, se plut à l'exciter en le contredisant.

« Votre Quinte Curce n'est qu'un faiseur de romans, s'écria-t-il ; rien n'est vrai dans cette vie d'Alexandre.

— Pourquoi ? s'écria l'enfant.

— Parce que tout y porte le cachet du merveilleux.

— Le grand, l'héroïque tiennent de la fable

pour ceux qui n'en ont pas l'instinct en soi, répliqua l'enfant ; pour moi, je crois à la vie d'Alexandre. » Son œil lançait des éclairs, et son geste jetait le défi.

La duchesse de Bouillon, voulant l'éprouver, prit parti pour l'officier : « Monsieur a pourtant raison, dit-elle ; toute cette vie glorieuse n'est qu'un tissu d'aventures imaginées.

— Je ne veux pas vous manquer de respect, ma mère ; mais je ne puis vous croire, s'écria l'enfant. Je sens qu'Alexandre a existé, qu'il a fait de grandes choses, et il me semble même que je tiens à lui par quelque côté.

— Par un aïeul lointain, reprit la mère en riant.

— Qui sait ?

— Mon petit ami, ajouta le vieil officier, vous êtes âpre à la contradiction.

— Je suis ainsi pour ce que je crois, et ni vous ni ma mère ne m'avez convaincu. » Et il sortit d'un air farouche après avoir dit bonsoir.

« Il sera indomptable, » murmura l'officier.

On crut que l'enfant s'était retiré dans sa chambre ; mais lorsque le vieil officier, qui couchait au château ce soir-là, monta dans la sienne, il y trouva Henri la tête haute, l'air provoquant, et qui lui dit en marchant à sa rencontre :

« Vous m'avez tout à l'heure blessé, monsieur,

12

dans un héros que j'aime; je vous ai répondu de
manière à vous prouver que ceci était sérieux;
maintenant je vous offre et vous demande réparation.

— Je suis tout disposé à vous satisfaire, répliqua
l'officier, qui dissimula un sourire paternel; mais il
faut que nous nous battions en secret à cause de
madame votre mère, qui s'y opposerait.

— Oui, monsieur, riposta Henri, en secret! Ce
duel aura lieu, demain au petit jour, dans le parc,
au pied des trois grands ormes. Cela vous. con-
vient-il?

— Très-bien, j'y serai. »

Ils se saluèrent courtoisement, et Henri alla se
mettre au lit après avoir déclaré à son précepteur
qu'il voulait, le lendemain dès l'aube, aller chasser
dans le parc. Le précepteur n'osa pas le contredire
et en prévint sa mère.

Quand le jour parut, Henri s'arma en apparence
pour la chasse et cacha deux épées sous son habit.
« Bonjour, chevalier, dit-il à M. de Vassignac,
qui s'étirait dans son lit; dormez encore, vous me
rejoindrez dans une heure, j'aurai fait lever le
gibier. » Et il s'enfuit sans attendre de réponse.

En marchant vers le lieu désigné, il aperçut le
vieux chevalier qui s'y rendait par une autre allée.
Ils échangèrent un salut fier, et arrivés au pied des
grands arbres, ils mirent bas leurs habits, tirèrent

leurs épées du fourreau et se disposèrent à se pré-
cipiter l'un sur l'autre.

En ce moment une ombre blanche glissa der-

Duel de Turenne.

rière le taillis. « C'est quelque daim qui veut nous
servir de témoin, dit le vieil officier en souriant.

— Commençons, » s'écria Henri, impatient du combat. Mais comme il s'élançait, il sentit un souffle glisser sur son visage, et une main légère, passant derrière sa tête, arrêta son bras.

« Vous, ma mère ! dit-il en se retournant.

— Moi qui viens pour être votre second, répliqua la duchesse en l'embrassant. Vous aviez raison, mon enfant; Alexandre est un héros réel : Quinte Curce n'a pas menti.

— Ceci veut dire, ma mère, que ce duel est juste et que je dois le poursuivre. »

Et il brandit de nouveau son épée.

« A moins, reprit la duchesse, que monsieur ne convienne qu'il s'est trompé et ne fasse une double réparation à vous et à Alexandre.

— J'aime mieux le duel, dit Henri tout animé.

— Pourquoi donc? dit la duchesse en riant. Amener un ennemi à capitulation est aussi glorieux que de le tuer !

— Hum! je ne sais trop, murmura Henri. Qu'en pensez-vous, monsieur? dit-il en se tournant vers son adversaire.

— Je pense que vous serez un brave, s'écria l'officier en le pressant attendri dans ses bras, et qu'Alexandre pourrait bien être un de vos aïeux. En attendant que nous ayons découvert cette généalogie perdue, venez, mon enfant, que je vous conduise à votre père et que je lui conte tout ceci. »

Henri se laissa emmener, mais il ne pouvait s'empêcher de murmurer : « Il eût été pourtant bien bon de se battre un peu. »

Né avec ces instincts belliqueux, Turenne n'en fut pas moins, durant sa longue et glorieuse vie militaire, le plus compatissant et le plus généreux des hommes.

Nous rappellerons ici quelques traits de son caractère qui complètent sa gloire :

Dans une retraite difficile, voyant un de ses soldats exténué de faim et de fatigue et qui s'était étendu au pied d'un arbre où l'ennemi l'aurait égorgé, il le plaça sur son propre cheval et marcha à pied jusqu'à ce qu'il eût rejoint un de ses chariots, où il fit monter le malheureux qu'il venait de sauver. Dans cette même retraite, qui dura treize jours, il abandonna sur la route tous ses équipages, afin que ses fourgons n'eussent à transporter que des malades et des blessés.

Au siége de Saint-Venant, on le vit couper sa vaisselle d'argent et la distribuer aux soldats qui ne recevaient point de solde.

Jamais il ne voulut tremper dans aucune concussion. Un officier lui ayant indiqué un moyen de gagner quatre cent mille francs sans que personne en sût rien, il lui répondit froidement : « Je vous suis fort obligé ; mais ayant eu souvent de pareilles occasions sans en profiter, je ne changerai pas à l'âge où je suis. »

Un de ses domestiques lui ayant un jour appli-
qué, dans les ténèbres, un grand coup par derrière,
lui demandait pardon à genoux, disant qu'il l'avait
pris pour Georges, son camarade. « Quand c'eût été
Georges, répliqua froidement le maréchal de Turenne
en se frottant à l'endroit blessé, il ne fallait pas frapper si fort. »

PASCAL ET SES SŒURS

NOTICE SUR PASCAL ET SES SŒURS.

Blaise Pascal.

Blaise Pascal, géomètre, philosophe, littérateur, naquit à Clermont-Ferrand en 1623, et fut élevé par son père, Étienne Pascal, président à la cour des aides et savant mathématicien. A douze ans, il découvrit, sans le secours d'aucun livre, les premières propositions de la géométrie jusqu'à la trente-deuxième d'Euclide. A seize ans, il composa un traité des *sections coniques*, et à dix-huit la première machine qui ait effectué exactement les quatre opérations fondamentales de l'arithmétique. Il donna enfin sur la roulette ou cycloïde la solution des problèmes les plus difficiles qu'on ait abordés sans le secours de l'analyse infinitésimale, et que n'avaient pu résoudre les plus habiles géomètres de l'époque. Jusqu'alors il ne s'était fait connaître que par ses travaux mathématiques. La querelle des jansénistes et des jésuites ouvrit une voie nouvelle à son génie. Élevé dans une grande austérité de principes, il ne put voir sans indignation la morale relâchée de la société de Jésus, et fit paraître les célèbres *Lettres à un provincial*, qui

restent comme un des plus beaux monuments de
notre langue. Les *Pensées*, publiées pour la première
fois, en 1670, révèlent une troisième phase de la vie de
Pascal. Il devait rassembler dans cette dernière œuvre,
restée incomplète, toutes les preuves de la religion,
pour donner aux esprits indécis cette certitude dont nul
plus que lui n'avait besoin. Hésitant entre le scep-
ticisme philosophique et la foi religieuse, plein de
troubles intellectuels, et souffrant de plusieurs mala-
dies cruelles, il mourut en 1662, âgé de trente-neuf
ans.

Gilberte Pascal.

Gilberte Pascal (Mme Périer) naquit à Clermont
en 1620. Elle fut élevée par son père, qui, dès sa plus
tendre jeunesse, avait pris plaisir à lui apprendre les
mathématiques, la philosophie et l'histoire. Elle se
maria à vingt et un ans; elle était belle et d'une tour-
nure charmante; elle a écrit une vie de son frère et
une autre de sa sœur Jaqueline. Mme Périer mourut à
Paris en 1687; elle est enterrée à Saint-Étienne du
Mont, à côté de son frère Blaise Pascal.

Jaqueline Pascal.

Jaqueline Pascal naquit à Clermont en 1625. Dès
l'âge de six ans, elle annonçait beaucoup d'esprit et
de grandes dispositions pour la poésie. Elle fut élevée
par son père et par sa sœur; elle était parfaitement
belle, mais d'une taille peu élevée. A l'âge de treize

ans elle eut la petite vérole, sa beauté en fut altérée;
elle s'en consola en tournant ses pensées vers Dieu, à
qui elle adressa des vers sur cet accident. En 1639,
sa famille s'établit à Rouen, où Jaqueline obtint un
prix de poésie. Plusieurs propositions de mariage lui
furent faites, elle les refusa toutes. Tant que son père
vécut, elle ne le quitta point ; mais à sa mort elle se
retira au couvent de Port-Royal des Champs, où elle
prit le voile en 1652 ; elle avait alors vingt-six ans;
elle se consacra à l'éducation des novices. Quand la
persécution de Louis XIV contre Port-Royal commença, elle dit qu'elle n'y survivrait pas. Elle mourut
en effet peu de temps après, en 1661, âgée de trente-
six ans. Jaqueline Pascal a laissé des poésies, des ouvrages de piété et des règlements pour l'éducation des
enfants.

PASCAL ET SES SŒURS.

On montre encore à Clermont la maison où na-
quirent Pascal et ses deux sœurs. Le petit Blaise, qui
devait rendre si illustre le nom de Pascal, vint au
monde faible et chétif; il avait à peine un an lorsqu'il resta comme inanimé dans les bras de sa mère ;
on crut qu'il était mort. Mais les larmes et les prières
maternelles semblèrent opérer un miracle. L'enfant
sourit tout à coup, la santé lui revint et il se déve-
loppa intelligent et beau. Sa sœur Jaqueline fut
douée comme lui d'un esprit merveilleusement précoce; leurs visages se ressemblaient; elle avait de
son frère le front élevé, l'œil éclatant, le nez arqué,
la mine fière. Quand Jaqueline eut huit ans et qu'il
en eut dix, c'étaient deux enfants dont la beauté
captivait et dont l'esprit inattendu et original était
un sujet d'étonnement pour tout le monde. Entraîné vers les sciences, le jeune Pascal suppliait
son père de l'initier à ces merveilleux mystères
qu'il rêvait. Mais son père résistait, craignant que
cette étude ne le détournât de celle des langues.

L'enfant réitéra ses instances et demanda à son
père de lui apprendre au moins les éléments des
mathématiques. N'ayant pu l'obtenir, le jeune
Pascal se mit à réfléchir seul sur ces premières
notions. A l'heure des récréations, il se retirait dans
une salle isolée, et là, un crayon à la main, il s'ap-
pliquait à tracer des figures géométriques; il éta-
blissait des principes, il en tirait des conséquences,
il trouvait des démonstrations, et il poussa ses recherches si avant que, sans le secours d'aucun des
ouvrages qui traitent de l'algèbre, il y fit tout seul
d'immenses progrès. Son père le surprit un jour
dans cet exercice; il en fut si touché que des larmes
jaillirent de ses yeux. Dès ce jour il n'enchaîna plus
l'essor du génie de son fils, et il permit à Blaise
d'assister aux conférences des savants qui s'assem-
blaient chez lui toutes les semaines. Jaqueline
aussi méditait à l'écart et, comme son frère, était
tourmentée par l'obsession d'un génie naissant.
Mais ce n'était point la science qui la sollicitait.
Dès l'âge de sept ans elle pensait en vers; la poésie chantait à son oreille. Quand sa sœur Gilberte
(depuis Mme Périer), l'aînée des trois enfants, qui
remplaçait leur mère morte, voulut lui apprendre
à lire, Jaqueline résista; à l'heure de la leçon elle se
cachait pour y échapper. Mais un jour ayant entendu
sa sœur lire des vers tout haut, captivée par cette
cadence qui déjà vibrait dans son cœur, elle lui dit :

« Quand vous voudrez me faire lire, faites-moi lire
des vers, et je lirai ma leçon tant que vous voudrez. »

Pascal étudiant la géométrie.

Depuis ce jour elle parlait toujours de vers; elle

en apprenait par cœur avec facilité; elle voulut en connaître les règles, et à huit ans, avant de savoir lire couramment, elle se mit à en composer.

Le père de ces enfants de génie s'était établi à Paris pour veiller sur leur éducation, et Jaqueline y trouva deux jeunes compagnes (les demoiselles Saintot) qui avaient, comme elles, les plus heureuses dispositions pour la poésie. Un jour, les trois petites filles résolurent de faire une comédie; elles en choisirent le sujet, en composèrent le plan, et en firent tous les vers sans l'aide de personne. C'était une pièce suivie en cinq actes, et dans laquelle toutes les règles d'alors étaient observées. Elles la jouèrent elles-mêmes deux fois avec d'autres acteurs de leur âge. On réunit grande compagnie pour les entendre et chacun s'étonna que ces enfants eussent pu faire un aussi long ouvrage. On y trouva des traits charmants. La cour et la ville en parlèrent, et Jaqueline, qui n'avait pas dix ans, devint un enfant célèbre en poésie comme l'était déjà dans la science son jeune frère Blaise.

La reine Anne d'Autriche, qui résidait au château de Saint-Germain, voulut voir la petite muse. Mme de Morangis, amie de la famille Pascal et qui était de la cour, se chargea d'y conduire Jaqueline. De Paris à Saint Germain c'était alors tout un voyage; un carrosse de la reine y mena la petite fille célèbre, accompagnée de Mme de Morangis.

La reine était grosse de l'enfant qui fut depuis Louis XIV. Jaqueline composa sur cette circonstance un sonnet où elle célébrait les espérances que la France fondait sur ce prince encore à naître. Arrivée à Saint-Germain, elle fut introduite dans le cabinet de la reine, qui, entourée d'une suite nombreuse, reçut Jaqueline avec bonté et prit de ses mains les vers qu'elle avait composés. Mais en les entendant, la reine s'imagina que ces vers n'étaient pas d'une enfant si jeune, ou du moins qu'on lui avait beaucoup aidé. Tous ceux qui étaient présents eurent la même pensée. Alors Mademoiselle (qui fut plus tard la grande Mademoiselle) s'approcha de Jaqueline et lui dit : « Puisque vous faites si bien les vers, faites-en pour moi. » Aussitôt Jaqueline se retira quelques instants dans un angle du cabinet de la reine, et tranquillement elle improvisa les vers suivants :

A MADEMOISELLE DE MONTPENSIER.

Fait sur-le-champ par son commandement.

Muse, notre grande princesse
Te commande aujourd'hui d'exercer ton adresse
A louer sa beauté; mais il faut avouer
Qu'on ne saurait la satisfaire
Et que le seul moyen qu'on a de la louer
C'est de dire en un mot qu'on ne saurait le faire.

Chacun applaudit cet impromptu, et Mme d'Hautefort demanda à son tour à l'enfant de faire des vers

13

pour elle. Aussitôt la petite Jaqueline improvisa un
éloge de la beauté de Mme d'Hautefort. La reine

Jaqueline chez Anne d'Autriche.

et toute l'assistance étaient ravies, et depuis ce jour

la jeune sœur de Pascal fut souvent appelée à la
cour et toujours caressée du roi, de la reine, de
Mademoiselle et de tous ceux qui la voyaient. Elle
avait les reparties les plus justes et souvent les
plus profondes. Ce qui charmait en elle, c'est qu'elle
gardait la gaieté de son âge; quand elle était avec
ses compagnes, elle jouait à tous les jeux des enfants, et, lorsqu'elle était seule, elle s'amusait avec
ses poupées.

On sent la naïveté de cet esprit merveilleux dans
le morceau suivant qu'elle adressa à la reine pour
la remercier de l'accueil fait à ses premiers vers :

> Mes chers enfants, mes petits vers,
> Se peut-il arriver dans le grand univers
> Un bien qu'on puisse dire au vôtre comparable?
> Vous êtes remplis de bonheur :
> La reine vous combla d'honneur,
> Sa Majesté vous fit un accueil favorable.
>
> Sa main daigna vous recevoir.
> Son œil, plein de douceur, se baissa pour vous voir;
> Vous fûtes en silence ouïs de ses oreilles,
> Et par un excès de bonté,
> Sans que vous l'eussiez mérité,
> Sa bouche vous nomma de petites merveilles.

Malgré le succès de Jaqueline à la cour, malgré
le génie naissant de son frère, qui déjà excitait la
curiosité des princes et des grands, leur père faillit
être enfermé à la Bastille par le cardinal de Riche-

lieu. Dans une réunion nombreuse où se trouvaient
d'autres personnages, M. Pascal père et quelques-
uns de ses amis exprimèrent à propos des rentes
de l'hôtel de ville une opinion assez vive contre le
cardinal; traités de séditieux, tous ceux qui avaient
parlé de la sorte furent envoyés à la Bastille. L'ordre
d'arrêter M. Pascal fut donné; il se sauva et parvint
à se dérober aux poursuites qui le menaçaient.

Pour se distraire de ses graves préoccupations
d'État, Richelieu faisait souvent jouer la comédie
dans le Palais-Cardinal, aujourd'hui le Palais-Royal;
les galeries n'existaient pas alors, et les jardins de ce
beau palais s'étendaient en parterres et en bosquets
jusqu'aux boulevards. La duchesse d'Aiguillon, nièce
de ce redoutable ministre, présidait aux fêtes qu'il
donnait et en préparait elle-même les divertisse-
ments. Corneille, encore peu connu, vivait à Rouen.
C'était Rotrou, c'était Scudéry qui fournissaient les
pièces que l'on représentait au Palais-Cardinal. Au
mois de février 1639, la duchesse d'Aiguillon, pour
donner plus d'attrait à ces représentations, voulut
faire jouer par des enfants *l'Amour tyrannique*, tragi-
comédie de Scudéry. Elle songea aux demoiselles
Saintot, à leur petite amie Jaqueline et à son frère
Pascal; mais Gilberte, la sœur aînée, qui veillait
sur les enfants dont le père était proscrit, répondit
fièrement au gentilhomme qui lui fut envoyé en
cette occasion par la duchesse d'Aiguillon : « Mon-

s,eur le cardinal ne nous donne pas assez de plaisir
pour que nous pensions à lui en faire. » La duchesse
insista et fit même entendre que le rappel de leur
père devait en dépendre. Les amis de la famille décidèrent alors que Jaqueline accepterait le rôle qu'on
lui proposait. Le célèbre acteur Montdory, qui était
de Clermont et qui connaissait la famille Pascal,
donna des leçons à Jaqueline et se chargea de monter la pièce. Le jour de la représentation arriva. Jaqueline, qui avait à peine douze ans, mit dans son
jeu une gentillesse qui charma tous les spectateurs,
et surtout Richelieu. Le cardinal ne cessa de l'applaudir. Elle profita de son succès pour obtenir la
grâce de son père. Écoutons-la faire le récit de cette
soirée dans une lettre adressée à son père et restée
jusqu'ici inédite. Nous la donnons d'après le manuscrit de la Bibliothèque impériale.

« Monsieur mon père,

« Il y a longtemps que je vous ai promis de ne
point vous écrire si je ne vous envoyais des vers,
et, n'ayant pas eu le loisir d'en faire (à cause de
cette comédie dont je vous ai parlé), je ne vous ai
point écrit il y a longtemps. A présent que j'en ai
fait, je vous écris pour vous les envoyer et pour
vous faire le récit de l'affaire qui se passa hier à
l'hôtel de Richelieu, où nous représentâmes *l'Amour
tyrannique* devant M. le cardinal. Je m'en vais vous

raconter de point en point tout ce qui s'est passé.
Premièrement, M. Montdory entretint M. le cardinal depuis trois heures jusqu'à sept heures, et lui
parla presque toujours de vous, de sa part et non
pas de la vôtre, c'est-à-dire qu'il lui dit qu'il vous
connaissait, lui parla fort avantageusement de votre
vertu, de votre science et de vos autres bonnes qualités. Il parla aussi de cette affaire des rentes, et lui
dit que les choses ne s'étaient pas passées comme
on avait fait croire, et que vous vous étiez seulement trouvé une fois chez M. le chancelier, et
encore que c'était pour apaiser le tumulte ; et, pour
preuve de cela, il lui conta que vous aviez prié
M. Fayet d'avertir M.... Il lui dit aussi que je lui
parlerais après la comédie. Enfin, il lui dit tant de
choses qu'il obligea M. le cardinal à lui dire : « Je
vous promets de lui accorder tout ce qu'elle me demandera. » M. de Montdory dit la même chose à
Mme d'Aiguillon, laquelle lui dit que cela lui faisait
grande pitié et qu'elle y apporterait tout ce qu'elle
pourrait de son côté. Voilà tout ce qui se passa devant la comédie. Quant à la représentation, M. le
cardinal parut y prendre grand plaisir ; mais principalement lorsque je parlais, il se mettait à rire,
comme aussi tout le monde dans la salle.

« Dès que cette comédie fut jouée, je descendis du
théâtre avec le dessein de parler à Mme d'Aiguillon.
Mais M. le cardinal s'en allait, ce qui fut cause que

je m'avançai tout droit à lui, de peur de perdre cette
occasion-là en allant faire la révérence à Mme d'Aiguillon; outre cela, M. de Montdory me pressait extrêmement d'aller parler à M. le cardinal. J'y allai
donc et lui récitai les vers que je vous envoie, qu'il
reçut avec une extrême affection et des caresses si
extraordinaires que cela n'était pas imaginable. Car,
premièrement, dès qu'il me vit venir à lui, il s'écria :
« Voilà la petite Pascal, » et puis il m'embrassait et
me baisait, et, pendant que je disais mes vers, il
me tenait toujours entre ses bras et me baisait à
tous moments avec une grande satisfaction, et puis,
quand je les eus dits, il me dit : « Allez, je vous ac-
« corde tout ce que vous me demandez; écrivez à
« votre père qu'il revienne en toute sûreté. » Là-
dessus Mme d'Aiguillon s'approcha, qui dit à M. le
cardinal : « Vraiment, monsieur, il faut que vous
« fassiez quelque chose pour cet homme-là ; j'en ai
« ouï parler, c'est un fort honnête homme et fort
« savant; c'est dommage qu'il demeure inutile. Il a
« un fils qui est fort savant en mathématiques, qui
« n'a pourtant que quinze ans. » Là-dessus, M. le
cardinal dit encore une fois que je vous mandasse
que vous revinssiez en toute sûreté. Comme je le vis
en si bonne humeur, je lui demandai s'il trouverait
bon que vous lui fissiez la révérence; il me dit que
vous seriez le bienvenu, et puis, parmi d'autres
discours, il me dit : « Dites à votre père, quand il

« sera revenu, qu'il me vienne voir, » et me répéta
cela trois ou quatre fois. Après cela, comme
Mme d'Aiguillon s'en allait, ma sœur l'alla saluer, à
qui elle fit beaucoup de caresses et lui demanda où
était mon frère, et dit qu'elle eût bien voulu le voir.
Cela fut cause que ma sœur le lui mena; elle lui fit
encore grands compliments et lui donna beaucoup
de louanges sur sa science. On nous mena ensuite
dans une salle, où il y eut une collation magnifique
de confitures sèches, de fruits, limonade et choses
semblables. En cet endroit-là elle me fit des caresses
qui ne sont pas croyables. Enfin, je ne puis pas vous
dire combien j'y ai reçu d'honneurs; car je ne vous
écris que le plus succinctement qu'il m'est possible
de....[1]. Je m'en ressens extrêmement obligée à
M. de Montdory, qui a pris un soin étrange. Je vous
prie de prendre la peine de lui écrire par le premier
ordinaire pour le remercier, car il le mérite bien.
Pour moi, je m'estime extrêmement heureuse d'a-
voir aidé en quelque façon à une affaire qui peut
vous donner du contentement. C'est ce qu'a toujours
souhaité avec une extrême passion, Monsieur mon
père,

        « Votre très-humble et très-obéissante fille
        et servante,

                          « PASCAL.

            « De Paris, ce 4 avril 1639. »

1. Mot illisible dans la lettre manuscrite.

, Voici quels étaient les vers adressés à Richelieu et joints à la lettre que nous venons de citer :

.Ne vous étonnez pas, incomparable Armand,
Si j'ai mal contenté vos yeux et vos oreilles :
Mon esprit, agité de frayeurs sans pareilles,
Interdit à mon corps et voix et mouvement.
Mais pour me rendre ici capable de vous plaire,
Rappelez de l'exil mon misérable père :
C'est le bien que j'attends d'une insigne bonté ;
Sauvez un innocent d'un péril manifeste :
Ainsi vous me rendrez l'entière liberté
De l'esprit et du corps, de la voix et du geste.

En recevant ces heureuses nouvelles, Étienne Pascal se hâta de revenir à Paris ; il se présenta, avec ses trois enfants, à Ruel, chez le cardinal, qui lui fit l'accueil le plus flatteur. « Je connais tout votre mérite, lui dit Richelieu ; je vous rends à vos enfants et je vous les recommande ; j'en veux faire quelque chose de grand. »

Deux ans après, Étienne Pascal fut nommé à l'intendance de Rouen, et il alla s'établir dans cette ville avec sa famille. La jeune Jaqueline, qui n'avait cessé de s'exercer à faire des vers, obtint le prix de poésie décerné chaque année à Rouen, à la fête de la Conception de la Vierge, qui était le sujet même du concours. Quoique ces vers ne méritent pas d'être cités, ils eurent alors un prodigieux succès. Le prix fut porté à Jaqueline en

grande pompe, avec des trompettes et des tam-
bours, et Corneille, présent à cette cérémonie,
fit un impromptu sur le triomphe et la modestie
de la jeune muse, qui s'était dérobée à cette ovation.

Voici le début de ces vers; ils étaient adressés au
prince qui présidait la solennité :

> Pour une jeune muse absente,
> Prince, je prendrai soin de vous remercier,
> Et son âge et son sexe ont de quoi convier
> A porter jusqu'au ciel sa gloire encor naissante.

Guidée par le génie de Corneille, qui peut dire
jusqu'où serait monté le vol de cette intelligence,
dans ce beau siècle où un souffle de grandeur passa
sur les âmes et s'en exhala? Mais la gloire, sans
doute, effraya Jaqueline; elle en détourna ses regards avec une sorte d'éblouissement, et elle ne fit
plus de vers que pour célébrer Dieu :

> Moteur de ce grand univers,
> Inspirez-moi de puissants vers,
> Envoyez-moi la voix des anges,
> Non pas pour louer les mortels,
> Mais pour entonner vos louanges,
> Et vous remercier au pied de vos autels.

Bientôt elle entra au couvent de Port-Royal des
Champs, et y ensevelit cette beauté et cet esprit qui
l'avaient fait admirer dans le monde. Que de char-

mes, que de génie se cachèrent dans cette retraite,
gloires humaines perdues dans la gloire de Dieu,
comme ces étoiles qui brillent, fuient et se confon-
dent dans la voie lactée !

JEAN BART

NOTICE SUR JEAN BART.

Jean Bart naquit à Dunkerque en 1651 : il était fils d'un pêcheur corsaire. Louis XIV se plut à l'honorer au milieu de sa cour, et le nomma chef d'escadre. Jean Bart justifia la confiance du roi. Trente-deux vaisseaux de guerre anglais et hollandais bloquaient le port de Dunkerque en 1692. Jean Bart en sortit avec sept frégates, et dès le lendemain s'empara de quatre navires anglais richement armés qui faisaient voile vers la Russie. Dans le cours de la même campagne, il brûla plus de quatre-vingts bâtiments ennemis, fit une descente vers Newcastle, ravagea tout le pays des environs, et revint à Dunkerque avec plus de quinze cent mille francs de prise. La même année, il s'empara de treize navires hollandais chargés de grains. Jean Bart se trouva à la fameuse journée de Lagos, où quatre-vingt-sept navires de commerce et plusieurs vaisseaux de guerre anglais furent pris et brûlés ; la perte des vaincus en cette occasion fut évaluée à plus de vingt-cinq millions de livres. Il obtint des lettres de noblesse de Louis XIV. En 1696, il remporta de nouveaux triomphes contre les flottes réunies de l'An-

gleterre et de la Hollande. La paix seule interrompit ses travaux. Il passa les dernières années de sa
vie à Dunkerque, où il mourut d'une pleurésie, le
27 avril 1702.

Il ne laissa pas de descendance directe, mais son
nom glorieux s'est perpétué par la famille de Gas-
pard Bart, son frère. Le 16 février 1855, mourut
à Wormhoudt, grand et joli bourg formé par de
charmantes habitations et à quelque distance de
Dunkerque, le dernier héritier du nom de Jean Bart,
Henri-Ferdinand-Marie Bart, commis principal des
subsistances de la marine en retraite, âgé de soixante-
quatorze ans; il était né à Dunkerque et fut adopté à
l'âge de sept ans par sa ville natale qui se chargea de
son éducation. Il était petit-fils du commandant de *la
Danaé*, il eut pour fils un émule de ses illustres ancêtres, Jean-Pierre Bart, lieutenant de vaisseau, commandant de la gabare de l'État *la Sarcelle*, mort à
l'île Bourbon à trente-six ans. Après la mort de ce
fils, le père, représentant d'un nom si glorieux, vint
habiter avec ses deux filles sa ville natale, où il assista
à l'inauguration de la statue de Jean Bart, gloire de
sa race; puis il se retira à Wormhoudt, où il est
mort.

JEAN BART.

———

Dunkerque était au pouvoir des Espagnols depuis 1652. Turenne, vainqueur de la Fronde sur tous les points de la France, fit le siége de cette ville en 1658. La flotte anglaise le secondait, car la politique avait décidé Louis XIV à se faire momentanément l'allié de Cromwell. Le prince de Condé et don Juan d'Autriche défendaient la place assiégée. Les habitants de Dunkerque faisaient des vœux pour le jeune roi de France, et souhaitaient que la ville fût prise par lui et pour lui ; mais en même temps toute cette population de marins , ennemie née des Anglais, s'indignait de les voir unir leurs armes à celles de la France ; dans cette alliance elle voyait de la part de l'Angleterre l'arrière-pensée de s'approprier Dunkerque.

C'était par une soirée du mois de juin, durant ce siége mémorable. Un groupe de marins s'était formé devant une petite maison de la rue de l'Église, ainsi nommée à cause de la cathédrale, alors si célèbre par son merveilleux carillon.

14

Le bruit des batteries anglaises et françaises ne paraissait pas en ce moment préoccuper les marins réunis; ils s'informaient avec anxiété, à la porte de la maisonnette, de la santé de l'intrépide corsaire Cornille Bart, qui avait été blessé récemment en tentant d'enlever un navire anglais. Depuis un mois il ne pouvait quitter sa chambre, lui dont la mer était l'élément. Un vieux marin qui servait de domestique au corsaire assurait à ses compagnons assemblés sur la porte que leur maître allait mieux. Le médecin n'avait pu extraire la balle qui avait pénétré dans les chairs. « Mais enfin, répétait le matelot, on peut vivre avec une balle sous la peau, et j'espère que notre chef vivra; il reprend des forces; il s'est levé aujourd'hui. Bonsoir, mes amis, et bonne espérance. » Ayant parlé ainsi, le vieux marin attaché au service de Cornille Bart referma la porte de la maison et rentra dans la chambre de son maître.

C'était une pièce éclairée par une fenêtre en ogive. Les murs étaient tapissés de cuir bosselé d'or; un grand lit de noyer massif, à colonnes torses, s'élevait au fond. Sur ce lit était assis un homme de haute taille, à cheveux blancs et à moustaches encore blondes. Une femme soutenait le blessé, et un robuste enfant à longs cheveux blonds, assis à ses pieds sur l'estrade du lit, tenait une de ses mains rudes qu'il baisait. Cet enfant pouvait

avoir environ neuf ans ; il était d'une taille moyenne,
mais forte ; son front était large, ses sourcils épais ;
son œil vif et bleu exprimait une résolution au-
dessus de son âge, son teint hâlé annonçait la vigueur et la santé.

« Chausse les mules de ton père, dit la femme sur
qui le blessé s'appuyait, puis nous le soutiendrons
ensemble, et il essayera de marcher un peu. »

L'enfant obéit ; ses petites mains se faisaient câ-
lines et allaient doucement, pour ne pas heurter les
jambes affaiblies du corsaire. « Oh ! ces maudits
Anglais, que je les hais ! s'écria-t-il à un gémisse-
ment du blessé ; si je pouvais leur rendre la blessure qu'ils vous ont faite, mon père !

— Patience, patience ! ils sont en ce moment les
alliés de notre jeune roi ; cela nous oblige à suspendre nos haines ; mais l'heure reviendra où nous
pourrons leur courir sus. »

Le regard du vieux corsaire s'enflamma.

« Mon père, dit le petit Jean, vous me conduirez
avec vous !

— Oui, et si je ne peux t'y conduire, tu iras tout
seul ; car vois-tu, mon fils, c'est une guerre de race,
et les Bart, de père en fils, ont pourchassé ces chiens
d'outre-mer. »

Le blessé porta la main à son flanc droit. Il avait pâli.

« Vous souffrez beaucoup ? lui dit sa femme
alarmée.

— Cette balle anglaise est là comme un affront, répliqua Cornille Bart. Ah! si je pouvais l'arracher!

— Vous me la donneriez, mon père, reprit l'enfant, et je vous assure qu'elle tuerait un de ces Anglais.

— Quel enragé! dit le vieux marin qui faisait le service de la famille et qui venait de rentrer dans la chambre; vous n'avez pas besoin de balles, jeune maître, pour les houspiller; et ce matin votre bâton et vos poings vous ont suffi pour mettre en sang le petit John Brish.

— Qui est John Brish? dit le blessé.

— Le fils de cet ancien bosseman anglais, notre voisin, reprit le matelot.

— Pourquoi l'as-tu battu, petit? dit le père.

— Parce qu'il disait d'un ton goguenard que vous ne monteriez plus sur votre vaisseau pour donner chasse aux siens.

— Toujours des querelles! murmura la mère effrayée.

— Quoi! mère, vous ne m'approuvez pas? Je bats les Anglais parce que les Anglais ont blessé mon père.

— Laissez faire votre fils, maîtresse, reprit le vieux matelot; c'est un brave enfant, dont on parle déjà sur toute la côte! Voyez-vous, c'est fier ce qu'il a fait il y a un an, ce petit homme-là, lorsqu'avec ces deux mousses de Hollande il s'en est allé bravement à travers la haute mer sur le canot

qu'il vous avait pris. Le temps était calme d'abord ;
mais au retour, le vent était d'aval, la bourrasque

Jean Bart et les deux mousses en pleine mer.

éclate, notre petit capitaine dirige la barque, il rame,

il rame ; les mousses hollandais avaient peur, il leur fait honte et rentre triomphant dans le port.

— Vous oubliez mon inquiétude, et vous l'encouragez dans ces folies, objecta la mère ; mon ami, poursuivit-elle en se tournant vers le malade, il faudrait réprimander Jean et lui défendre d'être toujours sur le port dans les agrès ou dans les mâts des vaisseaux. Il serait cependant bien temps qu'il apprît à lire.

— Je ne veux pas en faire un clerc, répondit le père, qui semblait se ranimer en entendant parler de l'audace de son fils. Il sera brave comme son grand-père Antoine Bart, qui est mort avec gloire sous le canon de l'Anglais.

— Mon grand-père est mort blessé par les Anglais ! s'écria le petit Jean Bart, pourpre de colère.

— Oui, mon enfant, lui aussi tué par eux ; mais du moins mort dans le combat, répliqua le malade en gémissant.

— Vous ne mourrez point, vous, mon ami, et vous pourrez encore vous venger de ceux qui vous ont blessé, » ajouta sa femme.

Cornille Bart secoua tristement la tête. « Que Dieu t'entende ! murmura-t-il ; je voudrais seulement pouvoir mener notre Jean en mer une fois contre l'ennemi, puis je mourrais content.

— Ce sera ! ce sera ! mon père, dit le petit Jean en se pendant au cou du blessé. Mais racontez-moi la mort de mon grand-père; il y a longtemps, bien longtemps que vous m'avez promis cette histoire.

— Entends-tu le canon qui gronde? dit Cornille Bart. Cet accompagnement convient à mon histoire. Écoute et souviens-toi toute ta vie qu'ils ont tué ton grand-père et qu'ils m'ont blessé, moi, peut-être à .mort.

— Ma vie sera vouée à les exterminer! s'écria Jean, les deux poings serrés; parlez, parlez, vos paroles se graveront en moi comme ces boulets qui trouent en ce moment les murs des remparts. »

Le père se leva et dit : « J'aurai plus de force en parlant debout. »

La mère l'épiait, anxieuse.

« Maître, puis-je rester pour vous entendre? dit le serviteur.

— Oui, mon vieux, va chercher ton chantier et ta galère; vous travaillerez tous les trois en m'é-coutant. »

Le matelot sortit, et après quelques instants il revint, tenant dans ses bras une petite galère en bois des îles, qui était un chef-d'œuvre d'exécution; aucun détail n'avait été oublié; elle était armée en guerre avec de petits canons de fonte; il ne restait plus à poser que les cordages, les voiles et la tente d'honneur qui se dresse à l'arrière du navire.

« Maître, dit le vieux marin, j'attends toujours

un peu de toile de Hollande pour mes voiles et un
morceau de lampas pour mon tandelet. »

Cornille Bart regarda sa femme. La ménagère

Jean Bart travaillant à une petite galère.

s'approcha d'un bahut sculpté et en tira, comme
à regret, les fragments d'étoffe demandés. « Voilà,

dit-elle, je vais les tailler et les coudre moi-même, afin que rien n'en soit perdu. »

Elle prit ses grands ciseaux de fer, son dé et ses aiguilles, se plaça sur une chaise basse à dossier élevé ; puis, agile, elle ajusta de ses doigts les bandes de toile blanche et un carré de lampas pourpre et or.

« Moi, dit Jean, saisissant du gros fil écru, je vais tendre les cordages; » et il s'agenouilla devant le vieux matelot qui soutenait la petite galère sur ses genoux et qui, délicatement, y posait quelques vis oubliées.

Cornille Bart, sans songer à sa blessure, se promenait à grands pas dans sa chambre. Il jeta un regard sur son auditoire, et, satisfait de son air attentif, il commença son récit, tandis que le canon des assiégeants continuait à gronder : « Mon père, Antoine Bart, ton grand-père, mon petit Jean, avait pour ami le fameux capitaine de navire Michel Jacobsen, surnommé le Renard de mer : c'était un grand, fier, bel homme, dont le peintre des rois, Rubens, avait fait le portrait.

— Oh ! ce portrait, je l'ai vu une fois, s'écria Jean, quand j'étais tout petit, et je m'en souviens bien. C'était un homme brun à grand visage, cheveux et moustaches noirs; sa poitrine était couverte d'un corset d'acier, sur lequel était jetée une écharpe rouge. Dans la main droite il tenait le bâ-

ton de commandant, et l'autre main était appuyée
sur un beau casque luisant. Puis dans le fond c'était
des navires, bataille et flots remués par la tempête comme le jour où je suis allé en haute mer en
compagnie des deux petits mousses de Rotterdam.

— C'est bien cela, mon enfant, reprit Cornille
Bart, et puisque tu te souviens de ce portrait du
Renard de la mer, c'est comme si tu te souvenais de
l'avoir vu vivant. Donc le Renard de la mer et ton
grand-père étaient comme frères. Un soir d'hiver,
nous étions réunis ici dans cette même chambre,
bien chaudement près d'un bon feu, fumant du
tabac de Hollande et buvant de l'ale d'Angleterre.
Un corsaire, ami de mon père, nous racontait ses
courses lointaines et ses combats ; je l'écoutais
comme tu m'écoutes ; tout à coup la porte s'ouvre,
et le Renard de mer apparaît, enveloppé d'un long
manteau goudronné, tout ruisselant d'eau ; il pleu-
vait à torrents et la mer était grosse. Sous son
manteau, le Renard était armé en guerre.

« Antoine, dit-il à mon père, j'ai besoin de toi,
« de ton fils, de ton équipage et de ton brigantin.

« — Quand cela? dit mon père.

« — A l'heure même, répondit le Renard, et pour
« aller en haute mer.

« — Nous allons, mon fils et moi, nous armer
« pour te suivre, » dit simplement mon père.
Ce fut bientôt fait. Nous sortîmes tous les trois et

nous nous rendîmes au port. La nuit était sombre.
Onze heures sonnaient au carillon. Nous trouvâmes
notre brigantin, *l'Arondelle-de-Mer*, avec tout son
équipage à bord. C'était le vouloir de mon père; il
fallait que l'on fût prêt au départ à toute heure.

« Le bosseman leva l'ancre.

« Quand nous fûmes en pleine mer, le Renard fit
apporter sur le pont des piques, des coutelas, des,
espontons, des haches d'armes, et dit à chacun
de s'armer pour être prêt au point du jour pour
n'importe quelle chance. Une fois armé, tout l'é-
quipage se mit en prière. Nous naviguâmes ainsi
toute la nuit, sous très-petites voiles, à cause de la
bourrasque; quand le jour parut, un mousse qui
était en vedette au haut du grand mât de hune
cria : « Je vois deux gros vaisseaux et un autre plus
« petit. » Le visage du Renard de mer s'empourpra
d'orgueil : « Enfin! enfin! les voici! » s'écria-t-il
joyeusement. Alors seulement il apprit à mon père
qu'il avait ordre d'attirer les croiseurs anglais loin
du port, afin d'en laisser l'entrée libre à un convoi
considérable qui nous arrivait du Nord et qu'on
avait signalé dès la veille. « Mon vaisseau était en
« radoub, ajouta le Renard de mer, voilà pourquoi
« je t'ai demandé le tien, Antoine.

« — Oh! merci, répliqua mon père; ils vont
« avoir une danse, les trois Anglais! .

« — Un contre trois ! reprit le Renard, ce sera

« rude ; il faut mettre le feu au ventre de nos gens
« pour qu'ils ne reculent pas. » Mon père et le Renard haranguèrent l'équipage. Tous jurèrent de
mourir pour Dieu et pour le roi, et que l'ennemi
n'aurait d'eux ni os ni chair vive. On fit apporter
un tonneau d'eau-de-vie et on le distribua. Les
gens de l'artillerie se barbouillèrent le visage avec
de la poudre : on aurait dit des Africains.

— Et les trois vaisseaux des Anglais ? demanda
le petit Jean Bart avec impatience.

— Ils arrivaient toujours sur nous, leurs voiles
déployées. Mon père et le Renard ordonnèrent au
pilote de virer de bord sur le plus proche vaisseau
de l'ennemi. C'était un petit navire moins fort que
notre brigantin ; nous lui donnâmes deux bordées
dans la quille, et il fut coulé. Alors les deux grosses
frégates anglaises firent sur notre pauvre *Arondelle-
de-Mer* un feu si formidable, que la moitié de notre
monde resta tué ou blessé. Mais aussi, mon fils,
quelle gloire ! quelle défense ! seuls contre trois
vaisseaux ! seuls nous en avions détruit un, et les
deux autres nous approchaient à peine, tant nous
combattions avec rage et furie aux cris de *Vive le
roi !* Nous brandissions nos piques, nous appelions
les Anglais à grands cris : *Abordez ! abordez donc !* »

Ici le pâle visage de Cornille Bart se colora tout
à coup, sa voix s'altéra, et il s'appuya contre le
mur tout chancelant. « Seigneur Dieu ! s'écria sa

femme accourant, vous vous faites du mal en vous animant ainsi.

— Laissez-moi, laissez-moi, et silence, écoutez ! répliqua brusquement le conteur, tout à l'action de son souvenir. Les Anglais, défiés par nous, abordent de chaque côté du brigantin : ce fut une joyeuse et sanglante mêlée. Hache en main, coutelas au poing, on s'attaqua homme à homme. Les deux frégates avaient de quoi remplacer ceux qui tombaient, tandis qu'il ne restait plus des nôtres qu'un petit nombre debout, et encore étaient-ils tout saignants. Mon père avait reçu trois coups de pique, le Renard une arquebusade dans le corps. Le pont se couvrait de morts et d'agonisants, le canon ennemi éventrait notre brigantin. Le Renard s'approcha de mon père et lui dit sourdement : « Allons, Antoine, le feu aux « poudres, et à la grâce de Dieu ! Il ne faut pas que « ces hérétiques nous aient vivants. »

— Oh ! que cela est beau ! que cela est beau ! s'écria le petit Jean transporté et en embrassant son père, dont le visage devenait de plus en plus livide.

— Je vois encore, poursuivit le corsaire, le Renard de la mer, debout sur le pont, cramponné de tout son poids au capitaine anglais, qui nous avait abordé avec plus de cent des siens : » Feu ! feu ! » criait le Renard à mon père. L'explosion se fit : tout fut englouti....

« J'avais senti une épouvantable secousse. Puis

je perdis tout sentiment. La fraîcheur de l'eau me
fit revenir à moi, et je me trouvai suspendu à un
débris. Je vis des Anglais qui dans leurs chaloupes
allaient çà et là recueillant des naufragés. Je fus
ramassé comme les autres; mon père était mort!
le Renard de la mer était mort! De notre équipage,
il restait deux hommes! de notre brigantin quelques planches! Mais aussi des deux frégates anglaises il n'en restait plus qu'une désemparée;
l'autre avait coulé par l'explosion de notre brigantin. Pendant ce temps, le grand convoi qui arrivait
du Nord entrait à Dunkerque, et j'allai prisonnier
en Angleterre avec les deux matelots qu'on avait
sauvés.

« Voilà, mon fils, ce qu'a été ton grand-père! ce
que j'ai été! sois digne de nous. »

A ce dernier mot, un flot de sang jaillit de la
bouche de Cornille Bart : « J'étouffe, dit-il faible-
ment; oh! c'est la balle anglaise! » et il s'affaissa
sans vie dans les bras de sa femme et de son enfant. « Mon père! mon père! s'écriait Jean, les
Anglais aussi t'ont tué! » Puis, se tournant vers sa
mère : « Oh! les Anglais! ajouta-t-il avec une expression terrible, je les exterminerai un jour et j'en
délivrerai la France. »

Six ans, après, Jean Bart faisait sa première croi-
sière comme capitaine en second.

DEUX ENFANTS DE CHARLES IER

NOTICE

SUR LA PRINCESSE ÉLISABETH STUART

ET SUR LE DUC HENRI DE GLOCESTER.

La reine Henriette d'Angleterre, femme de Charles Ier et fille d'Henri IV, quitta l'Angleterre au moment des troubles avec quatre de ses enfants. Mais les deux autres, Élisabeth et Henri de Glocester, ne purent la rejoindre et restèrent prisonniers, comme leur père, du Parlement révolté.

La princesse Élisabeth était née au palais de Saint-James, le 8 janvier 1635. Dès son plus jeune âge elle montra un esprit vif et pénétrant et les plus heureuses dispositions pour l'étude. Elle avait à peine dix ans, que son père la consultait déjà avant de prendre une décision, tant il avait reconnu en elle de justesse d'esprit et de perspicacité précoce. Elle était frêle et délicate, mais d'une figure expressive et charmante. Elle avait quatorze ans quand elle perdit son père; elle en ressentit une si vive douleur qu'on la vit dépérir rapidement; on lui avait donné pour prison, ainsi qu'à son frère le duc de Glocester, la forteresse de Caris-

15

brooke dans l'île de Wight, la même où leur père avait
langui prisonnier. La vue de ces murs acheva de la
tuer. On la trouva morte un matin dans sa chambre,
le 8 septembre 1650.

Elle fut inhumée secrètement dans l'église de Newport. La reine Victoria vient de lui faire élever un
monument dont Marochetti a fait la statue dans la
nouvelle église de Newport.

Le duc Henri de Glocester, frère de la princesse
Élisabeth, naquit aussi dans le palais de Saint-James
en 1640. Il suivit la destinée de sa sœur, mais à la
mort de celle-ci, Cromwell le renvoya en France
rejoindre sa mère, ses frères et ses sœurs exilés ; il
languit triste et taciturne jusqu'à la restauration de
son frère Charles II sur le trône d'Angleterre. Il était
toujours poursuivi par l'image de son père décapité
auprès duquel on l'avait conduit, ainsi que sa sœur
Élisabeth, la veille du jour de son exécution, et qui
lui avait dit : « Mon fils, souviens-toi qu'ils vont couper la tête de ton père. »

Ce jeune prince ne rentra en Angleterre que pour y
mourir. Il expira à peine âgé de vingt et un ans dans
le petit palais de Whitehall, le même qui fut témoin
du supplice de son père.

DEUX ENFANTS DE CHARLES IER.

Chaque pays a son Eldorado, son coin de terre enchanté que le soleil caresse, que la nature embellit, et où on voudrait vivre les belles années de la jeunesse. La France a ses îles d'Hyères et l'Italie ses îles du lac de Côme ; l'Espagne a Grenade, le Portugal a Cintra, l'Angleterre a son île de Wight.

Dans les premiers jours d'août 1859, je partis de Londres à trois heures, par un temps brumeux, et j'arrivai à six à Portsmouth, par un magnifique soleil couchant qui me rappela ceux du Midi. La mer, d'un vert d'aigue-marine, était azurée par le reflet du ciel. Je montai sur le pont du steamer qui devait me conduire à l'île de Wight, et bientôt l'île charmante, l'île jardin de l'Angleterre, sœur lointaine de l'*Isola-Bella*, apparut devant moi comme un immense radeau de verdure et de fleurs caressé par les flots.

Tandis que le steamer s'éloignait du port de Portsmouth, un grand vaisseau de guerre y arrivait ; il revenait de Crimée chargé de soldats, qui

tous se pressaient sur le pont pour saluer les côtes
de l'Angleterre. Les uniformes rouges et les armes
brillantes se détachaient sur le bleu d'un ciel chaud
et lumineux. Le grand navire passa si près de nous
que je pus distinguer les figures martiales et bron-
zées de ces vaillantes troupes décimées! Le vaisseau

Tandis que le steamer s'éloignait du port de Portsmouth,
un grand vaisseau de guerre y arrivait.

creusa derrière nous un profond sillage et entra
dans la rade de Portsmouth, pendant que la marée
nous poussait vers l'île de Wight, et bientôt nous
touchâmes le *Pire*, jetée aérienne qui sert de promenade aux baigneurs, et par laquelle les nouveaux

débarqués arrivent à Ryde, la ville aristocratique
de l'île.

En ce moment, les deux tours du château d'Osborne se dressaient à la pointe extrême de l'île, éclairées en plein par le soleil couchant qui les couronnait et les faisait ressembler à deux phares.

Osborne est la résidence privée de la reine d'Angleterre ; elle s'est plu à embellir les jardins et les promenades de ce riant palais et l'habite plusieurs mois de l'année. Mais mon but, en visitant l'île de Wight, était surtout de voir l'ancien château fort de Carisbrooke, qui servit de prison à Charles Ier. Je partis un matin de Ryde pour faire cette excursion.

L'antique forteresse, dont les premières constructions remontent aux Romains, est située près de Newport, capitale de l'île. La Medina traverse Newport et coule en ligne droite et en s'élargissant toujours jusqu'à Cowes, où est son embouchure. Newport, bâti dans l'intérieur des terres, n'a d'intéressant que ses souvenirs historiques et son église de Saint-Thomas qui renferme une tombe virginale, qui est la poésie éternelle de l'île.

Après avoir traversé Newport, je laissai à ma droite le joli village de Carisbrooke avec ses arbres, ses jardins, son église, flanquée d'une haute tour, dont le cadran fait voir les heures aux campagnards éloignés ; la mer est à l'horizon, et à mesure que

je montais, me rapprochant de la forteresse, l'étendue des flots se déroulait plus immense. Je marchais
sous de grands arbres séculaires, dans des sentiers
de gazon, au pied des remparts en ruine. Je passai
sous une grande arche de porte sans fermeture, et
j'arrivai sous la voûte profonde de pierre, flanquée
de deux bastions, qui sert d'entrée à la forteresse.
Je me trouvai alors dans une espèce de place d'armes. Je me dirigeai à l'aventure, et j'escaladai les
débris des remparts, auxquels s'enchevêtrent des
arbustes, des sureaux et des ronces. Le hasard
m'avait bien guidée ; c'est là que se trouve la fenêtre de la citadelle par laquelle Charles Ier tenta de
s'échapper. Cette fenêtre, formée de deux ogives,
était voisine de la chambre du prisonnier. Chaque
ogive n'avait d'abord qu'un barreau, mais, après la
tentative d'évasion, le barreau fut doublé. Un figuier
et une vigne sauvage s'enlacent maintenant à cette
fenêtre et y forment un treillis. Tandis que je regardais la base des remparts extérieurs, à travers le
feuillage frissonnant à la brise de mer qui soufflait
de l'ouest, j'entendis dans la grande cour de la
forteresse une voix de jeune fille qui me disait en
anglais : « Quand madame aura vu à son gré les
ruines, je la conduirai dans les appartements fermés. » Celle qui me parlait ainsi paraissait avoir
dix-huit ans. Sa taille était élancée, son visage avait
un éclat de carnation que possèdent seules les

jeunes Anglaises ; j'en dirai autant de ses yeux noirs,
tranquilles et profonds ; ce ne sont point les yeux
des Italiennes, ils ont plus de pensée et moins de
flamme ; sa chevelure brune et abondante était
nattée sous un chapeau rond en paille grise. Elle
portait une robe en mousseline blanche et lilas,
dont le corsage flottant était fermé au cou par un
nœud de ruban cerise ; les manches laissaient le
bras à découvert jusqu'au coude ; les mains étaient
voilées par de petites mitaines en filet noir. Elle
avait dans toute sa personne cette propreté anglaise
irréprochable.

Je lui demandai comment elle possédait les clefs
du château ; elle me répondit qu'elle était la fille du
concierge du lord gouverneur (c'est toujours un
lord qui est le gouverneur titulaire de ces ruines),
et qu'elle était chargée d'accompagner les visiteurs.
Avant de la suivre dans les appartements intérieurs,
je voulus continuer mon exploration des remparts et
des tours démantelées. Tout ce qui reste des remparts était couvert d'une végétation vigoureuse ; les
genêts et les sureaux en fleurs répandaient dans l'air
leurs chauds parfums qui me rappelèrent ceux des
campagnes du Midi. Les abeilles assiégeaient ces
fleurs pour y prendre leur miel.

Je descendis des remparts, je traversai la place
d'armes, je laissai à ma gauche les bâtiments plus
modernes que la jeune fille devait me montrer, et

je me dirigeai vers la tour principale, la grande tour
bâtie par les Romains, près de laquelle s'élèvent deux
magnifiques sapins. Les chroniques des sixième et
neuvième siècles parlent de cette tour comme d'une
place très-importante; elle avait alors à sa base un
puits de trois cents pieds de profondeur, qui fut
comblé plus tard comme inutile. On monte jusqu'au
sommet effondré de cette tour par un escalier de
soixante-douze marches très-hautes et très-rudes,
qui de loin font ressembler cet escalier à une échelle
presque perpendiculaire. A l'angle sud-est de la
tour romaine sont les restes d'une autre tour plus
basse appelée *Montjoye*, dont les murs ont dix-huit
pieds d'épaisseur. Arrivée sur le parapet en ruine
qui couronne la haute tour romaine, je m'assis sur
des touffes de bruyères pour contempler longue-
ment la mer et la campagne qui se déroulaient sous
mes yeux.

J'avais en face, sur le premier plan, la forêt et
le village de Carisbrooke, et, plus loin, à droite, la
ville de Newport; à gauche, l'Océan, dont la marée
montait, et où quelques voiles se montraient au
large; derrière moi s'étendaient les plaines et les
collines couvertes de cultures abondantes. Tout
l'intérieur de la tour, vide des constructions primi-
tives, est devenu comme un puits de verdure où
s'enlacent les lierres et les sureaux. Des lézards
sautaient du mur en ruine où j'étais adossée et dis-

paraissaient dans cet abîme dont ils agitaient un
moment la surface : c'était le seul bruit qui parvenait jusqu'à moi ; à cette hauteur, la nature paraissait endormie sous l'accablante chaleur de ce
jour d'août.

Il me semblait voir errer, sur les remparts de la
vieille citadelle que je dominais, l'ombre de Charles I⁰ʳ, de ce roi chevaleresque et mélancolique,
passionné et lettré comme Marie Stuart ! Il aimait
les arts en profond connaisseur, il savait goûter
Raphaël dont il recueillit les précieux cartons ;
il fit éclater le génie de Van Dyck et décida de sa
fortune.

Sa famille était dispersée, la reine (Henriette,
fille de Henri IV) avait passé en Hollande (avant la
déchéance du roi) avec la princesse royale qui
épousa le prince d'Orange ; la reine était revenue
en Angleterre ramener des secours pour la royauté ;
mais elle fut forcée de se réfugier bientôt en France,
où la princesse Henriette (qu'immortalisa Bossuet),
le prince de Galles (qui fut plus tard Charles III),
et le duc d'York (qui devint Jacques II), la rejoi-
gnirent. — Deux autres enfants, la petite princesse
Élisabeth et son plus jeune frère le duc de Glocester, n'avaient pu quitter l'Angleterre pendant la
captivité de leur père ; ils furent confiés par le
Parlement à la comtesse de Leicester ; elle eut pour
eux des soins de mère. Il est rare, malgré la guerre

et les passions politiques qui déchaînent les hommes, qu'une femme se prête au rôle de geôlier et
persécute l'enfance ! Ces deux derniers enfants du
roi, d'une intelligence précoce et d'une beauté
frappante que Van Dyck a rendue dans un tableau
de famille, étaient ceux que le pauvre monarque
prisonnier aimait entre tous; il demanda vainement
à les voir pendant qu'il était enfermé à Carisbrooke.
Mais le 29 janvier 1649, les soldats de Cromwell
virent passer sous la sombre porte de Whitehall
deux enfants conduits par une lady[1]; une petite fille
de treize ans, vêtue de noir, avec la fraise à la Médicis entourant son cou délicat et montant jusqu'à
l'ovale expressif de sa tête blonde, donnait la main
à un petit garçon de huit ans, frêle et amaigri
comme elle : c'étaient le frère et la sœur; tous deux
étaient si tristes et si graves, qu'ils faisaient invo-
lontairement songer à ce vers de Shakspeare :

So wise, so young, they say done'er live long.

Ils traversèrent plusieurs salles pleines de gardes,
et arrivèrent enfin dans une chambre plus sombre,
où ils trouvèrent leur père calme et digne, écrivant
devant une table. Mais quand les deux enfants se
précipitèrent dans ses bras, la nature éclata en

1. La comtesse de Leicester.

Les soldats de Cromwell virent passer sous la sombre porte de Whitehall deux enfants conduits par une lady

sanglots, et l'héroïsme stoïque fut vaincu : ce père
était Charles Ier, qui devait mourir le lendemain !

La nature éclata en sanglots.

ces enfants, la jeune princesse Élisabeth et le petit
duc de Glocester !

Quand le roi put maîtriser son émotion, il remit

à sa fille quelques bijoux pour sa mère, ses frères
et ses sœurs, et, pour elle, la Bible qui ne l'avait
jamais quitté durant sa captivité, et où il avait
puisé de hautes et immortelles consolations !

Cette entrevue sembla soulager l'âme du père,
mais elle brisa à jamais celle des deux enfants. Ils
comprirent bien, dès les jours suivants, que le roi
avait été décapité aux rigueurs qui s'étendaient sur
eux : la pension que leur faisait le Parlement fut
supprimée ; ils perdirent leur titre de prince, et
leurs serviteurs leur furent enlevés ; Cromwell parla
même de leur faire apprendre un métier. Le petit
duc devait devenir un ouvrier cordonnier, et la
jeune princesse une ouvrière en boutons.

Ces indignités (qui heureusement pour la nation
anglaise ne s'accomplirent pas) me faisaient penser
aux tortures infligées au fils de Marie-Antoinette,
il en mourut, et les autres, suivant la belle expression anglaise, moururent d'un *cœur brisé*.

Je savais la fin prématurée de ces deux adoles-
cents, dont la vie fut si vite assombrie par le malheur ; mais les circonstances de leur déclin, les
détails, qui sont la physionomie des choses, m'é-
chappaient. Les historiens contemporains parlent
peu de la mort de cette jeune princesse, si merveilleusement intelligente, dont tous célèbrent
l'esprit. Elle naquit dans le palais de Saint-James,
le 8 janvier 1635 ; elle était d'une beauté attrayante

qui semblait refléter son cœur affectueux et son vif
esprit. Van Dyck en a fait un portrait quand elle
avait sept ans. C'est une petite fille au cou tendu,
à la mine éveillée et mutine. Elle avait douze ans
quand le comte de Montreuil, alors ambassadeur
de France à Londres, écrivait d'elle à sa cour :
« qu'elle était d'une grande beauté, qu'elle rappelait par son esprit le roi Henri IV, son grand-père,
et que jamais dans un enfant il n'avait vu tant de
grâce, de dignité et de sensibilité. »

Hume va plus loin, il lui accorde une grande
supériorité de jugement, et le chancelier Clarendon
ajoute que son intelligence inusitée et profonde
était un sujet d'étonnement pour son père, qui la
consultait souvent et s'émerveillait sur ses remarques toujours justes sur les hommes et sur les
choses. — Où avait-elle langui, et où s'était-elle
éteinte, cette belle enfant si merveilleusement
douée? Je la voyais toujours frappée à mort sortant de Whitehall, en tenant par la main ce petit
frère dont elle semblait être la mère anticipée;
puis elle disparaissait pour moi dans l'ombre et
l'oubli de l'histoire.

Tandis que les souvenirs de Charles Iᵉʳ et de sa
famille remontaient à flots pressés dans mon esprit,
j'étais toujours assise sur le sommet de la tour
gigantesque de Carisbrooke, dominant la campagne
tranquille et l'Océan agité. Les travailleurs quit-

taient les champs, poussant les bœufs vers l'étable ;
les troupeaux de moutons aux pieds noirs et polis,
contrastant avec la blancheur de ·leur toison, se
serraient vers les granges : le crépuscule se faisait
dans le ciel, où se montraient déjà de pâles
étoiles.

Comme_pétrifiée sur ce sommet, je méditais
encore sur les luttes incessantes des sociétés, qui
troublent de leurs éternels orages la terre nourri-
cière, ainsi que des enfants qui s'entre-déchirent
sur le sein de leur mère.

Tout à coup une voix fraîche et jeune monta de
l'escalier de la tour et dit en anglais :

« Si madame veut voir l'appartement de la princesse, il est temps, car la nuit va venir. » Et la
jeune et jolie gardienne de Carisbrooke, avec son
trousseau de clefs, arriva bientôt jusqu'à moi.
Je la suivis en silence ; elle tenait à la main avec
ses clefs un petit livre que j'eus la curiosité
de regarder : c'étaient les poésies écossaises de
Burns.

Les appartements dans lesquels me conduisit la
jeune fille forment la partie moderne de la citadelle de Carisbrooke ; ils furent construits sous le
règne d'Élisabeth, et adossés à un vieux bâtiment
qui sert aujourd'hui de ferme et où se trouve un puits
très-profond dont l'eau a la fraîcheur de la glace.
Cette ferme est ombragée par de beaux arbres et

des fourrés de végétations qui la relient à la partie
en ruine des remparts. C'est de ce côté qu'était la
chambre de Charles Ier, dont il ne reste que des
fragments de murs et un pan de fenêtre. Ces
débris, les constructions anciennes et les constructions plus modernes dont je viens de parler, se
massent ensemble et séparent la place d'armes, que
j'avais traversée en entrant, de la cour qui mène à
la grande tour.

Les appartements du temps de la reine Élisabeth
n'ont aucune espèce de caractère; on y entre par
un vestibule carré sans ornementation; on monte
un assez large escalier avec une rampe à balustres
peints en gris, et l'on arrive dans un grand salon
oblong dont le plafond est formé par des poutres à
découvert peintes en gris. Une grande cheminée de
la Renaissance est aussi peinte en gris, de même
que les corniches et les soubassements, dans l'enca-
drement desquels ont dû être placées des tentures
de tapisseries. Du reste, nul vestige de sculpture,
d'écussons ou de chiffres; dans l'angle de cette salle
à droite est une porte assez basse. On monte trois
marches après l'avoir franchie, et on se trouve dans
une toute petite chambre à boiserie grise, dont la
fenêtre prend jour sur les remparts; une autre chambre à peu près jumelle est à côté : elle a une cheminée au fond; de sa fenêtre on voit à droite et perpendiculaire cette autre fenêtre en ogive que j'ai

16

décrite et par laquelle Charles Iᵉʳ tenta de s'évader. En face de cette ruine, ma pensée se reporta naturellement vers le roi prisonnier et sa famille. Ma charmante et fraîche conductrice, qui ne m'avait point encore adressé la parole, me dit alors : « C'est ici qu'elle_est morte ; et, dans son agonie, elle a bien souvent regardé dans la direction où vous regardez en ce moment.

— De qui parlez-vous donc ? m'écriai-je.

— De la petite princesse, une fée, un ange ! De la fille du roi Charles Iᵉʳ, décapité à Whitehall ; elle fut amenée ici avec son frère Henri, après la mort de leur père. Ils habitaient ces deux étroites chambres ; dans celle où nous sommes couchait la princesse, et c'est ici qu'un matin on la trouva morte.

— Est-ce une légende que vous me contez, repris-je, une tradition vague ?

— Non, répliqua-t-elle, c'est une histoire certaine dont chaque fait et chaque sentiment ont été religieusement transmis de père en fils dans la famille de mon père. Celui-ci a su de son bisaïeul ce que son bisaïeul avait appris du sien. »

Ce fut par une froide journée de mars que ce plus ancien en date des gardiens de Carisbrooke, charge héréditaire dans ma famille depuis plus de deux cents ans, vit arriver, conduits par des soldats, deux enfants en habits de deuil. La neige couvrait

toute l'île, le ciel était noir et faisait ressortir plus
encore la blancheur de la terre.

La jeune princesse et le petit prince traversèrent
cette cour qui est là sous nos yeux; ils marchaient
pâles et tout frissonnants sur la terre glacée. Il avait
été défendu de leur rendre les honneurs dus à leur
rang et même de les servir. Mais le sang de mon
père a toujours été généreux, dit la jeune fille en
souriant; il est de la source de celui de cet ancêtre
éloigné, qui reçut ici les deux orphelins royaux.
Orphelins en effet, car leur mère était comme
morte pour eux, elle ne pouvait revenir de son exil
et les emporter dans ses bras! Ils semblaient acca-
blés par le fardeau de leur peine et se regardaient
tristement.

Le gardien (de qui descend mon père) les fit
entrer dans la grande salle que nous venons de
traverser; ils s'assirent près de la cheminée flam-
bante pour se réchauffer un peu. La femme du
gardien, une bonne âme de ce temps et que j'aime
encore en mémoire des soins qu'elle prit d'eux,
leur offrit à manger; le petit prince y consentit
avec plaisir, car il avait grand'faim; mais la princesse ne voulut boire qu'une tasse de lait. Elle
toussait beaucoup. On les conduisit dans leurs
petites chambres. La princesse, qui n'en pouvait
plus, se hâta de se coucher; mais avant elle regarda par la fenêtre où nous sommes accoudées,

et un soldat qui faisait sentinelle sur les remparts lui apprit brutalement que cette fenêtre gothique où les plantes grimpantes s'enlacent aujourd'hui, était celle par laquelle le roi Charles Ier avait voulu s'évader. La princesse Élisabeth éclata en sanglots ; c'était déchirant de la voir. Enfin elle baisa la Bible qui lui venait de son père, la posa à la tête de son lit, et parut se calmer.

Le lendemain, quand mon aïeule entra dans sa chambre, elle la trouva en prière avec son petit frère Henry ; elle l'avait levé et habillé elle-même, trop fière pour réclamer contre les ordres des bourreaux de son père. Mère adolescente, le malheur lui avait suggéré toutes les délicatesses des soins maternels. Comme la neige avait cessé de tomber et qu'un pâle soleil se jouait sur sa blancheur, les enfants demandèrent à se promener un peu dans la cour et sur les remparts ; on leur laissa là quelque liberté, car la citadelle était fermée de toutes parts, et les pauvres petits prisonniers n'étaient guère capables de s'échapper. Aussitôt qu'ils furent maîtres de leurs pas, on les vit se diriger tous deux, sans s'être consultés, vers la partie des remparts où est la fenêtre en ogive. Ils appuyèrent leurs têtes sur les barreaux, enlacèrent leurs petites mains et restèrent longtemps à penser à leur père.

On n'a pas douté que la vue toujours présente de

CARBONNEAU.

Elle la trouva en prière avec son petit frère Henry.

cette fenêtre ne hâtât le dépérissement de la douce
princesse ; cette tête de roi qui passa par là, tandis
que le corps ne put suivre, lui présentait l'image
de l'échafaud, où la tête de son père tomba sanglante ! Chaque jour, à chaque heure, la vue de
l'ogive trop étroite qui fit manquer l'évasion, lui
rappelait cette affreuse mort que la fuite aurait em-
pêchée. C'était une douleur sans cesse renouvelée ;
aussi mon aïeule disait-elle bravement au gouverneur, ami de Cromwell, qu'avoir conduit là ces
deux pauvres petits êtres, c'était un raffinement de
cruauté indigne de bons chrétiens. Elle sentait bien,
l'honnête femme, que le choix de cette prison était
une torture qui les tuerait lentement, surtout
la jeune princesse, qui semblait déjà près de
mourir.

Cependant, les premiers jours qui suivirent son
arrivée, elle fit de grands efforts de courage ; elle
disposa sa petite chambre pour s'y recueillir ; elle
plaça là, sur une planche où vous voyez ces clous,
quelques livres français, anglais et latins qu'on lui
avait laissés : elle mit sa table de bois de sapin près
de la fenêtre, elle y écrivit plusieurs heures par
jour ; elle désira que la tête de son lit fût tournée en
face des remparts. Souvent, quand elle devint plus
faible, elle restait étendue tout le jour, l'œil fixé
vers la fatale fenêtre.

Elle obtint de mon aïeule qu'on lui ouvrît la

chambre où le roi Charles avait été prisonnier ; cette chambre n'existe plus aujourd'hui, il n'en reste qu'un débris de mur, là à droite.

Le premier jour qu'elle y pénétra ce furent de nouvelles larmes ; les murs lui faisaient mal, elle y voyait passer les peines et les humiliations subies par le roi son père. On m'a dit que les pensées douloureuses usent la vie plus vite que les souffrances du corps ; l'histoire de la princesse Élisabeth le prouve bien. Cependant elle voulait vivre, vivre pour élever son petit Henry, suivant la promesse sacrée qu'elle en avait faite à son père.

Aidée par son frère, elle transforma en oratoire la chambre du roi. Quand le printemps commença, ils y apportèrent des fleurs comme on fait à une tombe ; ils y lisaient ensemble la Bible qui n'avait pas quitté leur père et qu'il lisait, lui aussi, prisonnier à la même place ! — Il fallait la voir attentive et tendre pour son bien-aimé petit Henry ! Tant qu'un peu de force lui resta, elle lui faisait chaque jour réciter des vers latins, lui parlait de l'histoire d'Angleterre, de celle de France et des autres pays lointains. Tandis que le jeune duc écrivait ses leçons, elle travaillait elle-même, elle faisait des fraises de linon bien simples et bien blanches pour elle et pour son frère. Le mouvement de l'aiguille la fatiguait, son souffle était alors plus oppressé, et sur sa pâleur perlaient des gouttes de sueur froide.

La bonne femme du gardien la suppliait en vain
d'interrompre son double travail; elle avait cou-

Ils y apportèrent des fleurs.

tume de répondre : « Je ne puis laisser mon pauvre
frère dans l'ignorance, et je dois me servir moi-

même., puisque les bourreaux de mon père, l'ont décrété. » Ce qui rendit son mal rongeur incurable, c'est qu'aucune voix du dehors ne leur apportait l'espérance. Elle ignorait le sort de sa mère et des quatre. enfants qui l'avaient suivie ; où étaient-ils ? S'ils étaient libres, comment ne venaient-ils pas les délivrer ?

Elle sentait bien qu'elle se mourait ; pourtant jamais une plainte ne s'échappa de ses lèvres. On lui entendait dire sur. le pardon et sur la vraie grandeur du chrétien des choses qu'elle tenait du roi. son père, et qui remplissaient d'admiration ceux qui l'écoutaient.

On était arrivé à la fin de mai et l'île avait revêtu cette parure d'herbes, de fleurs et de feuillages que vous .lui voyez ; les petits prisonniers se promenaient deux fois par jour sur les remparts et dans la place d'armes, mais les remparts étaient le lieu préféré, tant à cause de la fenêtre qui les attirait que de la campagne qu'ils voyaient de là se dérouler devant eux. C'était toujours un peu de liberté pour les yeux ! Ils apercevaient sur la mer glisser de beaux navires, ils suivaient les travaux champêtres dans les terres voisines ; les plaisirs des villageois dansant et vidant des brocs en bas des remparts, dans le petit village de Carisbrooke.

Par une belle journée, ils virent passer une noce ; tous les paysans et paysannes qui formaient. le

cortége de la mariée chantaient et portaient des
bouquets pour lui faire honneur. Quand ils aper-
çurent les enfants du roi, tristement assis sur les
remparts, ils cessèrent leur chanson et leur lancè-
rent leurs bouquets en signe d'hommage. Alors la
jeune princesse Élisabeth détacha de son cou
une croix d'or, et, se penchant vers la mariée, la
lui jeta.

Une autre fois, vers le soir, ils entendirent des
matelots qui, en conduisant une barque, chantaient
par habitude l'air du *God save the King* : la double
tranquillité de la mer et de la campagne laissait
monter vers eux le chant sonore. « Écoute, s'écria
la jeune princesse, en voilà qui aiment encore notre
père ! » Et, heureuse un moment, elle embrassa son
frère.

L'été faisait pousser les arbres et les blés, il colo-
rait les fleurs et les fruits, et chassait les brouillards
du ciel et de la mer ; la terre germait partout,
riante et belle, le deuil de l'hiver était oublié. Il
semble que lorsque la nature se montre ainsi en
force et en fête, il ne devrait plus y avoir ni malades ni malheureux : pourtant il n'en est rien. « La
séve de la terre n'est pas la même qui nous donne
ou nous rend la vie, disait la princesse Élisabeth ;
notre force ou notre défaillance viennent de l'âme. »
Aussi les parfums avaient beau monter vers sa
prison, les oiseaux joyeux chanter et voler sur sa

tête ; l'Océan avait beau n'avoir que des horizons de
lumière, et les jeunes sapins du bois voisin croître
et s'élever sous ses yeux comme un emblème de
l'adolescense qui grandit ; sa taille à elle se courbait
sous le poids du cœur, si délicate et si frêle qu'elle
penchait toujours du même côté. Sa figure restait
pâle comme l'ivoire malgré la chaleur vivifiante qui
partout faisait circuler la séve et le sang. Sans ses
grands yeux noirs, les yeux de sa mère, qui éclairaient cette pâleur glacée, ont eût pu croire qu'elle
était déjà morte.

Un matin, un chant de psaume se fit entendre
comme le frère et la sœur faisaient leur promenade
habituelle sur le rempart. La femme du gardien
les avait suivis, car la jeune princesse était si
faible qu'elle craignait à chaque pas de la voir
tomber.

Un enterrement passait dans les sentiers fleuris ;
c'était une jeune fille que l'on portait au cimetière.
Ceux qui suivaient pleuraient sur la trépassée, qui
n'avait pas quinze ans. « Oh ! ne pleurez point,
s'écria la princesse Élisabeth ; le repos dans le sein
de Dieu, c'est le bonheur. »

Lorsqu'arrivèrent les jours chauds du mois d'août,
le mal qui la tuait parut empirer ; l'haleine lui
manquait pour faire sa chère promenade sur les
remparts. Bientôt il lui devint même impossible de
marcher dans la cour ; elle ne quitta plus la petite

chambre où nous sommes, et quand elle parlait, sa voix était si éteinte qu'on se sentait attendri. Le sommeil l'aurait reposée, mais la toux l'empêchait de dormir, et, chaque matin, la femme du gardien la trouvait plus pâle et plus amaigrie ; elle essayait encore d'instruire son frère, de lire ses livres aimés et d'écrire ce qu'elle avait pensé et souffert dans sa vie, mais elle ne le pouvait plus sans une forte souffrance. Alors, résignée, elle disait : « Attendons ! » — Les soins n'y faisaient rien. Si les soins avaient pu la guérir, la bonne femme du gardien l'aurait sauvée. Quand les premières feuilles tombèrent, on vit bien qu'elle était perdue.

Un matin (le 8 septembre 1650), la femme du gardien entrait ici à l'heure habituelle, tenant à la main la tasse de lait que la princesse buvait chaque jour en s'éveillant ; au lieu de la trouver toussant, assise sur son lit, elle la vit étendue et calme, ses beaux cheveux descendaient sur son cou mignon, sa joue était posée sur son inséparable Bible qu'elle avait dû lire en s'endormant ; elle tenait dans ses mains jointes un papier écrit ; aucun souffle ne sortait de ses lèvres, aucun geste n'interrompait l'immobilité de sa pose gracieuse ! Elle était morte, morte seule, durant la nuit ! Comment ? on ne le sut jamais. — Le papier qu'elle tenait dans sa main avait été écrit par elle la veille au soir. Voici ce qu'il contenait :

¹ Ce que le roi me dit le 29 janvier 1649, la dernière fois que j'ai eu le bonheur de le voir :

« Le roi me dit qu'il était heureux que je fusse
venue, car, quoiqu'il n'eût pas le temps de me dire

Elle la vit étendue et calme.

beaucoup de choses, il désirait me parler de ce
qu'il ne pouvait confier qu'à moi : il avait craint,

1. Ce document est parfaitement authentique; je l'ai traduit
de l'anglais d'une notice historique sur la princesse Élisabeth,
par le P. Cyprien Gamache, confesseur de la princesse Henriette. Je dois la communication de ce document très-rare à l'o-
bligeance de M. Marochetti.

ajouta-t-il, que la cruauté de ses gardiens ne le
privât de cette dernière douceur. « Mais peut-être,
« mon cher cœur, poursuivit-il, tu oublieras ce que
« je vais te dire ; » et il versa alors d'abondantes
larmes. Je l'assurai que j'écrirais toutes ses paroles.
« Mon enfant, reprit-il, je ne veux pas que vous
« vous désoliez pour moi ; ma mort est glorieuse, je
« meurs pour les lois et la religion. » Il me nomma
ensuite les livres que je devais lire contre la papauté[1] ; il m'assura qu'il pardonnait à ses ennemis
et qu'il désirait que Dieu lui pardonnât. Il nous
recommanda de leur pardonner nous-mêmes ; il me
répéta plusieurs fois de dire à ma mère, que sa
pensée ne s'était jamais éloignée d'elle, et que son
amour serait le même jusqu'à la fin. Il nous ordonna,
à mon frère et à moi, de lui obéir et de l'aimer ;

---

1. Ceci prouve une fois de plus un point bien acquis à l'histoire, c'est que le roi Charles Iᵉʳ, comme son père Jacques Iᵉʳ,
resta jusqu'à la fin un fidèle protestant ; il était de l'Église angli-
cane et ennemi prononcé de la papauté. Ce fut même là un sujet
de dissentiment très-vif entre lui et la reine Henriette de France,
fille de Henri IV. Il avait été convenu dans leur contrat de mariage que la reine aurait une chapelle catholique desservie par
douze prêtres. Les enfants mâles qui pourraient naître de leur
union devaient être protestants et les filles catholiques ; cependant la chapelle de la reine finit par être supprimée et le roi fit
une protestante fervente de la princesse Élisabeth, cette enfant
de sa prédilection. Au moment de mourir, il lui parle encore
des livres qu'elle doit lire contre la papauté. Il est vrai que ce
n'était pas assez pour les *presbytériens* d'Écosse et les *saints*
de Cromwell.

et, comme nous pleurions, il nous dit encore qu'il
ne fallait pas nous affliger pour lui, qu'il mourait
en martyr, certain que le trône serait rendu un jour
à son fils, et que nous serions alors tous plus heureux que s'il eût vécu. Il prit ensuite mon frère
Glocester sur ses genoux; et lui dit : « Mon cher
« cœur, on va bientôt couper la tête de ton père ! »
L'enfant le regarda attentivement : « Écoute-moi
« bien, reprit le roi, on va couper la tête de ton
« père et peut-être voudra-t-on après te faire roi;
« mais n'oublie jamais ce que je te dis, tu ne dois
« pas être roi tant que ton frère Charles et ton frère
« Jacques vivront. C'est pourquoi je t'ordonne de
« *ne pas te laisser faire roi.* »

« L'enfant soupira profondément, et répondit
qu'il se laisserait plutôt mettre en pièces. Ces paroles, prononcées par un si jeune enfant, émurent
et réjouirent le roi. Alors il lui parla des soins de
son âme, lui recommanda de garder fidèlement sa
religion et de craindre Dieu. Mon frère promit avec
force de se rappeler les avis de mon père. »

Ici le récit des adieux du roi à ses enfants paraissait interrompu; il l'avait été par la mort qui avait
glacé subitement la main de la jeune princesse. Ne
vous étonnez pas si je sais par cœur ces pages
sacrées, une copie en resta dans ma famille. J'ai
lu et répété si souvent ces pages qu'elles sont inef-
façables de ma mémoire.

On emporta sans pompe le corps de la pauvre
princesse; le gardien, sa femme et quelques soldats
l'accompagnèrent à Newport. Le petit prince me-
nait le deuil; c'était pitié de le voir, le visage couvert de larmes, libre un seul jour d'aller à travers
la campagne pour conduire la bière de sa sœur!

Le gouverneur de Carisbrooke suivait le cortége,
moins pour faire honneur à la morte que pour
s'assurer que ses ordres seraient exécutés : on
déposa la princesse Élisabeth dans un cercueil
de plomb, sur lequel se trouvait l'inscription
suivante :

ÉLISABETH, IIe FILLE DU DERNIER ROI CHARLES,
DÉCÉDÉE LE 8 SEPTEMBRE 1650.

On descendit le cercueil dans les caveaux de
l'église Saint-Thomas, sous une voûte arquée près
de l'autel, les initiales E. S. (Élisabeth Stuart) mar-
quèrent le lieu; longtemps cette sépulture fut
oubliée.

Le petit duc de Glocester était revenu mourant
dans le donjon de Carisbrooke; il refusait de prendre aucune nourriture. Cromwell, craignant de le
voir mourir en prison, ordonna qu'on le mît en
liberté; on le transporta en France, où il retrouva
sa mère. Mais il portait dans son cœur un germe
de mort; les ombres de son père et de sa sœur

17

semblaient le poursuivre toujours et le rappeler de
la vie. Les joies de la restauration n'adoucirent pas
son deuil; il mourut à vingt et un ans, morne et
taciturne, dans une chambre de Whitehall, sans
avoir voulu prendre part à aucune des fêtes données
par son frère Charles II.

Aujourd'hui l'heure est venue où toute l'île de
Wight va glorifier le souvenir de la princesse Élisabeth. Vous avez vu, poursuivit l'aimable fille du
gardien, ces jolies tentes qui s'élèvent sur la pelouse derrière la grande tour; dans huit jours,
toutes les ladies et tous les lords de l'île se réuni-
ront là autour de la reine; le but de la fête est une
vente d'objets d'art et d'ouvrages charmants auxquels les belles mains des plus grandes dames ont
travaillé; sous ces tentes s'abriteront les ladies
transformées en marchandes, et vous pensez si l'or
tombera dans leurs mains! Avec cet or, on fera
un monument digne d'elle à la princesse dont le
doux fantôme est la poésie de notre île. Il y a deux
ans, la vieille église de Newport fut abattue, et
le prince Albert posa la première pierre d'un
nouveau temple; c'est là que le cercueil de la princesse Élisabeth a été porté; c'est là que s'élèvera
son monument; la reine a promis la statue qui
doit le couronner.

« Cette statue! je l'ai vue, lui dis-je; c'est bien la
jeune princesse lorsqu'on la trouva morte, étendue

blanche et pudique dans les plis de son vêtement.
La tête, d'une beauté idéale, repose sur la Bible
ouverte ; les cheveux ombragent le cou, le sein et
les bras : c'est une figure chaste et divine qui convient à un tombeau ; l'âme y plane sur un corps
transfiguré. Cette figure est l'œuvre de Marochetti. »

Nous restâmes encore, la jeune gardienne et moi,
quelques instants en silence dans cette petite chambre où s'était accomplie la sereine agonie ; la nuit
était venue et me rappela la nécessité du départ. Je
n'osai, en la quittant, offrir de l'argent à la charmante fille si poétique et si intelligente ; j'avais
dans ma voiture un beau livre d'un grand poète
français ; je le lui donnai ainsi qu'une écharpe que
je portais à mon cou ; un dernier *good night* fut
échangé, et les chevaux rapides me ramenèrent à
Ryde.

RAMEAU

NOTICE SUR RAMEAU.

Jean-Philippe Rameau naquit à Dijon en 1683 ; fils d'un organiste, il apprit la musique comme il apprit à parler. Il marchait à peine que son père lui posa les mains sur un clavier. Dès l'âge de sept ans, il jouait déjà du clavecin d'une façon étonnante ; il étudia assez à fond le latin au collége de Dijon, mais il ne termina point ses classes ; tout son instinct le poussait vers la musique, il finit par s'y livrer entièrement. Il s'exerça sur divers instruments et entre autres sur le violon. Bien jeune encore il partit pour l'Italie, mais il n'alla point au delà de Milan où un directeur de théâtre parvint à se l'attacher ; ils firent ensemble des tournées dans plusieurs villes du midi de la France. Bientôt Rameau, lassé de cette vie d'artiste nomade, se rendit à Paris où il espérait être nommé organiste d'une église ; mais ayant rencontré des rivalités et des obstacles qui entravèrent le début de sa carrière, il quitta la capitale et fut tour à tour organiste à Lille en Flandre et à Clermont en Auvergne. Il s'ennuya de la vie de province, la gloire l'appelait à Paris. Il y revint en 1722. Il publia son traité d'harmonie ; mais bientôt

il se sentit attiré par le théâtre lyrique où les ouvrages
de Lulli étaient encore au premier rang, il travailla
d'abord avec le poëte Piron, son compatriote, pour
l'opéra-comique. Voltaire fit pour lui l'opéra de *Samson*, mais on ne permit pas la représentation de cet
ouvrage parce que, disait-on, c'était profaner la Bible
que de la mettre en opéra.

Le premier ouvrage de Rameau représenté avec
succès fut l'*Hippolyte*, paroles de l'abbé Pellegrin ; puis
successivement *les Indes galantes* et *Castor et Pollux*,
paroles de Cahusac, poëte médiocre du temps.

Le talent de Rameau fut alors unanimement reconnu. Le roi créa pour lui la charge de compositeur
de son cabinet ; il lui accorda des lettres de noblesse
et le nomma chevalier de Saint-Michel. Rameau mourut plus qu'octogénaire le 12 septembre 1764. L'Académie de musique lui fit célébrer à l'Oratoire un
service solennel dans lequel on avait adapté les morceaux les plus sublimes de ses compositions. Tous les
chanteurs les plus célèbres de Paris voulurent prendre
part à cet hommage funèbre, et jamais on n'avait entendu de musique exécutée avec plus de pompe et de
perfection.

Rameau agrandit l'art musical et les compositeurs
modernes lui doivent beaucoup. Voltaire a fait de lui
un grand éloge ; les ouvrages laissés par Rameau sont :
*Traité de l'harmonie, Nouveau système de musique
théorique, Dissertation sur les différentes méthodes
d'accompagnement pour le clavecin, Génération har-.
monique*, et une foule d'autres publications didacti-

.ques sur la musique, des motets ou musique sacrée, des cantates françaises. Son théâtre se compose : de *Samson*, d'*Hippolyte et Aricie*, des *Indes galantes*, de *Castor et Pollux*, de *Dardanus*, de *Zoroastre*, de *la Naissance d'Osiris*, etc., etc.

RAMEAU.

Le diable dans l'orgue de la cathédrale de Clermont
et la cantatrice emplumée.

Un des lieux les plus pittoresques de la France
est sans contredit cette étroite vallée entourée de
hautes montagnes où s'étoile Clermont, ancienne
capitale de l'Auvergne. La cathédrale et deux belles
autres églises gothiques s'élèvent au-dessus des
lignes des maisons, puis ce sont les collines couvertes de vignobles qui dominent la ville, les gorges
profondes de verdure où coulent les sources miné-
rales ; les villages s'échelonnant sur le penchant des
montagnes ; enfin, sur le dernier plan de l'horizon,
la haute montagne du Puy-de-Dôme, décrivant une
immense pyramide très-nettement dessinée dans
l'azur du ciel.

De tous les villages qui entourent Clermont, il
n'en est pas de plus charmants que Royat ; une
source vive jaillit en cascade au milieu des rochers
où se juchent les chaumières, et cette source est
dominée d'un côté par un grand tertre couvert d'une
pelouse sur laquelle de hauts marronniers s'étagent

en salles de verdure.. C'est là que la jeunesse du
village vient danser tous les dimanches aux sons du
fifre, du tambourin et du hautbois qui jouent des
airs auvergnats lents et sautillants à la fois, comme
ces *gigues* et ces *bourrées* qui, depuis des siècles, se
sont transmises sans altération aux rustiques géné-
rations de l'endroit.

Durant toute la semaine, ces belles salles de bals
champêtres restent désertes, et elles offrent aux
promeneurs l'abri le plus frais et le plus recueilli.
C'était par une chaude journée d'août, un pâle et
grand jeune homme était assis sous ces ombres
tranquilles. Tout son corps amaigri, courbé au pied
d'un arbre, semblait plongé dans la méditation et
l'étude, son visage rayonnait pourtant d'une sorte
d'inspiration ou peut-être de bien-être que lui cau-
sait la beauté de la nature. Il écoutait les modula-
tions des rossignols sous les feuillées, les chants
distincts de la cigale et du grillon, et aussi quelque
vieil air de la contrée chanté par la voix lointaine
d'un berger. Le jeune rêveur prêtait l'oreille à
toutes ces harmonies qu'accompagnait comme un
orchestre le bruit des eaux qui s'engouffraient à ses
pieds, il semblait pour ainsi dire les noter dans son
cœur, et bientôt tirant de la poche de son pauvre
habit râpé un petit cahier, il y traça quelques
signes, puis se mit à rêver de nouveau : tout à coup
la cloche voisine de l'église de Royat vint l'arracher

à ses songes ; il se leva comme un soldat que la consigne réclame : « Je n'ai plus, se dit-il, qu'une demi-heure pour changer d'habit et me rendre à la cathédrale où j'oubliais que monseigneur l'évêque officiait. Oh ! quelle chaîne ! quelle chaîne !... J'étais si bien ici ! encore une heure de ce silence et de cette rêverie, et j'aurais fini d'écrire ma pastorale !. Quinze jours seulement de liberté et toute la musique d'un opéra serait faite, et l'on m'applaudirait à Paris, et la cour s'occuperait de moi, et mon nom se répandrait dans toute la France ! » Tandis qu'il pensait ainsi, il descendait les gais sentiers de Royat et il regagnait tristement la ville ; il en traversa les rues tortueuses et arriva bientôt sur la place de la Cathédrale. C'est là qu'est située la maison où naquit et vécut le grand Pascal, et c'est justement dans cette maison qu'habitait notre promeneur ; il occupait une petite chambre au troisième étage, donnant sur une cour froide et humide. Sa fenêtre s'ouvrait entre deux tourelles dont le haut escalier en spirale avait plus d'une fois servi aux expériences du jeune Pascal. Il gravit rapidement les marches roides, et arrivé chez lui, il se hâta de revêtir l'habit du dimanche un peu moins râpé que celui qu'il portait. Ceci fait, il se promena à grands pas dans sa chambre, se frappant le front avec irritation : « Non, non, dit-il, je ne puis plus vivre ainsi, ma *vocation* m'appelle, je

dois obéir, et ma vocation n'est pas d'être toute ma
vie un malheureux organiste, un machiniste de
l'art!... Je sais bien qu'il faut vivre, se nourrir, se
vêtir; mais j'aime mieux subir toutes les misères
et obtenir la gloire. Oh! je le jure bien, ce jour est
mon dernier jour d'esclavage! »

Tout en se parlant ainsi, il descendit rapidement
l'escalier de la tourelle, traversa la place et entra
dans la cathédrale; il se dirigeait vers le petit escalier qui conduit aux orgues, lorsqu'un prêtre en
chasuble l'arrêta :

« Monseigneur l'évêque va officier, lui dit-il,
toutes les autorités de la ville assistent à la cérémonie religieuse, je vous en prie, mon cher enfant,
jouez-nous vos plus beaux airs sacrés; depuis quelque temps vous vous négligez, et tous les fidèles de
Clermont s'en affligent.

— Eh bien ! monsieur le curé, répliqua un peu
brusquement le jeune organiste, que ne rompez-
vous le traité qui nous lie? Vous trouverez mieux
que moi ; je ne me sens plus inspiré.

— Mais ce traité vous oblige, mais jamais je ne
le romprai, s'écria le curé; songez que durant un
temps vous avez été notre gloire et notre joie ; vous
pouvez l'être encore; adressez-vous à Dieu, priez-
le, et l'inspiration descendra sur vous comme une
grâce. Pour aujourd'hui surtout, ayez à honneur
d'être notre Saül. Je vous quitte, voilà monsei-

gneur qui arrive, promettez-moi que nous serons
contents.

— Oui, oui, je vous le promets, » murmura le
pauvre organiste, et il s'engouffra dans l'escalier
sombre.

Là, seul et ne regardant pas dans l'église, il
redevint la proie de ses propres pensées ; il ne rêva
plus que Paris, grand opéra, musique profane, et
fit serment de nouveau de rompre avec la musique
sacrée.

Les chants d'église commencèrent et il préluda
une sorte d'accompagnement vague qui éclata bientôt en un air de danse tout à fait discordant avec
le psaume qu'entonnaient les enfants de chœur.
C'était une ronde de bacchantes qu'il avait composée
pour un directeur de théâtre italien. Un chantre
vint aussitôt lui dire de cesser et de jouer de la musique d'église ; alors pris d'une sorte de furie, il se
rua sur les touches et fit un vacarme d'enfer ; on
aurait dit que l'ouragan grondait et que la cathédrale allait voler en éclats, renversée par quelque
trombe.

Les assistants étaient épouvantés, les plus sensés
se disaient que l'organiste était devenu fou, quelques vieilles dévotes prétendaient que le diable
s'était emparé de l'orgue et y faisait son sabbat.

L'évêque cessa d'officier et fit appeler le pauvre
organiste, qui se cachait dans le coin le plus noir

de l'orgue; on finit par l'y découvrir et on le traîna
de force devant monseigneur.

Le prélat lui demanda avec douceur quelle était
la cause du scandale qu'il venait de donner.

Il répondit : « C'est la faute du chapitre qui m'a
réduit au désespoir. Depuis six mois je sollicite
instamment, mais en vain, de rompre l'engagement qui me lie pour deux ans encore à la cathédrale de Clermont; ici, monseigneur, je ne puis
plus vivre, Paris m'appelle, c'est là que je dois être
célèbre, laissez-moi partir ! » Et en parlant ainsi,
des larmes coulaient sur son visage blême et
amaigri.

Le bon évêque en fut attendri : « Il ne faut pas
violenter les cœurs et les esprits, dit-il, que votre
vocation s'accomplisse ; ce soir je ferai rompre
votre engagement, et demain vous pourrez partir ;
je vous donnerai même quelques lettres de recommandation pour des amis que j'ai en cour, et qui
vous protégeront.

— Comment reconnaître tant de générosité, disait
l'organiste attendri, et, se prosternant, il baisait les
mains de l'évêque.

— Prouvez-moi votre reconnaissance en remon-
tant aux orgues, répliqua l'évêque, et en y faisant
entendre de ces mélodies divines que vous savez si
bien et qui font croire aux fidèles de Clermont à la
musique des anges.

On finit par l'y découvrir et on le traîna de force devant Monseigneur.

L'organiste s'inclina profondément et se rendit à son poste.

L'église était encore pleine de monde, l'évêque retourna à l'autel entouré de tout son clergé; on comprit que la paix venait d'être conclue, et chacun ne songea plus qu'à la prière.

L'office recommença.

Insensiblement une musique suave, et pour ainsi dire persuasive, se répandit comme un encens, bientôt la majesté de ces accords si doux s'éleva et s'accrut; toutes les terribles grandeurs de la Bible, toutes les tristesses et toutes les mansuétudes de l'Évangile se répandirent dans des harmonies successives. Les assistants pleuraient d'attendrissement. La bonté de l'évêque avait touché le jeune organiste et son âme était en ce moment inspirée par tous les sentiments qui l'agitaient; il improvisait une musique surhumaine, car l'art double nos sensations et les transporte dans l'*incréé*. C'est ce qui fait l'idéal des grandes œuvres des poëtes et des musiciens.

Sans la sainteté du lieu, la foule, tout à l'heure irritée, aurait applaudi avec frénésie cette musique si belle. On voulut du moins complimenter l'organiste; on l'attendit longtemps sur la place, mais se dérobant à cette ovation, il était sorti par une petite porte de l'église qui s'ouvrait sur une rue.

Seul enfin, il s'élança dans la campagne, courant

au hasard et respirant l'air à pleine poitrine; il
s'arrêta sur une hauteur qui dominait la ville, et
s'écria plein de joie : « Libre ! libre ! maître de moi-
même ! »

Bientôt il rentra pour faire visite à l'évêque, qui
lui remit avec bonté les lettres promises ; le soir il
fit ses préparatifs de départ, et le lendemain il était
sur la route de Paris. Il la fit gaiement, moitié à
pied et moitié dans les pataches, qui conduisaient
alors les provinciaux à la capitale.

Il avait un peu d'argent et beaucoup d'espérances ; il se logea modestement, mais pourtant
assez bien pour un débutant encore inconnu sur
cette grande scène du monde. Il se fit faire un bel
habit, et osa se présenter hardiment chez les personnes pour lesquelles l'évêque lui avait donné des
lettres. C'est ainsi qu'il fut tout de suite reçu dans
quelques grandes maisons. Dans une, il eut le bonheur de rencontrer Voltaire ; il chanta devant lui
plusieurs de ses compositions en s'accompagnant
sur le clavecin, et il charma si bien le poëte philosophe que celui-ci lui promit un libretto d'opéra.
Dès ce jour sa fortune lui parut faite, et, en effet,
tout lui sourit. Voltaire ayant donné l'exemple,
tous les autres poëtes du temps voulurent écrire des
libretti pour le jeune compositeur. Un d'entre eux
dont le nom est resté aussi obscur que celui de
Voltaire est grand, écrivit pour lui un poëme d'o-

péra qui lui inspira d'admirable musique; représenté devant la ville et la cour, cet ouvrage obtint un succès d'enthousiasme, et bientôt les airs du jeune compositeur devinrent tellement populaires, qu'il ne passait pas de jour sans les entendre répéter, soit dans les salons où il allait, soit par les musiciens des rues.

Le pauvre organiste de Clermont commençait à goûter ce qu'on appelle la gloire. Mais, il faut bien que les jeunes esprits le sachent, on arrive à la gloire par tant de travail, de fatigue et de tribulations, que lorsqu'on l'atteint on n'en jouit qu'à moitié, tant le cœur est plein de lassitude. L'artiste et le poëte qui ont rêvé le triomphe dans la retraite, ne trouvent jamais la réalisation du rêve aussi belle que le rêve même, et parfois pris de tristesse et de découragement, ils voudraient retourner à la solitude et à la nature. C'est ainsi que notre jeune musicien en arrivait souvent à regretter sa vie tranquille de Clermont et ses belles promenades de Royat; alors il fuyait le monde, il errait dans la campagne autour de Paris, ou le soir dans ses rues désertes.

Une nuit il se promenait à grands pas dans la rue des Minimes; il regardait les étoiles et sentait venir l'inspiration, quand tout à coup une voix fraîche et vibrante, et qui paraissait partir d'un magnifique hôtel du voisinage, fit entendre le motif du fameux

chœur : *Tristes apprêts!... pâles flambeaux!* un des
morceaux de notre rêveur le plus applaudi à l'Opéra.
Charmé et flatté d'être poursuivi dans la solitude
par l'écho de son génie, il s'assit sur un banc
vis-à-vis de l'hôtel d'où sortait la voix, et à mesure qu'il savourait sa propre mélodie, il éprouvait un invincible désir de voir la cantatrice qui lui
servait d'interprète. Il n'osait frapper à la porte de
l'hôtel et interroger les domestiques, sa timidité
l'arrêtait, une seule fenêtre donnant sur un balcon
était éclairée. C'est là que la voix s'élevait. Entraîné
par sa curiosité, au risque de s'écorcher les doigts
et d'être pris pour un voleur, il grimpa le long de
la façade en s'accrochant aux saillies sculpturales.
Parvenu au balcon, il plongea ses regards espérant découvrir la femme qui chantait si bien ; il ne
vit rien.

Seulement à l'un des angles du balcon était une
cage élégante et dorée, dans laquelle s'agitait une
belle perruche verte. Désappointé, les mains en
sang et les habits déchirés, l'imprudent allait redes-
cendre quand de nouveau la voix qu'il avait en-
tendue s'éleva d'un jet et répéta : *Tristes apprêts!...*
pâles flambeaux!... les sons sortaient de la cage
dorée ; la cantatrice était la perruche au plumage
vert.

Certain de ce qu'il avait vu et entendu, et émerveillé de ce chant magique, notre jeune composi-

teur vainquit sa timidité et étant descendu vivement,
il alla frapper à la porte de l'hôtel. Quelques instants
après il était introduit près d'une jeune et brillante

La cantatrice était la perruche.

comtesse , et bientôt il la suppliait de lui vendre sa
perruche.

« Mais je l'adore, répondit la jeune femme en
riant.

— Quoi, madame, vous ne la céderiez à aucun
prix?

— A aucun prix d'argent.... mais je pourrais
l'échanger?

Quoi, c'est vous, Rameau!

— Et contre quoi? répliqua le jeune homme avec
anxiété.

— Contre deux mélodies écrites par le grand

maître qui a composé les airs que chante si bien
ma perruche.

— Avez-vous du papier de musique?

— En voici, dit la dame. »

Le jeune compositeur s'assit auprès d'une table
et traça sans hésitation plusieurs lignes de notes,
puis il mit au bas sa signature et son parafe. La
belle comtesse le suivait des yeux :

« Quoi, c'est vous Rameau? notre célèbre Rameau ! » et elle s'inclina comme pour rendre hommage au génie.

Rameau, car c'était bien lui, s'excusait de sa
rdiesse et de son importunité ; la dame se félici-
tait d'avoir fait connaissance avec l'aimable et bril-
lant compositeur qui, si jeune encore, s'était couvert de gloire.

Ils causèrent ainsi quelques instants, puis la dame
donna des ordres à ses gens pour qu'on attelât son
équipage, qu'on y déposât tout doucement la perruche, qui s'était endormie dans sa cage dorée, et
qu'on reconduisît chez lui M. Rameau.

POPE

NOTICE SUR POPE.

Alexandre Pope naquit à Londres, le 22 mai 1688, d'une famille catholique fort attachée aux Stuarts. Durant la révolution, le père de Pope s'était retiré à Benfield, calme et belle résidence qu'il possédait dans la forêt de Windsor. C'est là que Pope fut élevé et vit se développer son talent pour la poésie; il avait d'abord été dans de petites écoles dirigées par des prêtres catholiques. Mais dès l'âge de douze ans, son père surveilla son éducation et excita son goût pour les vers. Il lui choisissait le sujet de petits poëmes et lui prodiguait toutes sortes de satisfactions d'amour-propre quand il avait fait de *bonnes rimes*. Un prêtre catholique nommé Deann, aidait le bon gentilhomme dans l'éducation qu'il donnait à son fils.

Pope était né rachitique et un peu bossu, il était d'une humeur irritable qui lui faisait aimer la solitude, et pourtant le monde l'attirait. Déclaré poëte dès l'âge de seize ans, Pope se rendit à Londres, où il étendit le cercle de ses études littéraires et se lia d'amitié avec plusieurs beaux esprits du temps. Il publia successivement dans le *Spectateur* d'Addison :

une *églogue sacrée du Messiah*, un *poëme sur la critique,
de très-beaux vers à la mémoire d'une femme infortunée,*
le joli poëme de *la Boucle de cheveux enlevée*, le poëme
de *la Forêt de .Windsor* et l'*Épître d'Héloïse.*

A l'âge de vingt-cinq ans, Pope, possédant tous les
secrets de la versification anglaise, mais sentant bien
qu'il serait toujours plutôt un poëte de forme qu'un
poëte d'inspiration, se mit à traduire l'*Iliade;* il mit
cinq ans à faire cette traduction en vers anglais, qui
est fort estimée et qui fit grand bruit lors de son apparition. C'est avec le produit de ce livre, dont les édi-
tions se succédèrent rapidement, que Pope acheta sa
belle maison de campagne de Twickenham. Il s'y retira
avec son père et sa mère qu'il honora toujours d'un
respect religieux. Pope entreprit ensuite la traduction
de l'*Odyssée*, qu'il ne termina point; puis il publia la
Dunciade, poëme satirique qui lui fit beaucoup d'ennemis; il fit paraître après ses belles épîtres de l'*Essai
sur l'homme*, où se trouve un magnifique éloge de
lord Bolingbroke, qui était l'ami de Pope et qui fut
aussi celui de Voltaire.

La santé de Pope était des plus délicates, on peut
dire qu'il souffrit toute sa vie. Il mourut à cinquante-
six ans, pleuré de quelques amis et surtout de Bolingbroke. Pope méritait d'inspirer l'amitié; une des dernières paroles qu'il dit avant de mourir fut celle-ci :
« Il n'y a de méritoire que la vertu et l'amitié; et en
« vérité, l'amitié est elle-même une partie de la
« vertu. »

Pope vécut dans le commerce des grands, mais

sans les flatter; il était avec eux sur le pied d'égalité;
un jour, à table, dans une réunion chez lui, il s'endormit pendant que le prince de Galles, son illustre
convive, dissertait sur la poésie.

Pope tient dans la poésie anglaise le rang que
Boileau occupe dans la poésie française. C'est un
législateur, un puriste, un des plus habiles versifica-
teurs anglais. Lord Byron rend hommage à la verve et
à l'élégance de son style.

LE PETIT BOSSU.

Je recommande à tous mes jeunes lecteurs qui iront à Londres en été, de ne pas manquer de visiter Windsor, et de passer au moins un jour dans la belle forêt qui entoure cette vieille résidence royale. Notre forêt de Saint-Germain et notre parc de Versailles ne sauraient donner une idée de cet immense bois majestueux, dont les arbres géants étendent leurs racines à travers de vertes pelouses toutes fleuries; même aux jours de la canicule on respire sous ces ombrages une fraîcheur parfumée, on y sent une paix profonde, et sans les oiseaux qui chantent par volées et le frissonnement des cimes des arbres, la nature y semblerait muette. De même qu'on se croirait bien loin de toute civilisation, si parfois sur les belles routes sablées qui traversent la forêt ne passait tout à coup une élégante calèche pleine de lords et de ladies.

Par une matinée du mois d'août de 1698, une voiture de voyage traversait la partie la plus sauvage de la forêt de Windsor; aux bagages juchés sur

19

l'impériale, on voyait que ce n'était point d'une
simple promenade qu'il s'agissait pour la famille
enfermée dans cette voiture, la course rapide des
chevaux avait un but qu'on voulait atteindre au plus
vite. Les voyageurs ne semblaient pas s'intéresser
aux beautés de la nature qui se déroulaient autour
d'eux. Quoique la température fût tiède et l'air em-
baumé, les glaces et même une partie des stores
restaient baissés. — Il y avait dans le fond de cette
voiture une lady d'une trentaine d'années qui soutenait dans ses bras un jeune garçon, dont la tête
se cachait à demi sous la mante de soie de cette
dame fort belle, qu'on devinait être sa mère à la
manière dont elle caressait, de ses blanches mains,
les boucles blondes de l'enfant silencieux. Celui-ci
avait onze ans et paraissait à peine en avoir sept, tant
il était chétif et délicat. Sa taille, tout à fait déviée, eût
paru même fort disgracieuse sans son petit habit de
velours à la confection duquel l'amour maternel
avait apporté des combinaisons ingénieuses qui dis-
simulaient la taille contrefaite du pauvre enfant.

Sur le devant de la voiture était assis un gentilhomme, à la mine fière et sévère, qui ne souriait
que lorsque son regard s'arrêtait sur l'enfant qui
semblait endormi.

« Le voilà qui repose, dit la mère; comme il a
souffert dans cette école des méchancetés de ses camarades; il a raison, notre cher petit Alexandre, nous

devons désormais vivre dans la solitude et dérober son infirmité à tous les yeux.

— La solitude me plaira autant qu'à notre fils, répliqua le gentilhomme, car je ne serai plus exposé à rencontrer, comme dans les rues de Londres, cette foule de protestants maudits et quelques-uns de ces vieux scélérats, créatures de Cromwell, qui ont fait décapiter notre roi Charles Ier. »

Le gentilhomme ôta son chapeau en prononçant ce nom, et la dame s'inclina.

« Je gage, reprit le père, que c'est parce que notre enfant était bon catholique et fils d'un partisan des Stuarts, que ses compagnons d'école l'ont maltraité ! Les misérables ! l'injurier ! lui, si intelligent ! si grand déjà par l'esprit, l'appeler bossu ! »

A ce mot, comme s'il eût été piqué par le dard d'une vipère, l'enfant bondit; il abandonna le sein de sa mère et se plaça debout entre elle et son père.

« Oui, dit-il, en serrant avec rage ses petits poings, ils m'ont appelé bossu ! et cela en public, le jour de la distribution des prix de l'école, devant leurs parents assemblés. Oh ! je suis sûr, mon père, que si vous aviez été là, vous auriez tiré l'épée. Mais vous étiez en voyage avec ma mère, et vous n'avez pu venger votre fils. »

Tandis qu'il parlait ainsi, son petit corps se redressait, ses yeux jetaient des flammes, son visage était beau d'indignation.

« Calme-toi, disait la mère, tu sais bien qu'ils étaient jaloux parce que tu avais eu tous les prix.

— Oui, ils étaient jaloux, continua l'enfant, jaloux surtout de cette églogue de Théocrite que j'avais traduite en vers anglais, et que mon maître voulut me faire réciter en public. Mais quand je m'approchai du bord de l'estrade, vêtu de ce joli costume de berger que ma bonne tante m'avait fait avec tant de soin et qui, je le croyais, m'allait si bien, leurs voix formèrent un murmure moqueur et ils s'écrièrent tous : Oh! le petit bossu! le petit bossu !

— Tais-toi, reprit la mère, tu nous as déjà dit tout cela, ne le répète pas, n'y pensons plus; pense à ta bonne tante que nous allons retrouver dans notre joli cottage de Benfield : elle a tout préparé pour te recevoir ; elle a mis dans ta chambre les livres que tu aimes, elle a ajouté des oiseaux nouvellement arrivés des Indes à ta volière; puis vois comme la nature est belle, poursuivait la mère, qui avait levé les stores de la voiture, et montrait du geste à l'enfant les longs arceaux de verdure sous lesquels la voiture roulait toujours; nous allons trouver notre parterre en fleurs, notre troupeau paissant sur les pentes des gazons verts. Nos belles vaches familières viendront manger le pain que leur tendra ta main. Allons, souris, mon cher petit poëte, et oublie les méchants!

— Vous avez raison, ma bonne mère, répliqua l'enfant d'un air grave; je veux aussi m'oublier moi-même; c'est-à-dire ce corps défectueux qui fait rire quand je passe; je ne veux songer qu'aux facultés de mon âme, les développer, les accroître; je veux enfin qu'un jour les œuvres de mon esprit me placent bien au-dessus de ceux qui me raillent. Dès demain, mon père, nous commencerons de fortes études.

— Oui, mon fils, reprit le gentilhomme, j'ai prévenu notre bon et savant voisin, le curé Deann, et, de concert, nous t'apprendrons à fond le grec et le latin.

— Oui, oui, afin que je puisse lire tous les poëtes de l'antiquité, et devenir un poëte moi-même, répondit l'enfant, qui avait repris toute sa sérénité. Voyez, s'écria-t-il, en se penchant à la portière, ce daim effaré qui court à notre approche avec tant de vitesse, il s'est précipité dans ces fourrés de verdure et il a disparu.

— Voilà un sujet d'églogue, dit le père, nous conviendrons ainsi de petits thèmes sur lesquels tu t'exerceras à faire des vers.

— Oh! quelle heureuse idée, dit l'enfant en sautant au cou de son père. »

Cependant la voiture approchait du cottage, et bientôt elle entra dans une grande allée d'ormes, au bout de laquelle on apercevait la blanche mai-

son. Miss Lydia, la bonne tante du petit Alexandre
et sœur de son père, attendait debout sur le seuil
de la porte : c'était une excellente fille de quarante
ans, qui n'avait jamais voulu se marier pour prendre soin de son cher neveu. Un grand chapeau de
paille rond se rabattait sur son placide visage, et
une robe d'indienne lilas très-propre et très-fine,
dessinait sa taille un peu forte. Aussitôt qu'elle entendit le bruit des roues, elle retrouva ses jambes
de vingt ans pour courir dans l'avenue, et la voiture
s'étant arrêtée, elle prit l'enfant dans ses bras et
l'emporta comme un trésor bien à elle.

Tandis que le père et la mère faisaient décharger
et ranger les bagages, elle conduisait le petit
Alexandre à la basse-cour, au vivier, puis dans sa
jolie chambre tout à côté de la sienne, pour qu'elle
pût veiller la nuit sur son sommeil, et enfin dans
la salle à manger, où s'étalaient déjà sur la table
dressée toutes les friandises anglaises confectionnées
par miss Lydia ; c'étaient de belles jattes de crème
mousseuse, des poudings blancs et des poudings
noirs, des galettes au gingembre et à l'anis, des
flans saupoudrés de safran et de cannelle pilée, des
confitures au verjus et à l'épinette. *Douceurs* qui
paraîtraient peut-être un peu aventurées à des palais français, mais qui font les délices des enfants de
Londres.

On se mit à table, et Alexandre, oubliant ses pré-

Elle prit l'enfant et l'emporta comme un trésor.

occupations d'études et de savoir, savoura en vrai
gourmand tous les mets préparés par la bonne tante
Lydia.

Dès le lendemain, le curé Deann, ancien condis-
ciple du gentilhomme, et qui vivait retiré dans une

Soit à pied, soit sur un joli petit poney que son père avait acheté pour lui.

ferme des environs, fut mandé au cottage de Benfield ; on tint conseil et il fut décidé que les journées
de l'enfant se partageraient entre les exercices du
corps et ceux de l'intelligence ; après les heures
d'études, il ferait de longues promenades dans la

forêt, soit à pied, soit sur un joli petit poney que son père avait acheté pour lui.

L'enfant se soumettait à ces promenades parce qu'il pouvait, tout en les faisant, composer des vers et les réciter tout haut en face de la nature silencieuse qui semblait l'écouter. C'était surtout les vers d'Homère et de Virgile qu'il se plaisait à déclamer de la sorte. Il aimait à marier l'harmonie de ces belles langues antiques aux bruissements mélodieux des cimes des vieux arbres.

Un an s'était à peine écoulé que l'enfant fortifié par le grand air avait une carnation rose et des yeux vifs qui annonçaient la santé et presque la force. Sa taille seule restait chétive, et quand il se regardait par hasard dans un miroir ou dans un courant d'eau, il se disait tristement : « Oh ! je serai toujours le petit bossu ! » Mais relevant aussitôt fièrement la tête : « Eh ! qu'importe ! ajoutait-il, si je suis un grand poëte. »

L'*Iliade* l'enflammait tellement qu'il s'exerça, à l'insu de son instituteur et de son père, à mettre en scène quelques-uns des personnages d'Homère. C'est ainsi qu'à l'âge de douze ans il fit sur Ajax une espèce de tragédie en vers anglais, reflets souvent très-beaux, très-justes et très-concis des vers d'Homère. Quand il eut terminé cet essai et qu'il le lut un soir en famille à la veillée, ce furent de la part du père et du maître un étonnement et une

admiration qu'ils ne purent contenir. Quant à la
mère et à la tante, leur enthousiasme éclata par les
larmes et les caresses dont elles couvrirent le jeune
poëte.

« Voici le jour de sa naissance qui approche, dit
la tante, et il faudrait pourtant bien le fêter dignement, ce cher enfant, qui sera la gloire de sa
famille. »

. Le père proposa de convier toutes les familles de
la noblesse qui habitaient dans les environs, et de
leur lire, pour l'anniversaire du jour de la naissance
de son fils, cette tragédie d'*Ajax*.

Le bon curé, la mère et la tante, applaudirent à
cette idée.

« Père, répliqua l'enfant, ce sera bien froid.
Si M. le curé peut trouver, dans ses connaissances et dans ses élèves, les acteurs nécessaires,
ne vaudrait-il pas mieux transformer cette salle en
salle de spectacle, et y jouer ma tragédie ! C'est moi
qui remplirai le personnage d'Ajax !

— Quelle idée ! répliqua la mère avec crainte.

— Oh ! je vous comprends, reprit l'enfant un peu
tristement, vous avez peur que je ne fasse rire ;
rassurez-vous, on ne verra plus ma taille, on n'en-
tendra que mes vers, et cette fois, je suis tellement
sûr de moi, que je veux que mes anciens compagnons d'école, qui m'ont raillé, assistent tous à
cette représentation. »

Les désirs de l'enfant n'étaient jamais combattus
par cette famille qui l'adorait ; il fut donc décidé
qu'une grande fête serait donnée au mois de mai,
dans le riant cottage de Benfield. Le bon curé se
chargea des répétitions de la tragédie d'*Ajax*, le
père des invitations, la tante de la lente et savante
confection du *lunch* splendide qui devait être servi
à l'aristocratique compagnie. Quant à la tendre
mère, elle se préoccupa avec un soin plein d'anxiété
du costume d'Ajax, que devait revêtir son petit
Alexandre, elle imagina des chaussures pour le
grandir, et une sorte de cuirasse qui dissimulerait
la rondeur des épaules.

Lorsque ce beau jour de mai arriva, les carrosses
armoriés accoururent de toutes parts dans les ave-
nues de cette grande forêt de Windsor. Les oiseaux
chantaient sous le feuillage naissant, et semblaient
souhaiter la bienvenue aux invités. Pas un des anciens compagnons d'école du petit Alexandre n'avait
manqué à l'appel. Il y avait là plusieurs lords et
plusieurs écrivains célèbres de l'époque, de belles
ladies et de jolies misses. Toute la compagnie commença par prendre le *lunch*, car en Angleterre,
bien manger est un plaisir qu'on ne dédaigne pas ;
nous aurions pu ajouter *bien boire*, mais nous ne
voulons pas faire d'épigramme. De la salle à manger toute la compagnie passa au salon boisé qui
servait de salle de spectacle ; dans le fond était une

estrade qui simulait la scène, et devant laquelle
tombait un rideau de tapisserie de Beauvais. Ce

Elle se préoccupa avec un soin plein d'anxiete du costume d'Ajax.

rideau s'ouvrit aux sons de la musique, et l'on
aperçut Ajax sous sa tente. Celui qui représentait le

héros grec parut bien un peu petit et délicat, mais
a peine eut-il parlé qu'on n'entendit plus que sa
voix. Les vers qu'il récitait étaient un écho de la
grandeur et de l'héroïsme d'Homère ; c'était quelque chose de nouveau dans la poésie anglaise;
l'oreille en était charmée et l'âme saisie.

Les personnes les plus considérables de l'assistance donnèrent le signal des applaudissements;
les anciens compagnons du petit Alexandre bat-
tirent des mains à leur tour. Ce fut un véritable
triomphe.

A la fin de la pièce on redemanda l'auteur et
l'acteur, il se fit un peu attendre.; mais les cris
redoublèrent. Enfin il reparut dépouillé de son
costume et de ses cothurnes élevés; sa tête était
expressive et belle, mais son corps grêle laissait
apercevoir sa difformité; il se tourna vers le groupe
de ses compagnons :

« Hélas ! murmura-t-il, je suis toujours le petit
bossu !

— Non ! non ! dirent-ils tous à l'unisson, vous
êtes un grand poëte! » Et l'assistance entière cria
à ébranler la salle :

« Vive Alexandre Pope! »

Un écho de la forêt répéta comme un suprême
applaudissement :

« Vive Alexandre Pope! »

BENJAMIN FRANKLIN

NOTICE SUR BENJAMIN FRANKLIN.

Benjamin Franklin est un des hommes qui ont le plus contribué à la civilisation et à l'émancipation de l'Amérique. Il naquit à Boston, dans la Nouvelle-Angleterre, en 1707, d'une famille pauvre et nombreuse. Son père était un fabricant de chandelles ; ses frères étaient aussi de simples artisans ; cependant le père, très-intelligent, s'apercevant du goût prononcé que le petit Benjamin montrait pour l'étude, eut l'idée d'en faire un ecclésiastique et l'envoya dans une école ; mais trouvant cette éducation trop chère, il le mit bientôt dans une école plus petite où l'enfant apprenait seulement à écrire et à compter. Franklin acquit ainsi en peu de temps une belle écriture ; il ne réussit point au calcul. Apprendre à lire et à écrire fut tout ce qu'il dut à d'autres qu'à lui-même. A dix ans, son père, qui avait renoncé à en faire un ministre, le reprit chez lui et voulut l'employer à son métier, mais l'enfant, qui avait une imagination très-vive, ne put se soumettre à ce travail ; le spectacle de la mer l'enflammait, il rêvait d'être marin ; il apprit de bonne heure à nager et à conduire une barque. Son père voulut

20

réprimer ce penchant, et le mit en apprentissage chez
un coutelier, mais il fut encore obligé de le retirer
chez lui, et voyant la passion excessive de son fils
pour l'étude et la lecture, il résolut d'en faire un imprimeur. Un de ses enfants avait déjà cet état; il
plaça chez lui Benjamin à l'âge de douze ans, sous la
condition d'y travailler comme simple ouvrier jusqu'à
vingt et un ans, sans recevoir de gages que la dernière
année.

Franklin devint bientôt très-habile dans ce métier
qu'il aimait parce qu'il lui permettait de se procurer tous les ouvrages des grands poëtes, des grands
historiens et des grands philosophes dont le génie
l'attirait; il se mit lui-même à écrire; il composa
de petites pièces, entre autres deux chansons sur des
aventures de marins que son frère imprima et lui
fit vendre par la ville. L'une de ces chansons eut un
grand succès, ce qui flatta beaucoup l'enfant; mais
son père qui était un esprit éclairé, au-dessus de sa
profession, lui fit comprendre que ses vers étaient
très-mauvais; il s'essaya dans une littérature plus
sérieuse.

Son frère était l'imprimeur d'une des deux gazettes
qui paraissaient alors à Boston; le jeune Benjamin fit
pour cette feuille quelques articles qu'i lne signa point,
mais qui réussirent fort. Il finit par faire connaître
qu'il en était l'auteur, et tout le monde le loua, excepté
son frère, qui était jaloux de lui et le maltraitait sans
cesse; bientôt leurs dissentiments augmentèrent,
Franklin quitta l'imprimerie de son frère; celui ci le

discrédita tellement à Boston qu'il ne put trouver de
travail chez aucun imprimeur. Il résolut de quitter
cette ville et de n'en rien dire à personne : il s'embarqua à la faveur d'un bon vent et arriva en trois
jours à New-York, éloigné de trois cents milles de la
maison paternelle ; il avait alors dix-sept ans, il était
sans aucune ressource et ne connaissait pas un individu auquel il pût s'adresser. Ne trouvant pas d'ouvrage à New-York, il se rendit à Philadelphie où il
fut plus heureux. Le gouverneur de la province s'intéressa à lui et lui offrit de l'envoyer à Londres chercher tous les matériaux d'une imprimerie qu'il voulait
établir.

Franklin accepta, mais ce voyage à Londres lui
causa mille tribulations et peu de profit, son protecteur ne lui ayant pas fourni l'argent nécessaire
pour vivre à Londres, il fut obligé d'entrer dans une
imprimerie ; il s'y acquit une réputation de courage
et d'esprit qui le rendit le modèle de ses compagnons ;
bientôt ayant pu se faire une petite pacotille, il revint
à Philadelphie où il s'associa à l'un de ses camarades
pour monter à leur compte une imprimerie. L'ami de
Franklin avait apporté les fonds, lui, fournit son
labeur assidu et son expérience déjà exercée. Il travaillait jour et nuit, il voulait parvenir à la fortune et
surtout à la considération. Sa seule distraction était
de réunir toutes les personnes distinguées et instruites
de la province, avec lesquelles il dissertait de politique
et de physique.

Bientôt l'associé de Franklin le laissa seul maître

de leur imprimerie, sa fortune prit un accroissement
rapide, il se maria avec miss Read qu'il avait longtemps aimée. Tous les grands hommes ont ainsi dans
la vie une femme qui devient comme la boussole de
leurs nobles actions. Franklin fonda un journal, créa
plusieurs établissements utiles de librairie et d'instruction populaire ; il commença en 1732 à publier
son *Almanach du Bonhomme Richard,* où il présente les sages conseils et les plus graves pensées sous
une forme originale qui les imprime facilement dans
l'esprit. En 1736, Franklin fut nommé député à
l'assemblée générale de la Pensylvanie, et l'année
d'après il devint directeur des postes de Philadelphie ;
il fut très-utile à cette ville et à toute la province ;
il arma une sorte de garde nationale de dix mille
hommes pour la défendre contre les Indiens qui la
menaçaient. Il continua en même temps de fonder
des sociétés savantes, il fit des études spéciales sur l'é-
lectricité et inventa le *paratonnerre.* Il créa un grand
établissement d'instruction publique qu'il soutint de
son crédit, de sa fortune et même de son enseignement. Cet établissement est devenu aujourd'hui le
collége de Philadelphie. Il aida à fonder des hôpitaux
et des asiles pour les pauvres ; en 1757, il fut envoyé
à Londres chargé d'une mission politique ; il y séjourna jusqu'en 1762, se lia avec les hommes les plus
savants de l'époque et fut reçu membre de la Société
royale de Londres et de diverses autres académies
européennes.

Lorsque la guerre de l'indépendance éclata en Amé-

rique, en 1775, Franklin prit une grande part aux
résolutions les plus fermes et les plus courageuses. .
Tandis que Washington commandait les soldats de la
liberté, Franklin fut chargé d'aller demander le secours de la France contre l'Angleterre ; il partit en
1776. Il fut accueilli à Paris par le duc de la Roche-
foucauld, qui l'avait connu à Londres, et qui le présenta à la haute société de Paris et à la cour. Franklin réussit par son grand esprit, ses manières
simples et dignes, son noble visage et ses beaux cheveux blancs ; il sut faire naître parmi la noblesse
française un vif enthousiasme pour la guerre de l'indépendance de l'Amérique. M. de la Fayette partit à
la tête des volontaires ; le roi Louis XVI, entraîné par
l'opinion publique, conclut, en 1778, le traité d'alliance avec les États-Unis, reconnus comme puissance
indépendante ; la même reconnaissance fut faite par
la Suède et la Prusse. Ayant atteint ce but qui assurait l'indépendance de sa patrie, Franklin resta encore
plusieurs années en France comme ministre pléni-
potentiaire, il s'établit à Passy (dont une des rues
porte aujourd'hui son nom); c'est là qu'il écrivit plusieurs de ses ouvrages et fit de nouvelles expériences
de physique; il eut le bonheur de rencontrer Voltaire
à l'Académie des sciences, il lui présenta son petit-fils
et lui demanda pour lui sa glorieuse bénédiction. Voltaire posa ses mains amaigries et tremblantes sur la
tête de l'enfant et s'écria : *God and liberty!* Dieu et
la liberté! Voilà, ajouta-t-il, la devise qui convient
au petit-fils de Franklin. Les deux grands hommes

en se quittant s'embrassèrent les yeux mouillés de
larmes.

Mais Franklin, se sentant affaibli par les infirmités
de l'âge, quitta la France pour aller revoir sa chère
Amérique ; quand il arriva à Philadelphie, tous les
habitants de la ville et tous ceux des environs à une
grande distance accoururent sur son passage et le
saluèrent comme le libérateur de la patrie ; il fut deux
fois élu président de l'Assemblée, mais en 1788 il fut
contraint par la souffrance et l'âge de se retirer entièrement des affaires. Il trouva encore assez de force
pour travailler à fonder plusieurs institutions utiles ;
il écrivit contre la traite des esclaves ; rédigea ses
Mémoires où sa vie honnête et glorieuse se déroule
comme un beau fleuve qui s'avance tranquillement
vers la mort. La mort, Franklin l'attendit et la reçut
avec résignation au milieu des utiles travaux qui rem-
plirent ses dernières années ; il fut attaqué de la fièvre
et d'un abcès dans la poitrine qui terminèrent sa vie
le 17 avril 1790, à l'âge de quatre-vingt-quatre ans.
Son testament, qui renfermait plusieurs fondations
d'utilité publique, se terminait par cette phrase : « Je
lègue à mon ami, l'ami du genre humain, le général
Washington, le bâton de pommier sauvage avec lequel
j'ai l'habitude de me promener ; si ce bâton était un
sceptre, il lui conviendrait de même. » Quel éloge élo-
quent dans ce peu de mots et quels deux grands hommes
admirables que Washington et Franklin! ils resteront
éternellement comme les modèles du désintéressement,
de l'honneur et du patriotisme !

Plusieurs années avant sa mort, Franklin avait composé lui-même son épitaphe, la voici :

ICI REPOSE
LIVRÉ AUX VERS
LE CORPS DE BENJAMIN FRANKLIN, IMPRIMEUR ;
COMME LA COUVERTURE D'UN VIEUX LIVRE,
DONT LES FEUILLETS SONT ARRACHÉS,
ET LA DORURE ET LE TITRE EFFACÉS.
MAIS POUR CELA L'OUVRAGE NE SERA PAS PERDU ;
CAR IL REPARAÎTRA,
COMME IL LE CROYAIT,
DANS UNE NOUVELLE ET MEILLEURE ÉDITION,
REVUE ET CORRIGÉE
PAR
L'AUTEUR.

Lorsque la mort de Franklin fut connue, une consternation générale se répandit en Amérique. En France, à la nouvelle de cet événement, l'Assemblée nationale ordonna un deuil public.

BENJAMIN FRANKLIN.

Le jeune imprimeur publiciste.

Le spectacle de la mer est tellement saisissant et grandiose, que toutes lés imaginations en sont frappées; l'homme du peuple sent son âme agrandie devant cette immensité, l'enfant s'en étonne et s'en émeut; les grandes scènes de la nature font ressentir aux êtres les plus ordinaires, quelques-unes des sensations des artistes et des poëtes. Si l'aspect de l'Océan est sublime, le rivage d'un port de mer a des anfractuosités pittoresques, où pendent les algues marines et les coquillages; quelquefois des grottes ou des rocs surplombés, qui sont autant de pàrages familiers aux jeunes riverains, aimés et explorés par eux.

Par une belle saison d'automne, un enfant de huit ou neuf ans allait tous les soirs, vers la tombée de la nuit, nager dans la rade de Boston. Cette ville n'avait pas alors l'importance qu'elle a acquise aujourd'hui; plus restreinte, elle n'était qu'un grand centre de population des colonies anglaises en Amé-

rique. L'industrie et le commerce s'y développaient
cependant avec cette activité régulière et incessante
qui caractérise le génie anglais.

L'enfant qui chaque soir se jetait à la nage d'une
plage voisine, ou essayait de s'emparer de quelque
barque abandonnée pour s'exercer à la conduire
lui-même, cet enfant était vêtu du simple habit de
cotonnade des petits artisans; mais sa taille bien
prise, son visage expressif, son œil bleu et interro-
gateur faisaient qu'on ne pouvait le voir passer sans
le remarquer, aussi fut-il bientôt connu de tous les
habitués du port. Pas un vieux marin qui n'aimât
le petit Benjamin, et qui ne le hêlât par son nom,
tandis qu'il se glissait comme un poisson à travers
le labyrinthe des barques. Gagner le large, nager
en pleine mer ou y conduire une barque dans
laquelle il s'était jeté sans être vu (mais qu'il ramenait toujours religieusement à la place où il l'avait
prise), tel était l'exercice passionné auquel se livrait
chaque jour l'enfant robuste, à la mine intelligente.
Aussitôt qu'il se voyait seul entre le ciel et l'eau, il
s'abandonnait à une sorte de joie bruyante, qui se
traduisait tantôt par des aspirations prolongées de
l'air pur, aux bonnes senteurs maritimes et par des
gestes saccadés dans lesquels il semblait se détendre
et s'allonger; tantôt par le chant vif d'un air populaire, auquel il associait des paroles improvisées
sur la nature et sur la liberté. Parfois il gagnait un

Et par des gestes saccadés dans lesquels il semblait se détendre et s'allonger.

récif, moitié dans la barque et moitié en nageant ;
il grimpait jusqu'à la plus haute pointe du roc qui
sortait du milieu des flots, il y mettait ses habits sé-
cher au vent de l'Océan ; et, s'asseyant nu et pensif,
il contemplait l'horizon immense : devant lui le rivage, le port, Boston, la campagne américaine,
derrière lui, l'étendue incommensurable des vagues
enlacées.

Ce qui faisait un plaisir si vif du mouvement de
la mer et du contact de la nature pour le petit Benjamin, c'était le contraste que ces heures libres du
soir formaient avec l'esclavage qui lui était imposé
tout le jour. Le pauvre enfant devait dès son lever,
travailler à un métier qui lui répugnait extrêmement. Son père était fabricant de chandelles, et le
petit Benjamin avait pour besogne spéciale de remuer les graisses dans les chaudières et de les faire
couler dans les moules autour des mèches. L'enfant,
doué de sens délicats et d'une belle imagination,
ne s'était soumis qu'avec une grande répugnance à
cette occupation à laquelle son père l'obligeait depuis un an ; envoyé à l'école de cinq à huit ans, il
y avait appris avec une rare facilité à lire et à écrire ;
il aimait les livres avec passion, et lisait à la dérobée
ceux dont son père; ouvrier intelligent, avait formé
sa bibliothèque. Parmi ces livres, étaient les
Vies des grands hommes de Plutarque, et quand sa
lecture était finie, son bonheur était d'aller rêver

en plein air et en pleine mer ; il ne lui fallait rien
moins que ces heures de solitude, pour lui faire

Benjamin avait pour besogne spéciale de remuer les graisses
dans les chaudières.

prendre en patience le dégoût des heures de travail à la fabrique ; l'odeur qui s'exhalait des chau-

dières l'écœurait, et lorsqu'il était obligé de toucher avec ses belles petites mains blanches aux chandelles encore fumantes, il éprouvait une répulsion extrême. Mais il se soumettait au labeur qui était celui de son père, à qui il eût craint de manquer de respect en lui montrant son dégoût; seulement, aussitôt son triste travail terminé, il aspirait au vent et aux flots de la mer; il voulait effacer de ses cheveux, de sa chair et de ses vêtements, cette senteur de graisse rance qui le poursuivait comme le stigmate de son travail répugnant. Mais à peine s'était-il baigné et avait-il embrassé la nature, qu'il se sentait redevenir un enfant élu de Dieu, doué de qualités exceptionnelles qui se développeraient, et qui le feraient grand malgré tous les obstacles de sa position sociale. La lecture des Vies de Plutarque le disposait aux luttes et aux obstacles, et lui faisait entrevoir la gloire.

Il avait bien raison de penser que les obstacles ne sont rien contre les facultés naturelles qui font les grands hommes. Tous les récits qui composent ce livre fait pour la jeunesse, concourent à lui prouver que la persévérance et l'étude rompent toutes les barrières que l'on oppose aux nobles instincts. Les sociétés modernes se sont beaucoup occupées de l'amélioration intellectuelle des classes pauvres; c'est un bien, car l'homme policé et à demi instruit est meilleur et plus doux que l'homme à l'état

de nature. Mais c'est un mal aussi au point de vue
de l'originalité et de la grandeur de l'esprit humain.
La diffusion de l'instruction produit une foule de
médiocrités, de fausses vocations et de vanités
mercantiles. Au lieu de cela, quand il fallait escala-
der le savoir comme un roc ardu, s'y meurtrir et
parfois s'y briser, ceux-là seuls qui se sentaient
l'âme robuste tentaient l'ascension ; ils allaient,
ils allaient toujours à travers les misères et les angoisses, ils savaient bien qu'ils arriveraient à la
gloire, et resteraient comme la tête et le flambeau
des nations. Aujourd'hui, nous n'avons plus que le
niveau de moyennes et blafardes clartés.

Mais revenons à notre pauvre enfant perché sur
le sommet d'un récif, et songeant d'un bel avenir.
Lorsqu'il rentrait au logis de son père, au retour
de ces excursions vivifiantes, il y rapportait un front
radieux et un corps reposé. Après le repas du soir,
et quand la prière en commun était dite, il se retirait dans l'étroite chambre où il couchait, se mettait à lire ses livres préférés, et s'exerçait déjà dans
de petites compositions. Quoiqu'il passât souvent
une partie de la nuit à ce travail, qui était pour lui
un plaisir, le lendemain dès l'aube; il n'en était
pas moins sur pied et se rendait bien vite à la fabrique, pour aider son père à faire des chandelles.
Son père, touché de tant de douceur et de zèle, et
voulant faciliter la passion que l'enfant avait pour

s'instruire, lui dit un jour : « Je vois bien que tu ne peux t'habituer à mon métier ; ton petit frère qui pousse et grandit m'aidera, et toi, tu iras travailler à l'imprimerie de ton frère aîné ; cet état te convient, puisque tu aimes tant les livres ; là, tu pour-

Il s'exerçait déjà dans de petites compositions.

ras en avoir facilement par tous les libraires de la ville. »

L'enfant bondit de joie à ces paroles ; depuis long-temps il enviait la profession de son frère aîné,

21

mais jamais il n'avait osé espérer que son père lui
permettrait de la suivre un jour.

Travailler dans une imprimerie n'a jamais répu-
gné aux philosophes, aux poëtes et aux moralistes ;
témoin notre Béranger et notre de Balsac. Il y a
dans cette composition matérielle d'un livre, une
sorte d'association avec son enfantement intellec-
tuel ; c'est comme le corps et l'âme d'une créa-
ture.

Fabriquer les plus beaux livres de la littérature
anglaise, en saisir quelque fragment tout en ali-
gnant les lettres de plomb dans les cases, respirer
la pénétrante odeur de l'imprimerie au lieu de la
senteur si fade et si repoussante de ses odieuses
chandelles, cela sembla le paradis les premiers
jours à notre petit Benjamin; si bien qu'il oublia
à quelles dures conditions son frère l'avait reçu apprenti dans son imprimerie. Ce frère aîné, nommé
James, était aussi calculateur et positif, que l'enfant
rêveur l'était peu ; il n'avait consenti à prendre le
petit Benjamin chez lui, qu'à la condition qu'il y
travaillerait comme simple ouvrier jusqu'à vingt
et un ans, sans recevoir de gages que la dernière
année.

Les premières années de cet apprentissage pas-
sèrent assez doucement pour le petit Benjamin qui
trouvait toujours un grand bonheur dans l'étude et
dans ses excursions en mer. Son frère, pourvu que

les journées d'atelier eussent été bien remplies, ne
se préoccupait guère que l'enfant manquât ses repas
et prît sur son sommeil pour se livrer à ses grands
et invincibles instincts.

Un riche marchand anglais fort instruit, qui fré-
quentait l'imprimerie, s'intéressa au jeune apprenti
dont il avait deviné l'intelligence ; il lui ouvrit sa
belle bibliothèque, une des plus considérables de
Boston ; il fit plus, il dirigea ses lectures, et lui apprit à les classer par ordre dans sa mémoire ; il lui
fit lire d'abord la série de tous les historiens anciens et modernes, ajoutant à l'histoire des peuples
connus de l'antiquité, l'histoire de la découverte des
pays et des peuples nouveaux ; puis les chroniques
et les mémoires qui prêtent aux faits généraux, les
détails et la vie ; il lui fit lire aussi tous les ouvrages
les plus célèbres de religion, de morale, de science,
de politique et de philosophie ; enfin, les grands
poëtes, qui sont comme le couronnement radieux
de ce merveilleux édifice de l'esprit humain con-
struit patiemment de siècle en siècle par toutes
les intelligences élues de tous les pays. Dans les
grands poëtes, il trouvait l'essence et comme la
condensation de tous les génies. Homère et Shakspeare résument en eux tous les savoirs et toutes
les inspirations.

La poésie le passionna et lui donna le vertige ;
dès son enfance, il avait fait des vers incorrects et

sans règle ; il voulut en écrire de châtiés et d'irré-
prochables, suivant les préceptes que Pope venait
de traduire d'Horace et de Boileau. Mais en poésie,
la volonté ne suffit pas ; il faut avoir été touché du
feu sacré.

Benjamin ne discernait pas encore sa véritable
vocation ; comme il était ému en face de la nature,
il se crut poëte ; il n'improvisait plus ses vers comme
autrefois sur de vieux airs ; il les écrivait avec soin,
et ne les chantait que lorsqu'il était content de leur
forme. C'est ainsi qu'il fit deux ballades sur des
aventures de marins ; il les chanta à quelques vieux
matelots, ses amis de la mer ; ils en furent enchantés, les répétèrent en chœur, et leur assurèrent une
sorte de succès populaire. Le frère de Benjamin,
sachant qu'il y trouverait son profit, imprima les
deux ballades et envoya l'enfant les vendre le soir
par la ville. Benjamin, vêtu de sa jaquette d'atelier,
poussait en avant une petite brouette toute chargée
des feuillets humides, et attirait l'attention des passants sur ses ballades qu'il fredonnait. Il en vendit
énormément dans les rues, sur les places publiques,
et principalement sur le port, où chaque matelot et
chaque mousse voulurent avoir les chansons de
leur petit ami. Il rapportait religieusement à son
frère tout l'argent de cette vente. Quant à lui, il se
contentait de l'espèce de gloire qu'il pensait en recueillir.

Il les chanta à quelques vieux matelots.

Son père, qui était un homme de bon sens, doué de facultés naturelles très-élevées, interposa son autorité entre l'âpreté du frère et la vanité naissante du petit poëte; il ne voulut pas que Benjamin continuât cette vente publique, et lui déclara très-nettement que ses vers étaient mauvais. L'honnête ouvrier possédait ce que nous avons plusieurs fois constaté dans des natures à demi incultes, un instinct très-sûr pour juger des beautés de l'art et de la poésie; il les sentait plus qu'il ne les analysait, mais son sentiment suffisait pour lui inspirer une sorte de critique toujours juste; entendait-il de la musique ou lisait-il des vers, il goûtait les passages les plus beaux aussi bien que l'eût fait un artiste de profession. Comme délassement, il aimait à lire les grands poëtes après sa journée de travail, et c'est sur leur génie qu'il s'appuya pour convaincre Benjamin de l'infériorité de ses propres vers; il comprenait bien qu'en ceci, l'autorité d'un père n'aurait pas suffi, et surtout quand ce père n'était qu'un pauvre artisan.

Il choisit, pour accomplir son dessein, trois des plus belles scènes de Shakspeare : une de *la Mort de César*, une de *la Tempête* et une de *Roméo et Juliette*, où tour à tour le poëte avait peint l'héroïsme de la patrie et de la liberté; le spectacle des éléments déchaînés; la douceur et la tristesse de l'amour. Le bon ouvrier lut à son fils avec simplicité les trois

scènes. Benjamin passait de l'enthousiasme à l'attendrissement. « C'est beau ! s'écriait-il, c'est beau
à faire tressaillir tout un peuple rassemblé ! »

Le père prit alors les deux ballades ; et, souriant
malicieusement, il dit à l'enfant : « Tu avais à exprimer les mêmes sentiments que le grand Wil-
liams ; tu avais à décrire les fureurs de la mer ; le
courage de glorieux marins qui se dévouent et meu-
rent pour leur patrie ; l'amour d'une jeune fille
pour un jeune matelot ; eh bien ! lis et compare ;
dans tes vers, pas une image ; pas une expression
qui aille au cœur et le remue ; des mots communs
ou grotesques qui semblent rire du sentiment qu'ils
veulent exprimer ; une mesure tantôt sautillante et
tantôt traînante, qui est celle des chansons de bala-
dins et des complaintes d'aveugles ; enfin, un tel
désaccord entre le sujet et la forme, que toi-même
tu ne pourrais entendre sans hilarité ces récits qui
étaient destinés à faire pleurer. » Et le voilà qui se
met à lire tout haut les deux ballades.

Benjamin essayait en vain de l'interrompre en s'é-
criant : « Oh ! que vous avez raison, que c'est mauvais, que c'est plat ! j'étais fou de me croire poëte,
je ne le serai jamais, et pourtant, ajouta-t-il tristement, j'aime et je sens la poésie.

— Et moi aussi, mon enfant, je la sens, mais je
suis incapable de l'exprimer, et de ne jamais faire
même une de tes chansons d'aveugles.

— Dois-je donc, continua l'enfant pensif, renoncer aux occupations de l'esprit, pour lesquelles il
me semblait que j'étais né?...

Que c'est mauvais, que c'est plat !

— Eh ! non, non, répliqua le père; mais il faut
t'exercer à écrire en prose sur divers sujets, et bien

connaître ta vocation avant de te livrer au public ;
peut-être seras-tu un philosophe moraliste, un publiciste de journaux, ou peut-être un orateur ; mais
ne te hâte pas, par vanité, de faire parler de toi,
attends que le bruit vienne te chercher ; crois-moi,
la fortune et la gloire durables n'arrivent que lentement. »

Benjamin qui, ainsi que tous les êtres destinés à
devenir grands, n'avait aucune présomption, reçut
cette leçon de son père et s'y soumit ; elle se grava
même si profondément dans son âme, qu'elle sembla diriger toutes les actions de sa vie. Suivant le
conseil de son père, il s'exerça à écrire sur tous les
sujets : il prit pour modèle les meilleurs auteurs anglais de la mère patrie ; il lut le *Spectateur* d'Addison (ce premier modèle des revues anglaises), et se
mit à composer des articles de journaux ; l'idée de
les faire paraître ne lui vint pas encore, mais elle
devait lui être suggérée bientôt.

Il ne rêvait qu'au moyen de perfectionnner et d'a-
grandir son esprit ; ayant lu dans un livre qu'une
nourriture végétale maintenait le corps sain, et les
facultés de l'esprit toujours actives, il ne se nourrit
plus que de riz, de pommes de terre, de pain, de
raisin sec et d'eau. Cette nourriture frugale lui donnait le moyen d'économiser pour acheter plus de
livres ; il finit par renoncer à son régime pythago-
rique ; c'est l'aventure suivante qui l'y décida : il

allait quelquefois à la pêche pour son père ou son
frère ; il leur rapportait son butin, mais jamais il
n'y goûtait. Un jour, on lui fit remarquer dans le
ventre d'un des poissons qu'il avait pêchés, un autre
tout petit poisson : « Oh! oh! dit-il, puisque vous
vous mangez entre vous, je ne vois pas pourquoi
nous nous passerions de vous manger. »

Boston, qui est devenue la ville la plus lettrée des
États-Unis, l'était déjà à cette époque ; il y paraissait plusieurs journaux ; le frère de Benjamin en
publiait un qui s'appelait le *Courrier de la nouvelle
Angleterre*. La rédaction en était faible, et le jeune
rêveur sentait bien qu'il serait désormais capable
de faire de meilleurs articles que ceux qu'on van-
tait autour de lui. Mais il redoutait les moqueries
de son frère, esprit médiocre et envieux, et il savait
bien que s'il lui présentait des pages signées de son
nom pour le journal, elles seraient refusées ; il rêva
longtemps comment il pourrait lui faire parvenir
incognito des articles sur la politique et les sciences ;
enfin il se décida à contrefaire son écriture, et à glisser le soir, sous la porte fermée de l'imprimerie, ces
pages destinées au *Courrier de la nouvelle Angleterre*.
Tous les articles qu'il fit ainsi parvenir successivement à son frère furent imprimés dans le journal,
et bientôt on ne parla plus que du publiciste ano-
nyme qui l'emportait sur tous les publicistes connus.

Enhardi par le succès, Benjamin se fit connaître ;

chacun le combla d'éloges, excepté son frère, dont
la jalousie redoubla. La vanité de celui-ci souffrait
de son infériorité et ne pouvait être vaincue que par
son intérêt; c'est ce qu'il montra trop bien peu de
temps après; un article de sa gazette ayant déplu,
l'autorité lui défendit d'en continuer la publication.
James, qui tenait avant tout à l'argent, eut recours
à un stratagème pour ne pas suspendre son journal
dont il tirait chaque jour un gain assuré : il le fit paraître sous le nom de son frère, et, pour faire croire
à tous à la réalité de cette fiction, il rendit à Benjamin son engagement d'apprenti qui le liait jusqu'à vingt et un ans; mais il prit la précaution de
ui faire signer un nouvel engagement secret qui
l'enchaînait sinon en public, du moins devant sa
conscience.

Le studieux adolescent consentit à tout pour continuer à faire paraître ses travaux, et aussi dans
l'espérance que son frère, touché par le profit que
lui rapportait cette gazette, se départirait de sa rigueur envers lui; mais il est des âmes communes
et jalouses qui se donnent pour mission d'être les
mauvais génies des âmes élevées : les exploiter et
les abaisser, tel est le but incessant de leur envie.
James, humilié de la supériorité déjà éclatante de
son frère, l'accablait de la plus rude besogne, dans
l'espérance que cette supériorité faiblirait : du matin au soir il le forçait à travailler à l'imprimerie,

quoiqu'il le vît pâle et défait lorsqu'il avait passé la nuit à écrire pour son journal.

Un jour, Benjamin, lassé de cette lutte et de cette exploitation, déclara à son frère qu'il voulait sa liberté.

James l'appela traître et parjure.

James l'appela traître et parjure.

« Je sais bien que je manque à ma parole, répliqua le pauvre garçon, qui avait le cœur droit ; mais vous, James, vous manquez à la justice et à la bonté. »

Et il quitta la maison de son frère pour n'y plus reparaître.

James, furieux, alla se plaindre hautement à son père ; il chargea Benjamin d'accusations odieuses ; il le décria chez tous les imprimeurs de Boston, si bien que l'accusé n'osa plus se montrer. Cependant la nécessité le pressait. Où s'abriter? comment se nourrir? Soutenu par la vigueur de son esprit si au-dessus de son âge, il se résolut à faire quelques tentatives, et alla frapper à plusieurs imprimeries. Toutes lui furent fermées.

Désespéré, n'ayant plus pour ressources que quelques monnaies anglaises (en tout la valeur de cinq francs), il alla s'asseoir sur le rivage de la mer, et, malgré lui, il se prit à pleurer; ce soir-là, il ne songea ni à nager ni à ramer au loin. Comme il se lamentait ainsi, sans regarder les vagues qui mouillaient ses pieds, le capitaine d'un brick, un de ses vieux amis, passa près de lui.

« Quoi! Benjamin devient paresseux au plaisir? Benjamin ne nage pas? Benjamin ne chante plus? lui dit-il en lui frappant sur l'épaule ; puis il ajouta : Benjamin ne veut-il pas, pour se distraire, venir boire un coup à mon brick, qui est en partance demain pour New-York? »

Touché de la bonté du vieux marin, Benjamin lui conta toutes ses peines.

« Eh bien! lui dit le capitaine après avoir écouté

son récit, si tu m'en croyais, tu n'en ferais ni une
ni deux, et tu partirais demain avec moi pour New-
York ; peut-être y trouveras-tu de l'ouvrage : en tout
cas, tu iras jusqu'à Philadelphie, où j'ai un parent
imprimeur, qui te recevra comme un fils. »

Benjamin avait l'esprit aventureux ; il agréa avec
joie la proposition du capitaine, et le soir même il
était à son bord.

Favorisés par un beau temps, ils arrivèrent rapidement à New-York ; mais, n'y ayant pas trouvé
d'ouvrage, Benjamin en repartit aussitôt pour Philadelphie, muni d'une lettre du bon capitaine à son
parent, l'imprimeur Keirmer. Il trouva une maison
hospitalière, un maître intelligent et doux, qui comprit tout ce que valait le noble adolescent, et le
traita comme son propre enfant. Benjamin travailla
avec ardeur pour prouver sa gratitude, et bientôt il
devint le chef de l'imprimerie. Mais un labeur plus
élevé, la politique, la science, l'attirait toujours ;
quand le soir était venu et qu'il se promenait seul
dans la campagne de Philadelphie, il se demandait
souvent avec tristesse si quelque voie lui serait enfin
ouverte pour accomplir sa destinée.

Un soir, assis sur une hauteur qui dominait la
ville, il s'y oublia jusqu'à la nuit. Tout à coup un
orage le surprit, un de ces orages formidables dont
ceux des contrées européennes ne sauraient nous
donner une idée ; la foudre éclata sur un édifice

et y mit le feu; bientôt la flamme s'étendit et dé-
vora le monument. Benjamin accourut, guidé par
la sinistre lueur; plusieurs personnes avaient péri;
c'était un spectacle navrant. Le jeune savant rentra
le cœur brisé, et passa la nuit à méditer, la tête pen-
chée sur sa table de travail: il avait depuis quelque
temps constaté le pouvoir qu'ont les objets taillés
en pointe de déterminer lentement et à distance
l'écoulement de l'électricité; il se demanda si on ne
pouvait pas faire de ces objets une application utile
qui fît descendre ainsi sur la terre l'électricité des
nuages; il se dit que si les éclairs et la foudre
étaient des effets de l'électricité, il serait possible de
les diriger et de les empêcher de détruire et de ra-
vager. C'est aux réflexions de cette nuit de veille
douloureuse qu'on dut plus tard le paratonnerre,
dont Benjamin fut l'inventeur.

Cependant la renommée d'un savant si précoce ne
tarda pas à se répandre dans Philadelphie. Sir Wil-
liam Keith, gouverneur de la province, qui était un
homme remarquable, voulut le voir et l'interroger;
il comprit ce que deviendrait dans l'avenir ce jeune
et hardi génie. Il songea à l'attacher à la mère patrie
par les liens de la reconnaissance et de la gloire.

« Voulez-vous aller à Londres, lui dit-il, vous par-
tirez sur un vaisseau de l'État, vous y serez défrayé
par moi, vous connaîtrez là-bas les littérateurs et
les savants, vous serez des leurs, mon jeune ami,

puis vous reviendrez à Philadelphie, et vous répandrez les trésors de votre esprit dans le nouveau monde ! »

Benjamin accepta.

De ce jour, il se sentait émancipé ; d'adolescent, il devenait homme ! Mais son premier bienfaiteur, en lui parlant ainsi, ne se doutait guère que son protégé serait un jour le fameux Benjamin Franklin, un des fondateurs de la république des États-Unis !

CHARLES LINNÉ

NOTICE SUR LINNÉ.

Linné (Charles Linnæus), le plus grand naturaliste du dix-huitième siècle, naquit le 24 mai 1707 dans le village de Roeshult en Suède ; il était fils du pasteur de ce village, qui voulait aussi en faire un ministre, et l'envoya à l'âge de dix ans dans la petite ville de Vixioe pour y suivre l'école latine. Déjà entraîné par sa passion pour la botanique, Linné négligea ses études classiques, et son père en fut tellement irrité qu'il le mit en apprentissage chez un cordonnier. Mais un médecin nommé Rothman, ayant eu occasion de causer avec le jeune Linné, fut frappé de son aptitude pour toutes les sciences naturelles, il lui prêta un *Tournefort* (botaniste français), il chercha à le réconcilier avec son père, et le plaça chez Kilian Stobæus, professeur de l'Université de Lund ; bientôt Linné passa à l'Université d'Upsal. Sa vie d'études fut une vie de privations ; il ne subsistait qu'en donnant des leçons de latin à d'autres écoliers, et il était réduit à raccommoder pour son usage les vieux souliers de ses camarades. Ce fut un de ses maîtres, Olaüs Celsius, qui donna au jeune Linné la nourriture

et le logement, et plus tard lui fit obtenir la direction
du jardin botanique d'Upsal. Dès lors, n'ayant plus à
lutter contre la misère, le génie de Linné put prendre
l'essor. Il voyagea, pour en décrire les plantes, dans
la Laponie norvégienne; fit le tour du golfe de Both-
nie et revint à Upsal par la Finlande et les îles
d'Aland; il visita aussi Hambourg, puis se rendit en
Hollande. C'est là que l'illustre médecin Boerhaave
pénétra l'étendue de son génie et commença sa fortune. Linné étudia et professa durant trois ans en
Hollande, tout en rassemblant des matériaux pour ses
grands ouvrages dont les principaux sont : *le Système de la nature; la Philosophie de la botanique ; la
Flore de la Laponie; le Fondement de la botanique; les
Noces des plantes*; etc., etc. Ces divers traités se répandirent avec rapidité et firent connaître la gloire et le
nom de Linné dans le monde entier. De la Hollande
il passa à Paris, où il se lia pour la vie d'une tendre
amitié avec Bernard de Jussieu, notre célèbre naturaliste; enfin il se fixa en Suède et finit par y obtenir
de grands honneurs; il enseigna la botanique dans la
capitale, eut le titre de médecin du roi et fut anobli.
Il avait épousé, en 1740, Mlle More, une jeune Suédoise qu'il avait longtemps aimée; il en eut quatre
filles et un fils. Son fils lui succéda dans sa chaire, et
une de ses filles se distingua par des travaux de botanique; il mourut le 10 janvier 1778, âgé de 71 ans.
Il fut enterré dans la cathédrale d'Upsal. Gustave III
proclama lui-même les regrets de la Suède dans un
discours qu'il prononça devant les états généraux.

Ce prince composa aussi lui-même l'oraison funèbre de Linné qu'il fit lire publiquement. On lui a élevé dans le jardin de l'Université d'Upsal un temple qui renferme les productions de la nature. Deux médailles furent frappées en son honneur.

ENFANCE DE CHARLES LINNÉ.

Si l'hiver de Paris nous paraît triste lorsque la
brume enveloppe la grande ville; si Londres, avec
son manteau de brouillard épais et noir, a, d'octobre en avril, un aspect funèbre qui nous glace le
cœur ; que serait-ce de ces longs hivers de la Scan-
dinavie, où la terre est durant plusieurs mois couverte de neige et de glace, où le ciel est comme un
couvercle gris terne et sans horizon, à moins qu'une
aurore boréale ne l'éclaire tout à coup d'un éclat
passager ; la Suède a un de ces climats rigoureux,
qui donnent aux esprits toujours obligés de se
replier sur eux-mêmes des tendancas studieuses et
une mélancolie calme ; quant aux corps, ils son gé-
néralement robustes sous ces latitudes, qui offrent
beaucoup d'exemples de longévité ; mais malheur
aux étrangers qui s'exposent imprudemment à
cette température. On dit que Descartes prit un
rhume en donnant, à Stockholm, des leçons de
philosophie à la reine Christine de Suède, et
qu'il mourut des suites de ce rhume : et pour-

tant les appartements de la reine devaient être chauffés !

Rien n'est plus triste qu'un pauvre village de Suède lorsqu'arrive novembre ; sitôt que le jour cesse, une fumée épaisse s'élève de chaque toit de chaume et annonce que chaque famille se chauffe autour du foyer.

Par une soirée d'hiver de 1719, la cheminée du presbytère du village de Roeshult, pauvre habitation qui ne se distinguait guère des chaumières qui l'environnaient, jetait dans l'air compacte et glacé une colonne de noire fumée ; dans l'intérieur brûlait un grand feu de tourbe. Le pasteur et sa famille, qui se composait : de la femme du pasteur, excellente ménagère, de deux petites filles de sept à huit ans, et d'un garçon qui pouvait en avoir douze, étaient rangés autour d'une table pour la veillée ; sur cette table brûlait une lampe de fer basse, grossière et à trois becs ; au pied de la lampe étaient amoncelées de grosses pelotes de laine brune avec laquelle la mère tricotait des bas ; les aiguilles d'osier claquaient dans ses doigts, les deux petites filles luttaient d'émulation pour imiter la besogne de leur mère et y parvenaient assez bien ; tandis que le pasteur, accoudé sur la table et la tête baissée sur une grande Bible, en lisait de temps en temps quelques récits qu'il commentait.

Toute l'attention du petit garçon, dont les che-

Presbytère du village de Roeshult.

veux blonds obstruaient le front et les yeux, paraissait absorbée par un cahier de papier blanc sur
lequel il fixait des herbes et des fleurs. Ses petites
sœurs le regardaient parfois à la dérobée, mais sans
l'interrompre de son travail ; quant à la mère, elle
lui jetait de temps en temps un bon regard, accompagné d'un sourire, tout en épiant son mari, le
ministre, qui continuait sa docte et pieuse lecture
sans lever les yeux sur son auditoire.

Mais tout à coup celui-ci secoua sa grosse tête à la
physionomie entêtée, et ayant regardé son fils, il
s'écria avec colère :

« Encore ces cahiers et ces herbes inutiles ; je suis
résolu à jeter le tout au feu, pour en finir avec votre
paresse et votre désobéissance. »

Et comme il faisait un geste pour exécuter sa menace, l'enfant pressait avec force son cahier sur sa
poitrine où il croisait ses deux bras, tandis que sa
mère arrêtait son mari et lui disait :

« Un peu de patience, mon bon Nils[1], il a voulu
ranger ses plantes de la journée, et maintenant il
va être tout à ses devoirs de latin ; et elle se hâtait
de mettre à l'abri le cahier menacé et d'y substituer
le cahier des thèmes et des versions.

— Femme, en pensant l'excuser vous l'accusez
vous-même, s'écria le pasteur toujours en colère,

1. Abréviation suédoise de Nicolas.

vous parlez des plantes qu'il a recueillies aujour-
d'hui. Oui, je le sais bien, au lieu d'écrire ici
ses devoirs ou de me suivre auprès des malades
et des mourants, il est allé fouiller sous la neige
et courir, comme un petit vagabond, dans les
défilés des montagnes pour y chercher quoi? je
vous le demande? des herbes sans nom et sans
utilité.

— Sans nom, c'est possible, répliqua la femme,
aussi ignorante que son mari en botanique, mais
pour utiles et salutaires, il y en a qui le sont; car
l'autre jour, quand notre petite Christine s'était fait
une coupure au doigt, quelques feuilles d'une de
ces plantes ont suffi pour cicatriser la blessure, et
quand notre vieille cousine Berthe s'est brûlée il y
a quelque temps si douloureusement, c'est encore
avec des plantes indiquées par notre petit Charles
qu'elle s'est guérie. Le médecin de la ville, qu'elle
fit venir, déclara que ce pansement de plantes était
bon, qu'il fallait le continuer, et que celui qui l'a-
vait fait n'était pas un ignorant.

— En tout cas, reprit le père, comme je ne veux
pas faire de mon fils un docteur-médecin, mais un
docteur en théologie, un ministre de l'Église comme
moi, il aura pour entendu de renoncer à ce sot
herbier, et de donner désormais tout son temps,
sous ma direction, à l'étude des saintes Écritures et
à celle du latin ; sans cela, je lui promets bien qu'a-

vant huit jours je l'envoie à l'école latine de la ville,
où il vivra sous une rude discipline. »

La mère voulut répliquer, mais le pasteur lui
imposa silence par sa gravité, et se penchant
sur sa Bible, il y continua sa lecture à voix
basse.

On n'entendit plus alors dans la salle enfumée,
qui servait à la fois de cuisine, de salon et de salle
à manger à la pauvre famille du pasteur, que le
bruit des aiguilles à tricoter que faisaient aller la
ménagère et les deux petites filles, et le bruit moins
distinct de la plume du jeune garçon qui écrivait
ses versions latines.

Il mettait à son travail une absorption et une rapidité presque fiévreuses. On sentait qu'il voulait
faire bien et vite une besogne antipathique. Lorsqu'il eut fini, il poussa un soupir d'allégement
qui interrompit le silence que gardait toute la
famille.

« Eh bien! dit le pasteur qui souleva sa tête appe-
santie par la lecture, la méditation, ou peut-être
un demi-sommeil.

— Voilà, mon père! » dit l'enfant, en posant à
côté de la Bible ses pages d'écriture.

Le père les parcourut aussitôt, et quand il eut
fini il murmura :

« Bien! très-bien! je sais, petit Charles, que vous
faites ce que vous voulez, voilà pourquoi je vous

trouve encore plus répréhensible quand vous ne m'obéissez pas.

— Je veux vous obéir, répliqua l'enfant en regardant son père avec tendresse et supplication; mais ne pourriez-vous me permettre que je fisse deux parts de mon temps, une pour l'étude des livres saints et du latin, l'autre pour l'étude de ces plantes et de ces fleurs qui sont pour moi autant de psaumes et autant de versets qui chantent la grandeur de Dieu?

— Vous êtes fou! s'écria le père; je vous ai déjà dit que cette étude puérile ne vous mènerait à rien et entraverait votre carrière théologique; si vous persistez, vous connaissez ma résolution à votre égard, je n'en démordrai pas. »

A ces mots, il se leva et commença la prière que la famille faisait en commun chaque soir; puis les enfants ayant embrassé leur père et leur mère, se retirèrent pour dormir. Le petit Charles couchait dans un cabinet sombre, ayant pour tout ameublement un lit, une chaise et une étagère en bois de sapin sur laquelle étaient rangés quelques livres et les bien-aimés cahiers de son herbier. A peine fut-il au lit qu'il se mit à pleurer et à rêver aux moyens de suivre sa vocation sans désobéir à son père. Tandis qu'il était dans les larmes, sa mère arriva furtivement; elle l'embrassa et le consola.

Les mères semblent avoir en elles tous les instincts

et toutes les pensées de leurs enfants; non-seulc-
ment elles leur donnent leur sang et leur chair, en
les portant pendant neuf mois dans leurs flancs,
mais elles leur donnent aussi une partie de leur
âme. Voilà pourquoi elles apportent toujours les
ménagements du cœur, où les pères n'apportent que
la décision et les sévérités de l'esprit.

« Voyons, mon petit, disait la bonne mère en tenant Charles dans ses bras, cela t'afflige donc bien
de ne plus aller à travers les neiges et les crevasses
des rochers chercher les plantes enfouies?

— Oh! ma mère, si vous saviez quel plaisir
quand je découvre une espèce nouvelle d'admirer
et de compter les racines, les tiges, les feuilles, les
fleurs, les pétales, chaque linéament enfin de ces
trésors du bon Dieu! c'est surtout au printemps que
ce plaisir si vif se multiplie et se varie. Les fleurs
nouvellement écloses sont pour moi tout un monde
comme serait pour d'autres l'arche qui renfermait
tous les animaux de la création. Les plantes me
parlent et je les entends; je vous assure, ma mère,
qu'elles ont des instincts, des habitudes et des
différences dans les mêmes espèces comme le visage de mes sœurs et le mien diffèrent malgré notre
ressemblance.

— Tu rêves, tu rêves, mon cher enfant, s'écria
la mère moitié riant et moitié attendrie, mais par
ce grand froid et avec l'aridité de la terre, ton

23

plaisir doit être bien diminué, tu te donnes beaucoup de fatigue pour ne recueillir qu'un maigre et
rare butin.

Cela t'afflige donc bien de ne pas aller à travers les neiges?

— Oh! ma mère, demandez au chasseur s'il redoute la neige qui tombe sur ses épaules? Deman-

dez au pêcheur si les bancs de glace l'arrêtent? Ils
ne voient que la proie qu'ils poursuivent et qu'ils
rapportent le soir dans leur logis; et tenez, poursuivit-il en saisissant un des cahiers de son herbier,
que ne braverait-on pas pour posséder une de ces
jolies fleurs qui sont là, me souriant et me répon-
dant, quand je les interroge. Chaque jour je découvre quelque espèce inconnue dans les mousses, dans
les lichens; et mon père veut que je renonce à ces
recherches! C'est comme s'il me demandait de ne
plus manger, de ne plus vivre!

— Tu vivras et tu mangeras! Seulement tu mangeras une heure plus tôt ton déjeuner, répliqua la
mère gaiement, et chaque matin, pendant que ton
père dormira encore, tu iras à ta chère découverte;
mais tu ne dépasseras pas le temps permis, et à
l'heure dite, tu rentreras bien vite pour étudier ton
latin.

— Oh! merci, merci! s'écria l'enfant en sautant
au cou de sa mère, qui l'embrassa et le quitta en
lui disant : « A demain. »

Pour la première fois de sa vie l'enfant s'endormit radieux et fit un beau songe : il se trouva tout
à coup transporté dans une vallée immense entourée de montagnes, qui commençaient en pente
douce et s'élevaient graduellement jusqu'au ciel;
il était assis auprès d'une belle source claire qui
murmurait à travers les plantes et les fleurs de

toutes sortes, il faisait une température d'été et de
grands nuages blancs et dorés couraient dans l'éther
d'un bleu vif au-dessus de sa tête. Il n'avait point
encore vu un ciel semblable dans ce pauvre village
de Suède, où il était né et qu'il n'avait jamais
quitté. Son admiration était partagée entre ce ciel
où le soleil brillait de toutes ses flammes, et cette
campagne riante couverte de plantes et d'arbustes
en fleurs. Il se leva et se mit à marcher, ravi et
léger, à travers les sentiers ; il craignait de froisser
une tige, une feuille, un pétale, une étamine, et
pourtant il eût voulu cueillir tour à tour toutes
ces fleurs pour les étudier ; il commença par aspirer
vivement leurs parfums et par jouir du coup d'œil
général de leurs belles formes et de leurs admirables couleurs, puis il se dit, pris d'une sorte de
vertige : « Jamais, jamais je ne pourrai fixer dans
ma mémoire cette innombrable variété d'espèces,
les classer et leur donner un nom ! » Dans son découragement, il s'arrêta immobile et priant dans son
âme : « Mon Dieu ! mon Dieu, disait-il, la nature est
trop grande pour la faible vue de l'homme, et s'il
parvenait à en saisir l'ensemble, sa profondeur et
ses détails lui échapperaient. Vous avez fait, ô mon
Dieu, la création à votre image, et nous, pauvres et
chétifs, nous voulons en mesurer la grandeur et en
décrire la beauté, c'est impossible ! Nous ne connaissons jamais que des fragments de votre œuvre,

le reste nous échappe ; pardonnez-moi donc mon audace, ô mon Dieu ! Mon père a raison, je dois vous adorer et vous servir comme un ministre obscur, et non prétendre à vous pénétrer et à expliquer vos ouvrages comme un savant participant de vos facultés divines ; » et le pauvre enfant, écrasé par la splendeur de la nature qui l'entourait, tomba à genoux, adora Dieu et resta longtemps dans l'engourdissement de l'extase.

Mais des voix, qui semblaient être la voix de Dieu même, montèrent tout à coup des calices épanouis et du sein des boutons encore fermés. Ces voix lui disaient : « Viens à nous ! nous sommes à toi, nous t'aimons de nous aimer et de nous rechercher, d'avoir compris que nous vivions et que nous sentions, nous qu'on a si longtemps crues inertes, inanimées et propres à charmer seulement les yeux. Ne crains pas de nous cueillir et de nous détruire, nous renaissons sans douleur ; chacun de nos filaments déchirés te fera découvrir nos mystères à peine soupçonnés jusqu'ici. Tu trouveras dans les détails de notre structure autant de merveilles que dans celle du corps humain ; car, sur une échelle différente, nous avons comme l'homme des organes qui souffrent ou se réjouissent ; nous avons des répulsions et des sympathies ; nous avons nos aptitudes, nos mœurs, nos destinées impérieuses fixées par une règle infaillible. Regarde-nous et pé-

nètre-nous, enfant qui nous aime; tu sauras comment nous naissons, comment nous nous développ-
pons et arrivons à la beauté et à l'amour. » Ce
n'étaient pas seulement les larges et magnifiques
fleurs des tropiques, les cactus, les nénuphars, les
magnolias; ce n'étaient pas seulement les fleurs
reines de nos jardins : la rose, la tubéreuse, le lis,
l'œillet, qui parlaient ainsi à l'enfant endormi,
c'étaient encore toutes les fleurettes des champs, les
pâquerettes, les boutons d'or, les violettes le thym,
toutes les mousses et tous les lichens poussant sur
les rochers ou au bord de l'eau; chaque plante,
chaque tige, chaque calice avait comme une voix
distincte, et tous ces accents réunis formaient un
concert doux et flatteur qui plongeait le petit Charles
dans un ravissement heureux.

« Oh! oui, répondait-il à ces paroles mysté-
rieuses que lui seul pouvait entendre, je vous aime,
je vous comprends, et je révélerai au monde la
grâce et la magnificence de vos secrets; » et il se
pencha vers les fleurs les plus prochaines pour les
cueillir; mais voilà qu'il s'opéra alors autour de lui un
prodige; toutes les fleurs semblèrent se mouvoir et
s'arracher à leur racine; elles vinrent vers l'enfant,
firent à son corps comme une enceinte odorante,
montèrent sur son cœur et dans ses bras, puis jusqu'à sa tête où elles s'enlacèrent en une immense
couronne. Le front de l'enfant rayonnait transfiguré

sous cet emblème d'un avenir glorieux ; il grandissait, grandissait sous le couronnement de ses fleurs
bien-aimées. Tout à coup il sentit un souffle chaud
glisser sur sa tête ; un baiser l'effleura et lui causa
un indicible bonheur : la sensation fut si vive
qu'elle l'éveilla ; il vit sa mère, debout auprès de
lui, à peine éclairée par la première lumière de
l'aube. Ce baiser venait de sa mère ! de sa mère qui
comprenait son âme !

« Il est temps, lui dit-elle, le jour se lève ; ha-
bille-toi, prie Dieu, déjeune et cours dans les champs
avant que ton père ne s'éveille ; tu as une petite
heure pour aller à la découverte de tes plantes ;
va donc, mon fils, puisque c'est là ton amour et ton
bonheur. »

L'enfant remercia sa mère ; et, tandis qu'elle
l'aidait à s'habiller, il lui raconta le songe merveilleux qu'il venait de faire.

Sans y rien comprendre, la mère y vit un présage
de bonheur et de gloire pour son fils et résolut de
l'aider de plus en plus dans sa vocation. Aussitôt
qu'il fut habillé, elle lui présenta une écuelle de
bois pleine d'un potage fumant que l'enfant mangea
avec appétit ; puis elle l'enveloppa dans une petite
houppelande de gros drap dont elle redressa le col,
qui cacha jusqu'au-dessus des oreilles le frais visage de l'enfant. Il partit joyeux, un bâton à la
main. La bonne mère avait retranché au moins

deux heures de son sommeil habituel pour donner
ces doux soins à son fils et pour satisfaire à son
désir.

Cherchez dans votre souvenir, enfants qui me
lisez, et vous trouverez tous que vos mères ont eu
pour vous de ces tendresses-là.

Puis elle l'enveloppa d'une petite houppelande de gros drap.

Durant quelques jours le petit Charles put her-
boriser en paix dans les montagnes et découvrir
dans leurs anfractuosités quelques pauvres fleurs et
quelques frêles mousses épargnées par la neige.

Mais, un matin que le père s'éveilla plus tôt que de coutume pour aller voir un malade qu'il avait laissé mourant la veille, il se mit dans une grande colère en ne trouvant pas son fils au logis. La mère en vain objecta quelque prétexte ; le sévère ministre ne s'y laissa point tromper et jura que, dès le lendemain, l'enfant serait envoyé à l'école latine de la petite ville de Vixiœ. La mère éclata en sanglots ; le père s'écria que les larmes n'y pouvaient rien ; et, quand le petit Charles rentra furtivement à la maison, il comprit que les dissensions et le chagrin y avaient pénétré par sa faute : il essaya de se justifier et de promettre à son père une obéissance aveugle pour l'avenir ; celui-ci resta inflexible. Il sortit en donnant ordre à la mère de préparer les hardes de son fils, qu'il conduirait lui-même dès le lendemain à Vixiœ.

Quel déchirement pour la mère et pour l'enfant que cette brusque séparation ! La mère surtout ne pouvait se résoudre à se séparer de son fils bien-aimé. Depuis qu'elle l'avait porté neuf mois dans son sein et nourri de son lait, jamais elle ne l'avait quitté un seul jour.

« Non ! non ! cela était impossible, répétait-elle en couvrant de ses mains son visage inondé de larmes.

Charles, désespéré de voir pleurer sa mère, étouffa sa propre douleur et essaya de lui donner du courage ; il lui disait :

« La ville où je vais est voisine ; nous nous verrons souvent ; puis je travaillerai bièn et vite pour satisfaire mon père, et je reviendrai. »

Mais la mère pleurait toujours ; un seul jour de séparation lui était une grande angoisse. Cependant, sachant que son mari était inébranlable dans ses volontés, elle commença à préparer les effets de son fils dans une petite malle. Elle mit au fond ce bienaimé et fatal herbier qui était la cause de léur séparation ; puis un peu d'argent en petite monnaie ; puis des confitures et des fruits secs : friandises du foyer que les mères se plaisent à donner aux enfants

Quand le ministre rentra, la malle était faite ; et, voyant qu'on avait suivi ses ordres, il se montra un peu apaisé.

Le reste de la journée et la veillée s'écoulèrent sans querelles, mais bien tristement. Le père lisait sa Bible, comme à l'ordinaire ; les petites filles tricotaient, comme la veille, auprès de leur mère, ne faisant entendre que quelques soupirs étouffés ou quelques paroles entrecoupées. Quant à Charles, il était résigné et courbait la tête sur les thèmes latins qu'il traduisait.

L'heure du repos étant arrivée, on fit la prière en commun ; puis le fils ayant souhaité bonne nuit à son père, le père répliqua :

« Bonne nuit, mon fils ; demain nous partirons au petit jour pour Vexiœ ! »

Nos voyageurs partirent en traineau

L'enfant s'inclina en silence et en étouffant ses larmes.

Aussitôt que son mari dormit, la mère se glissa auprès du lit de son fils, à qui elle prodigua ses caresses et fit les plus vives recommandations sur sa santé. Ce furent là leurs véritables adieux ; car le lendemain le rigoureux ministre brusqua le départ.

Comme il faisait grand froid et que les routes étaient couvertes de glace, nos voyageurs partirent en traîneau. Cet exercice et le pays qu'il parcourait, en partie nouveau pour lui, finirent par distraire le petit Charles de son chagrin. Mais, quand il se trouva dans la ville, si triste et si morne, et surtout quand il fallut franchir les noires murailles de l'école latine [1], le pauvre enfant sentit son cœur défaillir.

Son père le recommanda brièvement plutôt à la sévérité qu'aux soins du directeur de l'école, qui était son ami, puis il retourna à son village, ayant accompli, pensait-il, son devoir.

Le petit Charles se sentit d'abord comme perdu et abandonné ; mais l'intérêt et l'amitié qu'il trouva dans quelques écoliers de son âge lui rendirent le courage. Il résolut de travailler pour satisfaire son père ; et, tant que dura l'hiver, il s'appliqua avec

1. Institution protestante équivalant à nos petits séminaires.

ferveur aux études latines et théologiques. Quand le printemps parut, il sentit en lui comme un souffle orageux et tout-puissant qui l'emportait loin des murs de l'école à travers les vallées et les montagnes que commençait à couvrir une végétation naissante ; l'air qu'il respirait lui apportait les senteurs des fleurs et des herbes ; il était attiré invinciblement vers elles : son beau songe lui revenait ; il y voyait un emblème de sa destinée, et s'écriait, dans son angoisse présente :

« Non ! non ! Dieu ne m'a pas créé pour être un ministre protestant ! C'est d'une autre manière que je dois l'adorer et proclamer sa grandeur ! »

Il résista d'abord aux tentations de ses instincts invincibles ; mais, un jour que toute l'école sortit pour faire une promenade dans la campagne, il s'éloigna de ses camarades et se perdit au milieu des rochers dans une gorge tapissée de plantes grimpantes et de fleurs. Là, captivé par la nature, l'embrassant et la caressant comme il eût caressé sa mère, il oublia tout dans la contemplation des trésors qui s'offrirent à lui. La nuit le surprit remplissant ses poches et entassant sur sa poitrine les plantes qu'il avait recueillies. Arrêté dans sa recherche ardente par les ténèbres, il se souvint tout à coup de l'école et de sa discipline. Épouvanté de son oubli de la règle, il n'osa pas revenir sur ses pas et, aller implorer le pardon du directeur : la

nùit était venue. Agité, frissonnant et terrassé de
fatigue, il s'endormit dans un enfoncement du ro-
cher tout couvert de mousse; le lendemain, il fut

Il s'éloigna de ses camarades et se perdit au milieu des rochers.

découvert par un des domestiques de l'école et il y
fut ramené comme vagabond.

Le directeur écrivit au père l'équipée du fils ; le père, le jugeant incorrigible et pervers, répondit au directeur qu'il voyait bien que son fils ne ferait jamais qu'un mauvais ministre de Dieu, mais que, pour le punir de sa rébellion à ses volontés, il l'humilierait en en faisant un ouvrier ; et il donnait des ordres pour qu'on le mît à l'instant même en apprentissage chez un cordonnier.

Le petit Charles était d'une nature douce et faible ; il ne résista pas et trouva même, au début, une sorte de satisfaction dans la demi-liberté que lui laissait sa nouvelle et étrange profession. Avant sa journée de travail manuel, il pouvait parcourir les champs, et le dimanche il s'y égarait en liberté. Le soir et durant la nuit, il classait les plantes et les fleurs qu'il avait récoltées et écrivait des dissertations sur chacune d'elles. Mais insensiblement ce double et incessant travail de l'esprit et du corps altéra sa santé. Puis, passer la journée avec des compagnons ignorants et grossiers lui était une rude épreuve. On le brusquait quand il restait silencieux ; on lui reprochait son orgueil, et parfois même on lui cherchait violemment querelle. Cette lutte, qu'il subissait contre la destinée, finit par le terrasser ; il tomba subitement malade, et le maître cordonnier, qui l'aimait comme un de ses meilleurs ouvriers, envoya chercher le plus habile médecin de la contrée.

C'était un très-savant homme qui se nommait Rothman ; quand il arriva auprès du lit du pauvre Charles, celui-ci avait une grosse fièvre et était pris d'un peu de délire. Le docteur ne voulut pas l'éveiller de son sommeil pénible et se mit à étudier en silence les symptômes de la maladie ; il découvrit une grande surexcitation de cerveau, et il se confirma dans son observation en voyant sur la petite table de l'apprenti ses herbiers et ses manuscrits ouverts ; il lut quelques pages de ceux-ci, puis tomba tout à coup dans une longue rêverie tout en tenant le pouls du malade, qui battait très-fort.

Charles continuait à dormir, mais d'un sommeil pénible et bruyant et comme si quelque cauchemar l'avait oppressé. Il faisait pourtant un beau rêve, plus glorieux peut-être que celui qu'il avait fait une nuit sous le toit de son père, mais il n'en éprouvait pas le même contentement : ce songe lui semblait une dérision de la destinée présente ; on raisonne parfois dans les rêves : il se voyait entouré de quatre hommes tout-puissants qui tenaient des sceptres et qui avaient des couronnes sur la tête ; à ces couronnes, à leurs armes et aux décorations qu'ils portaient, il reconnaissait dans ces hommes le roi de Suède, le roi de France, le roi d'Angleterre et le roi d'Espagne[1]. Tous quatre lui sou-

---

1. Ces quatre souverains comblèrent Linné d'honneurs.

riaient, répandaient à ses pieds des trésors et dépo-
saient sur sa tête la couronne de la noblesse. Lui,
ébloui, se débattait contre le vertige, et de là venait
l'agitation de son sommeil.

Le bon docteur, plein d'anxiété, suivait toutes les

Vous serez un jour le premier naturaliste du monde.

phases de ce sommeil tourmenté ; enfin il fit boire
un calmant au malade, dont la respiration se déten-
dit et qui bientôt s'éveilla sans effort. La fièvre cessa;
grâce aux soins assidus du médecin compatissant

qui s'était pris pour le pauvre ouvrier d'une grande
amitié ; aussitôt qu'il fut convalescent, il lui prêta
les ouvrages de Tournefort, un de nos célèbres na-
turalistes français, et comme Charles se récriait
d'admiration en en parlant au docteur :

— Vous surpasserez un jour sa renommée, s'écria
celui-ci.

— Oh ! que me dites-vous là ! répondit l'enfant.

— Je dis, mon jeune ami, que j'ai lu vos cahiers,
parcouru vos herbiers, et que vous serez un jour
le premier naturaliste du monde. »

Charles le regarda d'un air de doute et de tristesse :

« Ne me raillez-vous pas ? lui dit-il.

— Moi ! répliqua avec feu l'excellent docteur
Rothman ; mais que pensez-vous là ? je vous emmène
avec moi, vous allez finir librement vos études à
l'université de Lund, et avant peu, j'en suis sûr,
vous serez professeur vous-même. »

La prédiction du bon docteur s'accomplit ; à quelques années de là, la chaire de botanique de l'université d'Upsal retentissait du merveilleux enseignement du jeune professeur Charles Linné !

MOZART

NOTICE SUR MOZART.

Wolfgang-Amédée Mozart, né à Saltzbourg le 26 janvier 1756, protégé par l'empereur François Ier d'Autriche, vint en France en 1762, et toucha l'orgue devant le roi Louis XV dans la chapelle de Versailles; il n'avait pas huit ans alors; son portrait fut gravé d'après les dessins de Carmontelle. L'année suivante, il passa en Angleterre; il y fut hautement protégé par Georges III, qui, passionné pour la musique, se plaisait à en exécuter avec le jeune Allemand. Il parcourut encore les Pays-Bas et la Hollande, puis revint à Saltzbourg, où il se livra entièrement à l'étude approfondie de son art. En 1768, il reparut à la cour de Vienne, âgé de douze ans, et composa pour l'empereur Joseph II son premier opéra, *la Finta semplice*. Deux ans après, il fit son voyage d'Italie, d'où il écrivit un jour de Bologne cette admirable lettre d'enfant :

« Je vis toujours, toujours gai; aujourd'hui j'ai eu envie de monter à âne, car, en Italie, c'est la mode, et par conséquent j'ai pensé qu'il fallait en essayer. Nous avons l'honneur d'être en relation avec un cer-

tain dominicain qui passe pour un saint. Moi, je n'y
crois pas beaucoup, parce que je le vois déjeuner
d'abord avec une bonne tasse de chocolat, et puis
faire passer par-dessus un grand verre de vin d'Espagne. J'ai eu l'avantage de manger avec ce saint, qui
a bu bravement du vin tout le long du repas, qu'il a
clos par un grand verre de vin le plus fort, par deux
bonnes tranches de melon, par des pêches, des poires,
cinq tasses de café, une assiette de petits fours et force
crème au citron. Mais peut-être qu'il fait tout cela par
mortification; cependant j'ai de la peine à le croire;
ce serait trop à la fois, et puis, outre son dîner, il
soigne trop bien son souper. »

A son retour en Allemagne, il se lia intimement
avec Gluck et Haydn; puis il revint à Paris. Il se fixa
enfin à Vienne, où il mourut à peine âgé de trente-six
ans, le 5 décembre 1791. « Je meurs, dit-il, au moment où j'allais jouir de mes travaux; il faut que je
renonce à mon art lorsque je pouvais m'y livrer tout
entier, lorsque, après avoir triomphé de tous les
obstacles, j'allais écrire sous la dictée de mon cœur. »

Les principaux opéras de Mozart sont : *Don Juan,
les Noces de Figaro, la Clémence de Titus, Mithri-
date, la Flûte enchantée*, etc. Il faut citer encore,
pour la musique sacrée, sa fameuse messe de *Requiem*, des motets, des sonates; puis des symphonies,
des romances et même des valses qui sont autant de
chefs-d'œuvre.

MOZART.

En 1770, durant la semaine sainte, le pape Clément XIV officiait dans la chapelle Sixtine, entouré de ses cardinaux et d'un clergé nombreux. La chapelle était remplie de hauts dignitaires, des ambassadeurs étrangers et de quelques voyageurs d'élite admis sous leur protection. La foule qui n'avait pu pénétrer dans l'enceinte réservée se pressait dans l'immense basilique de Saint-Pierre, où retentissait le psaume lointain. C'était dans la chapelle Sixtine que des chanteurs célèbres faisaient· entendre le merveilleux *Miserere* d'Allegri, inspiration d'un génie religieux si pure, si émouvante, et d'un caractère tellement sacré, qu'elle semble avoir été transmise au maëstro par quelque apparition divine.

Tandis que le psaume montait, les cierges jaunes brûlaient et décroissaient aux candélabres à mille branches placés devant l'autel, et cette lueur mortuaire jetait ses blêmes reflets sur la grande fresque de Michel-Ange, qui semblait se mouvoir au mur.

Tous ces damnés s'agitaient, torturés par la douleur; leurs traits pâles et amaigris exprimaient
l'angoisse éternelle, leurs yeux versaient des
larmes de sang, leurs dents grinçaient, leurs membres décharnés se tordaient, et parfois les accords
aigus et déchirants du *Miserere* semblaient les
gémissements échappés de la poitrine des spectres
éperdus.

L'œuvre de Michel-Ange apparaissait en ce moment si terrible, et pour ainsi dire si vivante, que
presque tous les assistants et surtout les étrangers
tournaient vers elle leurs regards avec une admiration empreinte de terreur. Un enfant seul,
de douze à quatorze ans, à la taille élancée, à
la figure intelligente, et dont le front haut et
les grands yeux d'un bleu clair étincelaient sous
sa chevelure poudrée, paraissait ne prêter aucune attention à la fresque si merveilleusement
éclairée. La tête levée, et presque renversée en arrière, les yeux en extase, la bouche souriante et
entr'ouverte comme pour goûter les sons qui
montaient, les oreilles dressées ainsi que celles
d'un chien de chasse écoutant au loin les pas du
cerf qui approche, tout dans cet enfant exprimait l'attention la plus vive et la plus excitée.
On devinait qu'il était en proie à une profonde
émotion, et qu'il s'efforçait d'en fixer l'empreinte
ineffaçable dans son âme. Placé à côté de l'ambas-

sadeur d'Autriche, l'enfant qui écoutait ainsi restait
immobile, et il semblait comme pétrifié dans sa cu-

Mozart à la chapelle Sixtine.

lotte de soie blanche collante, dans son habit vert
à boutons d'argent et à basques doublées de satin,

et sous son jabot de dentelle qui ne frissonnait pas
même sur sa poitrine bombée ; mais lorsque la
dernière note du *Miserere* d'Allegri expira, l'enfant
sortit de son immobilité d'automate, il se fit comme
à lui-même un signe d'assentiment, et il quitta l'é-
glise en donnant le bras à l'un des secrétaires de
l'ambassadeur d'Autriche. S'il avait été immobile
tout à l'heure, il était maintenant muet, il ne paraissait pas entendre les réflexions que lui faisait
son compagnon sur la beauté de la cérémonie religieuse à laquelle ils venaient d'assister. Arrivé au
palais de l'ambassade, le jeune adolescent en habit
vert monta précipitamment dans la chambre qu'il
occupait, et se mit à tracer des signes inintelligibles
pour tout autre que pour lui, sur un cahier rayé qui
était là sur un pupitre.

Le soir, à la table de l'ambassadeur, on parla de
la cérémonie religieuse du jour, et de l'effet merveilleux qu'avait produit le *Miserere* d'Allegri.
« Quel dommage, dit l'ambassadeur, qu'on ne
puisse pas faire connaître au monde entier cette
musique, où le remords et la douleur gémissent
éternels et infinis ! Ce chant serait moralisant par
sa tristesse même ; les âmes qui l'auraient entendu
redouteraient de s'exposer aux douleurs qu'il ex-
prime.

— Vous devriez bien vous servir de cet argument
auprès de Sa Sainteté, répliqua l'ambassadeur de

France qui dînait chez son confrère, pour obtenir
une copie de cet air sacré.

' · — Tous nos arguments échoueraient, répondit
l'ambassadeur d'Autriche ; voilà plusieurs siècles
que cette musique fut composée par Allegri, et
jamais elle n'a retenti que sous la voûte de la chapelle Sixtine : ni rois ni empereurs n'ont pu l'obtenir des papes qui se sont succédé ; ils répondaient
aux requêtes royales que' ce chant faisait partie
du trésor sacré de Saint-Pierre et ne devait pas en
sortir. »

· Un sourire d'orgueil glissa sur la lèvre de l'enfant
à l'habit vert, qui dînait à la table de l'ambassadeur.

Le lendemain, vendredi saint, à l'heure de l'office, on eût pu voir le même enfant à la même place
que la veille, écoutant encore le fameux *Miserere* ;
mais cette fois sa tête, au lieu de se lever contem-
plative, était affaissée sur sa poitrine, son œil se
baissait et lisait comme à la dérobée dans son chapeau, qu'il tenait à la main, et au fond duquel il
avait enroulé un cahier. Un cardinal l'aperçut, et
dès lors ne cessa plus de l'observer.

Le soir, il y avait grand concert à la villa Bor-
ghèse : le palais et les jardins étaient illuminés, et
une de ces belles nuits d'Italie toute ruisselante de
lumières suspendait à la cime des grands arbres
les étoiles comme des fruits d'or. Les statues des
bosquets ressemblaient à des femmes craintives qui

se cachaient pour entendre les airs mélodieux s'é-
chappant des salons par les fenêtres ouvertes. Aux
chants succédaient des morceaux de musique in-
strumentale. Il y eut un moment où tous les assistants se pressèrent dans la galerie des marbres :
une main exercée venait de faire entendre quelques
préludes sur le clavecin : « C'est lui ! c'est lui ! disait-on ; c'est la merveille de l'Allemagne ! » et
chacun désignait du geste l'enfant à l'habit vert qui
méditait le matin dans la chapelle Sixtine. L'ambassadeur d'Autriche se tenait près de lui, le coude
appuyé sur le clavecin, l'encourageant du regard.
Tout à coup, au prélude de l'instrument, la voix de
l'enfant s'élève, et il entonne avec force et suavité
le *Miserere* d'Allegri, qui jamais n'avait retenti avec
plus de vérité et de précision. Tous restaient béants
de surprise et d'admiration : quelques-uns criaient
au miracle, d'autres parlaient de profanation et
de vol.

« Pour qu'il sache aussi parfaitement ce chant, il
faut qu'il l'ait écrit pendant qu'on l'exécutait, dirent
plusieurs.

— Oui, oui, il l'a écrit, s'écria un cardinal, le
même qui le matin avait observé l'enfant dans la
chapelle Sixtine.

— Votre Éminence en est-elle bien sûre ? répliqua l'ambassadeur d'Autriche, qui, tenant par la
main le jeune musicien, s'approcha du cardinal.

— Mais je crois l'avoir vu, murmura Son Émi-nence.

Mozart à la villa Borghese.

—Monseigneur, vous m'avez vu lire et non écrire,

répondit l'enfant respectueusement, mais avec assurance.

— Mais ce que vous lisiez, vous l'aviez écrit sans doute ?

— Oui, je l'avais écrit de mémoire.

— De mémoire ! impossible, car pas une note ne manque au chant que nous venons d'entendre, c'est la copie sans altération du *Miserere* d'Allegri.

— Sans doute, monseigneur, ajouta l'enfant, et quoi de plus simple ? Cet air a tellement ému mon âme, qu'il s'est empreint en elle jusqu'à la dernière mesure. Voilà la vérité, et je vous le jure, monseigneur, par ce chant sacré. »

La foule restait confondue. Les princes et les hauts dignitaires entouraient l'enfant et le complimentaient ; quelques rébarbatifs disaient ;

« N'importe, il faut lui interdire de répéter ce chant et surtout de le transcrire !

— Et comment faire ?

— Le pape en décidera, » dit le même cardinal à qui le petit musicien venait de faire son serment.

Le lendemain, l'enfant de génie était mandé au Vatican : le pape avait désiré le voir. Il traversait d'un pas léger et tranquille ces vastes et magnifiques salles que Raphaël a décorées, et son œil bleu, intelligent et fier, s'arrêtait avec admiration sur les fresques immortelles dont nos jeunes lecteurs peuvent voir de belles copies au Panthéon.

Après avoir erré et attendu dans ces salles où l'attente est si facile à l'esprit, il fut introduit dans le cabinet du pape. Deux attachés de l'ambassade d'Autriche le suivaient. Clément XIV lui tendit son anneau à baiser et lui dit avec bonté :

« Est-il vrai, mon enfant, que ce chant sacré, réservé jusqu'ici pour notre seule basilique de Rome, se soit gravé dans votre mémoire à la première audition?

— C'est la vérité, saint-père.

— Et comment cela se peut-il?

— Sans doute par la permission de Dieu, répliqua naïvement le jeune artiste.

— Oui, c'est Dieu qui fait le génie, reprit le saint-père, et vous êtes évidemment, mon fils, un de ses élus. Si Dieu a permis que vous pussiez vous approprier miraculeusement ce chant, c'est que, sans doute, vous êtes destiné à en créer pour l'Église d'aussi beaux, d'aussi religieux dans l'avenir. Allez donc en paix, mon enfant. » Et il lui donna sa bénédiction, à laquelle furent ajoutés, par son ordre, de riches présents.

Cet enfant prodigieux fut Mozart, l'auteur de tant de chefs-d'œuvre, parmi lesquels il n'est personne qui ne connaisse *Don Juan* et la messe de *Requiem*. Dès l'âge de trois ans, son père lui avait appris les premières notions musicales, et il en avait à peine six, qu'il exécutait des morceaux de clavecin devant

25

l'empereur François Ier d'Autriche, qui le surnomma
son petit sorcier, et l'associa aux jeux de l'archi-
duchesse Marie-Antoinette, encore enfant.

Durant ce voyage d'Italie, où nous venons de le
voir à Rome donner une preuve si éclatante de son
génie naissant, Mozart s'arrêta d'abord à Bologne
pour voir le maëstro Martini, si célèbre dans la
science du contre-point. Cet harmoniste consommé
fut confondu, selon sa propre expression, des
éclairs que lançait cette jeune tête, et il lui prédit
avec assurance la gloire qui la couronna plus
tard.

L'académie des *Philharmoniques* de Bologne, dé-
sirant s'associer le jeune Allemand, lui fit subir
l'épreuve imposée aux récipiendaires : il fut enfermé
dans une chambre où il trouva le thème d'une fugue
à quatre voix. En une demi-heure le morceau fut
composé, et Mozart reçut son diplôme. Personne, à
son âge, n'avait obtenu avant lui cette marque de
distinction.

De Bologne il passa à la cour de Toscane. Le
grand-duc, ravi de l'entendre, le combla d'honneurs
et de présents ; la belle galerie de l'ancien palais
des Médicis retentit de ses chants : on eût dit que
les peintures s'animaient pour l'écouter, et la Vénus
pudique semblait lui sourire. La présence de ces
chefs-d'œuvre l'inspirait : il se surpassa ; jamais sa
voix n'exprima avec plus d'âme ses improvisations

sublimes. Il avait trouvé là une atmosphère digne
de lui. Comme ces oiseaux des tropiques qui rou-
coulent leurs chants au milieu du triple éclat des
grandes fleurs, de la lumière et des eaux murmu-
rantes, il chantait parmi les marbres, les tableaux
et le luxe éblouissant d'une cour amie des arts et
des lettres.

Mais son triomphe le plus grand et le plus sin-
gulier fut à Naples. Là on ne put croire au génie
naturel de l'enfant merveilleux. L'enthousiasme se
changea en superstition : on prétendit, et plusieurs
l'affirmèrent, que son talent magique était l'effet
d'un talisman. Ne souriez pas, jeunes lecteurs;
ceci n'est que la conséquence de la faiblesse de
l'esprit humain. Tout ce que notre orgueil ne peut
pénétrer, il le revêt volontiers de magie. Ceux qui
écoutaient à Naples le petit Mozart, n'étant pas en
état de le comprendre et encore moins de l'égaler,
trouvaient une sorte de consolation vaniteuse à
crier au sortilége.

Mozart ne faillit point à son enfance glorieuse.
Nous ne le suivrons pas dans sa courte vie si bien
remplie, nous dirons seulement qu'elle fut close
par une composition religieuse, la fameuse messe
de *Requiem*. Le génie d'Allegri, qui avait inspiré
son enfance, vint lui sourire et l'embrasser en père
au moment de sa mort. D'une main défaillante et
d'une voix éteinte, il essayait cette musique funè-

bre qui, disait-il, serait chantée sur sa tombe. Une
heure avant d'expirer, il la parcourait encore des
yeux : « Ah! s'écriait-il, j'avais bien prévu que
c'était pour moi-même que je composais ce chant
de mort! »

WINCKELMANN

NOTICE SUR WINCKELMANN.

Jean-Joachim Winckelmann, un des plus illustres antiquaires des temps modernes, était le fils d'un pauvre cordonnier de Steindall, ville de la vieille marche de Brandebourg. L'enfant montra tout petit les plus heureuses dispositions pour tout ce qui touchait aux arts : l'architecture, la sculpture, la peinture, la musique, l'euphonie des langues l'attiraient invinciblement; il échangea ses prénoms de Jean-Joachim contre celui de *Giovanni*, comme plus harmonieux, et c'est toujours ainsi qu'il signa ses ouvrages. Son père comprit son intelligence sans toutefois en deviner l'aptitude particulière, et malgré son extrême pauvreté, il s'imposa des privations de tous genres pour subvenir aux dépenses que nécessitait l'éducation primaire de son fils. Malheureusement il devint infirme et dut entrer dans un hôpital.

Dans ce dénûment complet, le jeune Winckelmann aurait été réduit à entrer dans un atelier, sans l'appui que lui prêta le vieux recteur du collége de Steindall. Ce bon vieillard se nommait Toppert, il avait remarqué les merveilleuses dispositions de son élève, et en peu

de temps il le vit expliquer et commenter avec la
même précision que lui-même aurait pu le faire, les
auteurs classiques de la Grèce et de Rome. La Grèce
surtout l'attirait invinciblement. Il se passionna pour
Hérodote et pour Homère; il trouvait en eux des des-
criptions qui lui faisaient comprendre toute la beauté
de l'art grec, dont l'image l'enivrait avant même d'en
avoir pu admirer les chefs-d'œuvre ; il ne rêvait
qu'antiquités grecques et romaines, et souvent il entraînait ses compagnons d'études dans un champ voisin
de Steindall, où l'on avait découvert des lampes et des
urnes helléniques ou étrusques, et là, sous la direction du jeune Winckelmann, les écoliers faisaient de
petites fouilles. Un jour Winckelmann rapporta en
triomphateur deux urnes antiques qui sont encore à
la Bibliothèque de Sechausen.

A l'âge de seize ans, son bienfaiteur Toppert permit à Winckelmann d'aller à Berlin commencer ce
que l'on appelle en allemand des cours académiques.
Bientôt le recteur du collège de Baaken lui confia la
surveillance de ses enfants et lui offrit en retour chez
lui le logement et la table. Winckelmann put alors
économiser de petites sommes qu'il envoyait à son
père qui languissait infirme dans l'hospice de Steindall. Au bout d'un an, Toppert le rappela dans cette
ville et lui fit donner la place de chef des choristes.
Le soir il se joignait, selon l'usage de l'Allemagne,
aux pauvres écoliers qui chantaient dans les rues des
cantiques et des motets. Il parvenait ainsi à grossir les
petites sommes qu'il portait régulièrement à son père.

Le moment de choisir enfin une carrière arriva pour lui ; on lui conseilla de se faire ministre évangélique, mais cette seule pensée l'épouvantait. Vivre dans la froide Allemagne en pasteur protestant lui semblait à jamais emprisonner sa jeunesse et son âme. Une image radieuse, celle de la Grèce antique, remplissait toute son imagination ; le soleil et l'art de cette terre prédestinée brillaient devant lui : c'était comme une tentation fixe qui ne lui laissait plus de repos. A défaut de la Grèce, ne pourrait-il visiter l'Italie, qui avait hérité d'une partie des merveilles d'Athènes ? Ce rêve s'empara de son esprit ; pour le réaliser il aurait tout sacrifié. A force de vivre en pensée dans l'antiquité, il se passionna jusque pour ses fables. La beauté des dieux et des déesses d'Homère et la splendeur des marbres de Phidias constituèrent pour lui un idéal radieux qui lui paraissait bien supérieur aux religions qui lui avaient succédé ; la grandeur et la sainteté du christianisme lui échappaient, il n'en voyait que le côté sombre et tourmenté et s'éprenait plus vivement de la sérénité de l'art grec. Insensiblement il devint païen par amour du beau.

Il quitta Steindall et passa deux ans dans l'université de Halle, poursuivant son rêve dans une pauvreté voisine de la misère : il ne vivait le plus ordinairement que de pain et d'eau. Tantôt il s'imaginait qu'il allait faire des fouilles dans les pyramides d'Égypte, tantôt qu'il remuait le sol voisin d'Olympie et en retirait les chefs-d'œuvre enfouis de Phidias et de Lysippe. Sa seule joie durant ces années de vocation refoulée fut

d'aller visiter le musée de Dresde, où il put voir enfin
quelques beaux marbres antiques. Il se décida durant
plusieurs années à être tour à tour précepteur dans
des maisons particulières et professeur dans des institutions publiques Enfin lassé de cette vie de con-

Le comte lui donna aussitôt un asile dans le château.

trainte, il se détermina à écrire au comte de Bunau;
très-riche seigneur allemand, lettré et ami des arts.
Winckelmann sollicita de lui de le placer dans un
coin de sa bibliothèque; le comte lui donna aussitôt
asile dans le château où cette magnifique bibliothèque

était réunie, et il fut pour Winckelmann un Mécène plein de bonté. C'est alors que le jeune antiquaire s'écria : « La religion chrétienne et les muses se sont disputé la victoire, enfin les dernières l'emportent! »

Tandis que Winckelmann vivait dans ce château, pouvant se livrer exclusivement à ses chères études et posant déjà les principes de sa magnifique *Histoire de l'art,* le nonce du page à Dresde, vint visiter la bibliothèque du comte de Bunau, et frappé de l'érudition artistique de Winckelmann, il lui dit : « Vous devriez venir à Rome! » Ceci fut l'étincelle électrique qui fit prendre feu à son rêve. Aller à Rome, obtenir une place à la bibliothèque du Vatican, c'était à n'y pas croire. Le nonce y mit pour seule condition que Winckelmann se ferait catholique! — « Voulez-vous, lui disait-il, voir l'Apollon du Belvéder, la Vénus de Médicis, les Faunes, les Muses, Silène, etc., etc., abjurez! » Le cœur et l'esprit de Winckelman, indifférents à tout hors à la beauté des dieux d'Homère, ne trouvèrent pas une objection.

Enfin il vit l'Italie, il résida à Rome, il séjourna à Naples et assista aux fouilles d'Herculanum. C'est à Rome qu'il écrivit tous ses ouvrages; il vécut là heureux, compris, fut nommé membre de toutes les académies de l'Italie, et celles de l'Allemagne et de Londres l'admirent dans leur sein.

Ses compatriotes, fiers de sa renommée, le prièrent de revenir en Allemagne; le grand Frédéric voulut se l'atttacher. Winckelmann résista à toutes ces instances; l'Italie avec sa lumière, son ciel et ses montagnes do-

rées, étant désormais sa mère adoptive, il n'eût consenti
à la quitter pour toujours que si la Grèce l'eût appelé.
Cependant il promit à ses amis d'aller les revoir; il
s'éloigna de Rome avec une grande tristesse et comme
envahi par le pressentiment que ce voyage en Allemagne lui serait funeste. A mesure qu'il s'approchait des
Alpes et des gorges du Tyrol, sa tristesse augmentait ;
les honneurs qu'il reçut à Munich, à Vienne et dans
toutes les cours de l'Allemagne ne purent lui rendre la
gaieté; il avait perdu son soleil et ses dieux. Le premier
ministre d'Autriche mit tout en œuvre pour l'attacher
à sa cour; ses amis insistèrent, mais, dit l'un d'entre
eux, nous remarquâmes *qu'il avait les yeux d'un mort*,
et nous ne voulûmes pas le tourmenter davantage. La
vie pour lui, c'était la lumière et l'art qui, de la Grèce,
s'étaient réfugiés en Italie; la mort, c'était la froide
et didactique Allemagne. Enfin, il en partit accablé des
honneurs et des présents que les souverains lui avaient
prodigués ; il reprit la route de sa patrie adoptive ; on
ne sait quel motif le détermina à passer par Trieste
pour s'y embarquer pour Ancône. Il rencontra en chemin un misérable, nommé François Archangeli, déjà
repris de justice, et qui parvint à s'insinuer dans la
confiance de Winckelmann, qui lui montra les magnifiques médailles d'or qu'il avait reçues des princes de
l'Allemagne. Arrivé à Trieste, Archangeli se logea dans
la même hôtellerie que Winckelmann. Un jour que
celui-ci lisait Homère, il vit entrer dans sa chambre
son compagnon de route qui le pria de lui laisser admirer encore une fois ses médailles. Winckelmann,

pour le satisfaire, s'empressa de se diriger vers sa malle et de s'agenouiller pour l'ouvrir. Aussitôt Archangeli lui passe un nœud coulant autour du cou et tente de l'étrangler. Winckelman résiste avec force, mais l'assassin lui plonge cinq coups de couteau dans le bas-ventre ; un coup frappé à la porte par un enfant effraya ce misérable, qui prit la fuite en laissant là les médailles qui devaient être le prix de son crime. Les blessures de Winckelmann étaient mortelles ; il expira après sept heures d'agonie le 8 juin 1768 ; il avait gardé jusqu'à la fin toute sa présence d'esprit. Le principal ouvrage de Winckelmann est son *Histoire de l'art* ; ses *Remarques sur l'architecture des anciens* et son *Recueil de lettres sur les découvertes faites à Herculanum, à Pompéïa, à Stabia*, sont aussi très-appréciés des artistes et des connaisseurs.

WINCKELMANN.

Un grand homme savetier.

Nous ne connaissons rien de plus triste que l'é-
choppe d'un cordonnier ; bientôt l'élégance et la propreté qui s'étendent dans tous les quartiers auront
fait disparaître de Paris ces espèces de huttes ; mais
à l'heure qu'il est on peut, en cherchant bien loin,
en découvrir encore quelques-unes, et d'ailleurs,
dans les maisons d'ouvriers, beaucoup de loges de
portiers sont de véritables échoppes. Les cordon-
niers, toujours assis et tirant leur fil sans désem-
parer, sont des portiers très-appréciés par les pro-
priétaires. Mais parlons de la véritable échoppe :
c'est habituellement une petite construction pa-
rasite en bois ou en grossière maçonnerie adossée
à quelque mur de jardin, d'église ou de clôture. Une
des façades de l'échoppe se compose d'un vitrage
mi-partie en papier et mi-partie en verres ; dans
ce vitrage est comprise la porte d'entrée, basse et
étroite ; au-dessus d'une planche formant devan-
ture sont suspendus quelques morceaux de cuir

séchant à l'air ; sur la planche sont quelques vieilles
chaussures et un ou deux pots où croissent des
plantes de *baume* vulgairement appelé *basilic*, dont
le vif parfum mitige l'odeur forte et déplaisante du
cuir.

Dans l'intérieur se trouve l'établi (tout près du
vitrage) couvert de l'ouvrage commencé, des matériaux pour faire ou radouber les chaussures et des
instruments de cordonnier ; deux ou trois escabeaux
sont autour de l'établi ; dans le fond est un petit
poêle et le pauvre lit du ménage, si ménage il y a ;
aux murs sont toujours appendus quelques gravures
et un petit miroir à barbe.

C'était une échoppe pareille qu'habitait en 1729
un pauvre savetier de la petite ville de Steindall, en
Allemagne. Cette échoppe était adossée contre le
mur noir et moussu du jardin du collége, et bien
souvent les écoliers, à l'heure de la récréation,
s'amusaient à lancer des fruits ou des noix sur la
pauvre habitation en criant : « Bonjour, savetier ! »
D'autres fois c'étaient leurs souliers à rapiécer qu'ils
lui lançaient de la sorte, au risque d'être fort répri-
mandés par leurs surveillants ; ce voisinage avait
établi une sorte de connaissance entre le collége et
l'honnête cordonnier, qui rapportait fidèlement les
chaussures qui lui arrivaient d'une manière aussi
inusitée. Insensiblement il avait obtenu la clientèle
de tous ces petits démons, et elle n'était pas à dé-

daigner, car les mouvements turbulents de l'enfance
sont la destruction des souliers.

Penché sur son établi, le pauvre ouvrier travaillait du matin au soir, malgré ses douleurs de rhumatisme aigu qui lui arrachaient parfois des cris.
Il était maigre et paraissait déjà bien vieux quoiqu'il eût à peine cinquante ans ; la misère et la
maladie doublent les années. Des mèches de cheveux blancs pendaient sur ses tempes amaigries et
contrastaient avec ses yeux perçants surmontés de
sourcils noirs. Veuf et malheureux depuis plusieurs
années, le pauvre homme ne souriait jamais, excepté le soir quand son fils revenait de l'école et
l'embrassait en passant ses deux bras autour de son
cou. Alors l'échoppe était en fête, le savetier quit-
tait ses outils et son tablier de cuir ; il lavait ses
mains dans une jatte d'eau, ravivait le feu du poêle
et se mettait à préparer le repas du soir comme
une ménagère ; des volets de bois mal joints étaient
à l'intérieur poussés contre le vitrage ; le père et
l'enfant se sentaient chez eux, et tout en soupant
ils se racontaient leur journée ; l'enfant, délicat
mais charmant, au visage expressif, à la chevelure
blonde, disait à son père comment il apprenait
chaque jour quelque chose de nouveau, et comment
ses maîtres, enchantés de ses progrès, parlaient de
le faire entrer au collège comme un écolier modèle.
Le père, radieux, embrassait alors l'enfant, le re-

26

gardait avec orgueil presque comme on regarde quelque chose de supérieur à soi, et s'écriait attendri ;

« Oh ! mon bon Joachim, que ne suis-je riche, je ferais de toi un homme savant et heureux !

— Je veux commencer par être savant, répliquait le petit Joachim, puis nous serons heureux après. »

Et, tout en parlant ainsi, il aidait son père à faire le ménage et demandait au pauvre bonhomme qui il avait vu et ce qu'il avait fait dans la journée. Le souper fini, le père reprenait son ouvrage et l'enfant lui faisait la lecture des livres qu'il recevait en prix à l'école. Le père l'engageait à lire parfois dans sa vieille Bible, c'était la Bible de son mariage et que sa femme en mourant avait baisée. Mais le petit Joachim préférait la lecture d'une traduction allemande d'Homère qui avait été son prix d'honneur. Insensiblement le pauvre savetier prit intérêt à ces héroïques récits qui passionnaient son fils. A chaque chant, l'enfant s'arrêtait pour peindre sa surprise et son ravissement : quel monde ! quel pays ! quel ciel ! quels paysages ! quelle beauté devaient avoir ces dieux et ces héros ! Un jour il ajouta :

« Mais il manque quelque chose à ce livre !

— Eh quoi donc ? dèmanda le père.

— Il lui manque de belles images qui fassent vivre à nos yeux ces dieux et ces déesses dont Ho-

Le père reprenait son ouvrage et l'enfant lui faisait la lecture.

mère chante la beauté. Oh! mon père, si nous étions riches, nous achèterions Jupiter, Junon, Mars et Vénus, Vénus surtout, que je vois toujours entourée d'une vapeur rose et se baignant dans la mer Égée ! »

Le pauvre savetier écoutait son fils sans bien le comprendre, mais ce qu'il comprenait par le cœur, c'est que son fils avait des désirs que sa pauvreté l'empêchait de satisfaire, et il en souffrait chaque jour de plus en plus. Il sentait ses infirmités s'accroître, et il se disait qu'avec elles la misère augmenterait dans la pauvre échoppe. Pour ne pas attrister son fils il dissimulait sa détresse, mais quand il était seul dans la journée, de grosses larmes roulaient parfois sur ses joues amaigries. Or rien n'est déchirant comme les larmes d'un homme, et surtout d'un vieillard ; il lui faut une grande angoisse, il faut qu'il souffre bien amèrement pour que sa douleur se traduise de la sorte. Le pauvre père n'avait pas d'autre joie dans sa vie de peine que de voir sourire son enfant quand il rentrait le soir de l'école ; aussi s'ingéniait-il chaque jour à lui procurer quelque petite surprise qui fît petiller ses yeux d'enfant ; tantôt c'était une friandise qu'il ajoutait au souper frugal, comme aurait fait une mère ; tantôt un livre qu'il achetait à quelque colporteur, se privant deux ou trois jours de fumer sa pipe (cette compagne si chère à un Alle-

mand) pour donner cette satisfaction à son cher
petit Joachim.

Depuis le soir où l'enfant avait souhaité des
images au livre d'Homère, le bon savetier ne rêvait
plus qu'à satisfaire son désir. Mais où trouver un
Jupiter, une Junon et surtout une Vénus? Il n'y
avait pas de musée à Steindall et jamais le vieillard n'avait aperçu l'image de la plus belle des
déesses.

Un matin qu'il allait reporter au collége les souliers raccommodés de quelques écoliers, le portier
le fit attendre dans une espèce de parloir tandis qu'il
allait lui chercher le prix de son travail et d'autres
chaussures à réparer. Le savetier regardait attentivement les murs de cette pièce ornée de petits cadres
qui renfermaient les dessins des enfants; c'étaient
quelques académies, des dieux et des héros grecs,
et parmi eux deux Vénus: la *Vénus de Médicis* et la
Vénus accroupie; en voyant ce nom de Vénus écrit
au bas des deux cadres où se trouvait la belle
déesse, le vieillard courbé par l'âge et la souffrance
se redressa de plaisir. Le portier le trouva en extase
devant ces dessins fort médiocres de deux marbres
de l'antiquité.

« Que regardez-vous donc là, mon vieux, lui dit-il
très-étonné, est-ce que ces deux belles femmes vous
plaisent?

— Oh! oui, et je consens à vous laisser l'argent

que vous alliez me remettre, si vous me permettez
de les emporter. »

Le portier se mit à rire aux éclats.

« Oh! ne vous moquez pas de moi, répliqua le
bon savetier, c'est pour complaire à un désir de
mon enfant qui ne rêve que déesses de l'antiquité.

— Et quel âge a-t-il ce petit gars? reprit le
portier.

— Il a dix ans, reprit le père.

— Allons, allons, il est précoce, continua l'autre
en riant toujours.

— Oh! je vous en réponds qu'il est précoce; il
est toujours le premier à l'école gratuite, il sait
déjà tout ce que savent les maîtres, et s'il pouvait
entrer dans votre collége, je vous réponds qu'il deviendrait bientôt le plus fort des élèves. Oh! mon
bon monsieur, continuait le vieillard voyant que
le portier ne riait plus et l'écoutait avec attention,
faites quelque chose pour lui, parlez-en à votre
recteur et, en attendant, laissez-moi emporter ces
images si vous n'y tenez pas trop.

— Attendez, attendez un peu, répondit le portier
que flattait cet appel à sa protection, voilà trois de
ceux qui dessinent qui jouent en ce moment à la
balle dans la cour, ce sont eux qui m'ont donné ces
images, comme vous dites; ils doivent en avoir d'autres qu'ils vous donneront volontiers, car ce sont
de bons petits diables. »

Le concierge appela les trois écoliers, qui bon-
dirent vers lui, et quand ils surent l'objet de la
convoitise du savetier :

« Certainement que nous allons vous satisfaire, »
s'écriaient-ils tous à la fois; et courant d'un trait à

Ils revinrent avec des brassées d'études.

la salle de dessin, ils en revinrent rapportant des
brassées d'études et d'ébauches : tenez, disaient-ils
en éparpillant les feuilles aux pieds du savetier,
tenez voilà des Vénus, des Nymphes et des Amours
aussi, emportez tout cela pour votre enfant; puis-

qu'il aime instinctivement ces objets, c'est qu'il
est peut-être destiné à devenir un grand peintre!
Amenez-nous-le, nous le ferons examiner par notre
maître. »

L'heureux vieillard se confondait en remercîments
et ne savait comment prouver sa reconnaissance ; il
disait au portier et aux enfants, tout en mettant en
ordre les précieux dessins :

« Usez de ma pauvre industrie tant que vous voudrez, je ne prendrai plus votre argent, vous m'avez
payé pour toute votre vie! »

Les écoliers se prirent à rire de cette idée.

« Allons, mon bonhomme, dirent-ils, ne songez
qu'à vous réjouir, et amenez-nous demain votre
petit Joachim ; » et lançant leurs balles, ils rega-
gnèrent la cour.

Le portier reconduisit jusqu'à la porte extérieure
le vieillard radieux:

« A demain, lui dit-il, je vous promets de parler de
votre enfant aujourd'hui même au recteur. »

Le bienheureux savetier regagna son échoppe en
fredonnant un vieil air allemand. Il n'avait pas
chanté depuis la mort de sa chère femme, et il
fallait que son contentement fût bien grand pour
qu'il éclatât par ce refrain que la pauvre défunte
murmurait elle-même auprès du berceau de leur
enfant.

Rentré chez lui, il ne songea pas à se remettre à

l'ouvrage; il se donna vacance pour le reste de la journée; il s'enferma dans son échoppe et commença à aligner et à pendre au mur toutes ces feuilles de dessin; il voulait que son enfant en eût l'heureuse surprise en les apercevant tout à coup à son retour de l'école. Les Vénus furent placées au milieu, les amours et les personnages secondaires de chaque côté; quand cette besogne fut terminée, il sortit pour acheter son souper, et comme il avait reçu un peu d'argent du collége et que ce jour était pour son cœur une grande fête, il rapporta une oie, une tarte aux pommes et une cruche de bière. Depuis bien des années le pauvre ouvrier ne s'était pas attablé à pareil festin. Il étendit une nappe blanche sur la petite table, dressa le couvert et le repas, cacha dans un coin les savates et les outils, alluma le poêle et la petite lampe de fer et attendit avec impatience le retour de Joachim.

L'enfant entra apportant à son père un pot de giroflées que la femme du maître d'école, qui l'aimait beaucoup, lui avait donné. On eût dit que, prévoyant cette petite fête de famille, il voulait y ajouter la grâce de cette fleur.

« Qu'y a-t-il donc? dit-il en pénétrant dans l'échoppe et sans avoir aperçu les dessins pendus au mur, quel beau couvert! Attendez-vous à souper ce vieux cousin de Schausen qui devait nous faire visite il y a un mois?

— Je n'attends que toi, et c'est toi que je fête,
répliqua le père en entourant de ses bras son cher
enfant. Mais regarde donc un peu, ajouta-t-il, en
face de toi, à côté du tuyau du poêle. »

Joachim leva la tête et aperçut les dessins; ce fut
d'abord un cri de surprise, puis une longue extase
muette. Il en décrocha deux et les posa sur la table,
et soutenant sa tête entre ses deux mains, il se mit à
considérer les dessins avec une fixité de regard
étrange. Au bas de l'un était écrit : *d'après la Vé-*
nus en marbre qui est à Florence; au bas de l'autre :
d'après une frise du Parthénon d'Athènes. Un de
ces crayons noirs était un reflet bien imparfait de la
Vénus de Médicis, l'autre d'une de ces magnifiques
canéphores aux draperies flottantes qui semblaient
se mouvoir sur les frises du Parthénon et qu'on
peut voir aujourd'hui dans le Musée de Londres.
Certes, ces dessins d'écolier ne donnaient qu'une
idée bien incomplète de ces divines sculptures; le
relief, les contours et les proportions de l'œuvre
primitive manquaient; il manquait surtout cette
couleur dorée qui parfois donne au marbre l'ani-
mation de la vie. N'importe, ces esquisses gros-
sières gardaient quelque chose encore de l'idéale
beauté de ces merveilleuses créations de l'art. Le
jeune Joachim les contemplait avec ivresse. Pour la
première fois, elles rendaient palpable pour lui la
beauté de la forme dont il avait tant rêvé en lisant

l'*Iliade*. Mais ces deux œuvres d'art dont il n'apercevait que le reflet existaient dans toute leur beauté en Grèce et en Italie. Dès lors, ces deux terres classiques du beau devinrent les mondes de ses rêves.

Le lendemain de ce jour, le vieux savetier revêtit ses habits du dimanche, il habilla son fils de son mieux et le conduisit au collége. Le portier les reçut en protecteur sûr de son fait.

« Venez, venez, mon petit ami, dit-il avec un sourire de triomphe et en prenant Joachim par la main, j'ai parlé de vous à notre excellent recteur M. Troppert, il vous attend. Et se retournant vers le savetier il ajouta : Suivez-nous, mon brave homme, vous verrez que je ne promets rien que je ne fasse. »

Il traversèrent plusieurs cours intérieures et arrivèrent au cabinet du recteur. C'était un beau vieillard à cheveux blancs, à la figure expressive et sereine ; il fit approcher l'enfant avec bonté et commença à l'interroger sur ses études. Le petit Joachim répondit avec netteté, esprit et certitude sur toutes les questions; il émerveilla le recteur; parfois même il allait au delà de ses demandes; c'est ainsi que, lorsqu'il fut interrogé sur la littérature grecque, il démontra comment, dans cette admirable civilisation, la poésie et l'art avaient découlé de la religion, et dit sur l'admirable sculpture de l'antiquité des choses qu'il ne pouvait connaître encore que par intuition.

Quand le bon recteur lui demanda s'il se sentait
des dispositions pour le dessin, il répondit qu'il

Il émerveille le recteur.

se sentait de l'attrait, et qu'apprendre à dessiner lui
serait toujours bon, ne serait-ce que pour fixer les

lignes et les contours des chefs-d'œuvre de la sta-
tuaire et de la peinture qui le frapperaient, ainsi
qu'on écrit des notes sur un sujet littéraire.

Le recteur remarqua la justesse de cette réponse,
et lui promit qu'il entrerait dès le lendemain dans
la classe de dessin.

« Se peut-il, grand dieu! s'écria le savetier, qui
jusqu'alors avait gardé le silence. Vous allez ad-
mettre mon pauvre enfant dans votre collége?

— Oui, dès ce soir revenez avec son petit bagage,
c'est une chose réglée. »

Le savetier se confondait en remercîments et
bénédictions.

L'enfant salua avec respect et bonne grâce le
recteur, qui le baisa au front en répétant : « A ce soir,
mon petit ami. »

Le père et l'enfant sortirent tout joyeux, en adressant mille remercîments au portier.

Dans le premier moment, le savetier ne voyait
que l'éducation qu'allait recevoir son fils, et celui-ci
ne songeait qu'à ses chères études. Mais quand ils
se retrouvèrent tous deux dans la pauvre échoppe
où leur affection mutuelle leur avait donné, la veille
encore, de si bonnes heures, tout en faisant un pa-
quet de ses livres, de ses chemises et de ses pauvres
habits, le petit Joachim se prit à pleurer et son père
étouffa de longs sanglots. Les larmes ne font pas
de ravages dans la jeunesse, on dirait la rosée qui

glisse sur les fleurs ; mais les larmes des vieillards
sont amères et destructives, elles ressemblent à ces
orages qui ébranlent, déracinent et portent la mort
dans la nature. Le malheureux savetier était si pâle
tout en aidant à son fils, qu'il semblait frappé d'un
mal subit.

« Ne plus revenir ici chaque soir pour souper
avec vous et pour coucher auprès de vous, ce sera
bien triste, disait l'enfant, dont les pleurs conti-
nuaient à couler.

— Il le faut bien, répliquait le père essayant de
cacher sa propre défaillance, tu me donneras un
bonsoir à travers le mur en me jetant par-dessus
une branche d'arbre ou un petit caillou. »

L'enfant sourit de cette idée et promit de n'y pas
manquer.

Ils se raffermirent le mieux qu'ils purent, et vers
la nuit ils gagnèrent la porte du collége ; elle se
referma vite sur le petit Joachim : il avait fallu brus-
quer les adieux.

C'était l'heure de la récréation du soir ; l'enfant fut
bientôt distrait de sa tristesse par l'empressement
de ses nouveaux compagnons, qui tous lui firent
bon accueil. Il n'en fut pas de même du père, qui
resta seul après cette séparation. En sortant du collége, il n'eut pas le courage de regagner tout de
suite sa pauvre échoppe ; il erra au pied des murailles qui renfermaient désormais son fils bien-

aimé, et quoique la nuit fût très-froide, il en fit plusieurs fois le tour. Il lui semblait que l'enfant allait lui apparaître quelque part à travers ces pierres. Il ne se décida à rentrer que lorsque le tintement de la cloche du collége annonça l'heure du dortoir ; il alluma sa petite lampe de fer, mais il n'eut pas le courage de faire du feu pour préparer son souper et pour se réchauffer ; il se coucha tout transi et accablé de tristesse, et quand il voulut étendre ses pauvres. membres sur son grabat, il sentit revenir plus aigu et plus poignant le rhumatisme dont il souffrait depuis tant d'années. Il passa la nuit dans une grande détresse, et lorsqu'il voulut se lever le lendemain, cela lui fut impossible : il était cloué dans son lit comme un paralytique ; il entendit quelques pratiques heurter à sa porte sans pouvoir aller leur ouvrir ; bientôt il entendit retentir sur sa toiture le petit caillou qui était le bonjour de son fils, et il ne put lui répondre par le chant convenu. Trois fois l'enfant recommença son signal, et toujours l'échoppe resta muette, car le pauvre homme avait la langue à moitié liée et ne pouvait plus articuler que de faibles paroles.

Mais revenons au petit Joachim : il s'était endormi la veille au soir consolé et tout joyeux de la perspective des études qu'il allait commencer le lendemain ; le bon recteur, M. Toppert, lui avait fait visiter la belle bibliothèque du collége et lui avait

montré de belles gravures qui rendaient bien mieux
que les dessins qu'il avait d'abord admirés, les magnifiques statues de l'antiquité. Son maître lui avait
permis de venir lire et étudier dans la bibliothèque,
et de donner à ses instincts du beau tout leur déve-
loppement. Il se sentit comme enivré en face de ce
monde de la science dont il venait de franchir le
seuil. Mais, quand il eut lancé sur le toit de son
père le petit caillou convenu, et que la voix du vieillard ne s'éleva pas pour lui répondre, il sentit tout à
coup le pressentiment de quelque malheur ; il fit
part de ses craintes au bon portier, et celui-ci lui
promit d'aller s'informer du savetier. Bientôt après,
il frappait à la porte de l'échoppe, qui était fermée
en dedans : « Secouez-la fortement, dit de l'intérieur
une faible voix, et elle cédera. » Le portier donna un
violent choc et la porte s'ouvrit.

« Faites-moi conduire à l'hôpital, mon bon monsieur, lui dit le savetier en l'apercevant, c'est le
dernier service que j'implore de votre charité; me
voilà perclus de tous mes membres et incapable de
travailler. »

L'autre, en l'examinant, vit bien qu'il disait vrai.

« Un peu de patience, lui répliqua-t-il, je vais vous
amener le médecin du collége.

— Oh ! surtout ne dites rien à mon Joachim.

— Soyez tranquille. »

Le portier, en rentrant au collége, évita l'enfant,

27

qui d'ailleurs était en classe ; il avertit le recteur de
l'état du pauvre vieillard. Le recteur fit prévenir le
médecin, et tous deux se rendirent à l'échoppe.
Après l'examen du vieillard, le médecin décida
qu'il fallait le conduire de suite à l'hôpital de Steindall, où, grâce à sa recommandation, il serait bien
soigné.

« Je me charge d'avertir et de consoler votre
fils, dit le recteur pour calmer les lamentations du
père, et chaque dimanche après les offices il ira
vous voir. »

. La première entrevue fut déchirante. Cette fois
ce fut le père qui dut calmer la douleur du fils, car
il semblait à ce fils qu'il était ingrat et méchant de
laisser dans cet asile de la misère le père qui avait
entouré son enfance de soins si tendres.

« Tu ne peux rien, lui répondait le bon vieillard,
tu ne peux que travailler, grandir et obtenir une
place quand tu seras savant, et alors tu viendras à
mon secours.

— Ah ! je n'attendrai pas si longtemps, reprit
l'enfant, qui prit dans son cœur une résolution su-
bite. »

Affermi par sa volonté, il quitta son père en lui
disant : « A dimanche, » avec un sourire qui signi-
fiait : Vous serez content de moi.

Le dimanche suivant, l'enfant apporta à son père
un peu d'argent qu'il avait gagné lui-même.

« Et comment? lui dit le malade attendri.

— En faisant ce que je vous ai vu faire si longtemps à vous-même, en raccommodant aux heures
de récréation les souliers de mes camarades [1]. Je
suis allé à l'échoppe, j'y ai pris votre cuir et vos
outils et je me suis mis gaiement à l'ouvrage. J'ai
gagné aussi quelque petite monnaie en donnant
quelques leçons aux plus jeunes du collége, je con-
tinuerai ainsi chaque semaine, et le dimanche je
vous apporterai ce que j'aurai amassé. Cela vous
aidera à vous faire mieux soigner. Vous pourrez
avoir du tabac, de la bière, et de temps en temps
de cette bonne choucroute que vous aimez tant. »

Le vieillard sourit à travers ses larmes et retint
longtemps son enfant appuyé contre sa poitrine.

Un sentiment généreux et bon prête de la grandeur aux choses les plus vulgaires, aussi l'âme du
petit Joachim s'élevait-elle durant ce travail grossier
qui remplissait ses récréations. Tandis qu'il mettait
des clous ou une pièce à de vieilles chaussures, sa
pensée planait dans l'Olympe d'Homère, ou bien
c'était Démosthènes qui remplissait son imagination
et le faisait vivre dans cette Athènes qu'il aimait
tant. Il avait commencé l'étude du grec, et il y faisait de rapides progrès. Dirigé par d'excellents
maîtres qui devinèrent ses instincts, il eut bientôt

1. Historique.

sur l'art dans l'antiquité des notions très-sûres et
des connaissances très-étendues. Il avait entendu
dire qu'il y avait dans les environs de Steindall un
champ communal où étaient enfouies des antiquités
grecques et romaines, et durant les promenades
du collège en dehors de la ville, il cherchait toujours à entraîner ses camarades vers ce champ précieux. Il avait acquis par son caractère et son intelligence, et surtout par ce qu'on savait qu'il faisait
pour son père, un irrésistible ascendant sur ses
compagnons d'études; quand il leur parla de son
idée fixe de fouiller ce vieux champ romain, chacun applaudit et lui promit son concours. Les plus
riches se procurèrent les instruments nécessaires :
pelles, bêches, sondes; et enfin par un beau jour
de printemps, durant une promenade du collège,
on commença avec ardeur l'opération : c'était plaisir
de voir tous ces jeunes bras s'agitant, creusant et
retournant la terre; tous ces jeunes visages mouillés
de sueur et regardant curieux si rien ne surgissait
sous les coups de pioches rapides. Le premier jour
on ne trouva que quelques petites médailles et des
fragments de poteries; M. Toppert, à qui on porta
les médailles, autorisa les fouilles les jours de promenade, et presque tous les élèves, Joachim en tête,
coopérèrent à la seconde fouille; elle eut un beau
résultat. Une charmante lampe en bronze de forme
parfaite, telle que l'antiquité seule savait les faire,

Il en tira radieux deux belles urnes.

sortit tout à coup de terre et fut portée en triomphe au bon recteur.

A la troisième fouille, Joachim dirigea lui-même toutes les opérations ; il avait réfléchi que cette lampe devait être suspendue à l'entrée d'un tombeau, et que ce tombeau devait exister puisque la lampe avait été retrouvée. Il fit donner de profonds coups de bêche dans la même direction et bientôt on sentit la pierre dure ; l'ardeur des travailleurs redoubla ; un tombeau fut découvert, il n'avait qu'une inscription, mais pas de sculpture ; Joachim en déblaya avec ses bras l'ouverture, et il en tira radieux deux belles urnes cinéraires couvertes de bas-reliefs.

Les écoliers firent un brancard de feuillage et de fleurs pour rapporter en triomphe au collège cette magnifique trouvaille. Joachim marchait en tête, comme un général d'armée qui revient après une victoire. Il sentait qu'à cette heure ses camarades étaient ses sujets et qu'il pouvait tout leur demander.

« Oh ! mes amis, leur dit-il, si d'abord nous passions à l'hôpital, j'embrasserais mon pauvre père qui serait bien heureux de mon bonheur.

— Oui ! oui ! à l'hôpital, » répétèrent toutes les voix ; et le cortège changea de route. Il s'arrêta quelques instants dans la cour de l'hospice, puis montant un escalier roide il entra dans la chambre blanchie à la chaux et très-propre qu'occupait le pauvre infirme. Grâce au secours que son fils lui apportait chaque dimanche, il avait pu être séparé des autres malades et recevoir des soins particuliers.

Les écoliers firent un brancard.

Le visage blême du vieillard rayonna de joie dans son lit en voyant entrer cette troupe joyeuse conduite par son fils qu'on portait presque en triomphe comme les deux urnes.

En entendant le récit de cette découverte, le bon savetier s'écria ;

« Mon cher fils, te voilà donc célèbre ! »

En effet; ce fut un commencement de renommée pour le jeune Joachim. Le recteur Toppert et les autres autorités de la ville décidèrent que ces deux belles urnes antiques seraient offertes à la bibliothèque de Schausen, et qu'on inscrirait sur le piédestal qui les supporterait :

DÉCOUVERTES PRÈS DE STEINDALL EN 1730,
PAR JOACHIM WINCKELMANN.

FIN.

TABLE.

FIN DE LA TABLE.

PARIS. — IMPRIMERIE DE CH. LAHURE ET Cⁱᵉ
Rues de Fleurus, 9, et de l'Ouest, 21